紫阳花日记

あじさい日記

渡边淳一 著

王智新 译

青岛出版社
QINGDAO PUBLISHING HOUSE

图书在版编目（CIP）数据

紫阳花日记 /（日）渡边淳一著；王智新译 . —青岛：青岛出版社，2018.1
ISBN 978-7-5552-6279-4

Ⅰ . ①紫… Ⅱ . ①渡… ②王… Ⅲ . ①长篇小说 – 日本 – 现代 Ⅳ . ① I313.45

中国版本图书馆 CIP 数据核字（2017）第 272597 号

あじさい日記 by 渡辺淳一
Copyrights： ©2007 by 渡辺淳一
This edition arranged through OH INTERNATIONAL CO. LTD.
Simplified Chinese edition copyrights： ©2018 by Qingdao Publishing House Co., Ltd.
All rights reserved.
简体中文版通过渡边淳一继承人经由 OH INTERNATIONAL 株式会社授权出版
山东省版权局著作权合同登记号 图字：15-2017-237 号

书　　名	紫阳花日记
著　　者	（日）渡边淳一
译　　者	王智新
出 版 人	孟鸣飞
出版发行	青岛出版社
社　　址	青岛市海尔路 182 号（266061）
本社网址	http://www.qdpub.com
邮购电话	13335059110　0532-68068026
策　　划	高继民　刘　咏
责任编辑	霍芳芳
特约编辑	张姗姗
封面设计	末末美书
封面插画	周　悦
照　　排	青岛佳文文化传播有限公司
印　　刷	青岛双星华信印刷有限公司
出版日期	2018 年 3 月第 1 版　2018 年 3 月第 1 次印刷
开　　本	大 32 开（890mm×1240mm）
印　　张	11
字　　数	268 千
印　　数	1-30000
书　　号	ISBN 978-7-5552-6279-4
定　　价	39.00 元

编校印装质量、盗版监督服务电话　4006532017　0532-68068638
本书建议陈列类别：日本・畅销・小说

紫阳花,又名八仙花,绣球花,属虎耳草科。原产地:日本;花色:白·桃红·淡蓝;花期:初夏;花语:善变·骄傲的家伙·你很冷淡。

紫阳花最大的特色是"善变",在短短的一个月花期当中,它的颜色会产生许多变化。而且并不是单纯地由红转蓝或由蓝转青。前一天夜里,还是纯白的绣球花,到了第二天早晨,就变成了由红、绿等各色混合的花了。大概,也只有这种颜色变化多端的花,能点缀一下阴雨绵绵的梅雨季节吧!只有这种善变的花,才能使我们的视野更美……

目录

第一章　东窗事发 / 001

第二章　演绎推理 / 033

第三章　摇摆不定 / 065

第四章　急速接近 / 088

第五章　现场目击 / 111

第六章　冷战爆发 / 140

第七章　正面交锋 / 162

第八章　心灰意懒 / 190

第九章　峰回路转 / 221

第十章　骤然巨变 / 244

第十一章　疑神疑鬼 / 277

第十二章　反败为胜 / 309

第十三章　假面夫妻 / 329

第一章　东窗事发

　　这可是在一个完全偶然的机会下发现的,实在是太偶然了。

　　与其说是一般的偶然,更应该说不是单纯的偶然,而是好几个偶然的因素巧上加巧碰到一起,就促成了这些令人匪夷所思的事情。

　　但说是促成,还不如说是完全没有想到的事情忽然出现更准确。

　　那天,川岛省吾也不知是怎么了,竟然会鬼使神差地躺在自己太太的床上休息。

　　通常省吾都不在夫妻俩的主卧房睡觉,他在自己的书房安了一张床,平时基本上都在这张床上休息。

　　说是床,实际上是一张简易沙发床,靠背部分可以放倒,就成了一张简易的、不是很宽的单人床。

　　省吾自从在这张床上睡觉以来,已经睡了十个年头。

　　当然,家里有正式的寝室,其中有一张硕大的双人床,现在归妻子志麻子一人用。不过,他们俩婚后第二年生了个女儿,隔了两年又生了个儿子。妻子与孩子一起睡,半夜里还得起来喂奶、换尿布,忙得不可开交。在这种情况下,省吾就产生了想从夫妻共用的寝室里退出的念头。加上省吾经常要与医生伙伴一起吃饭到很晚才回家,而且回到家后又喜欢再喝点啤酒,有时看着电视就睡着了。每逢这样的情况,妻子志麻子就起来给他关电视,有时又会被丈夫如雷的鼾声骚扰得无法入睡。

那样的话,夫妻两人都休息不好,为此,省吾买了个沙发放在书房里,晚上就睡在那里。

这件事可以说是夫妻双方同意的,哪方都没有意见,结果,那张双人床就成了妻子一人专用的床了。

那天晚上,省吾与在自由之丘开医院的长田医生见面,一起吃饭,两人也有好一阵子没见面了。

在大学时代,有一次生理学考试两人都不及格,一起参加补考。从那以后,两人就成了好朋友。如今年龄都已四十有五,互相说话也投机,体型也很相似。

两人见面自然就会说到大学的同学,会对新的医疗制度不满。好像有说不完的话,吃完饭后,又一起转到六本木继续再喝,回到家时已经是半夜一点多了。

当然妻子已经睡了,省吾到厨房喝了一杯水后,像往常一样回到自己的书房,躺到窄窄的单人床上睡觉。

省吾本来就很容易入睡,屁股一沾上床就能睡着。喝了酒以后睡得就更死了。妻子经常说他,"像你那样睡,失了火都不知道醒"。

"瞧你说的,我难道会那么傻吗,连火烧到身上了都没有感觉?!"

听他这么反击,妻子就会非常冷淡地说:"是啊,到那时可就晚了,没救了。"

两人结婚已经十五年了,有两个孩子,大的已经上初中一年级,小的也上小学五年级了。夫妻俩平常一直这么有一搭没一搭地拌嘴。

省吾基本上已经没有什么激情了,妻子可能也是如此。

不管怎么说,双方就这样谁都不那么较真,平平淡淡地过下去的话,倒也相安无事。

就像平常一样,那天晚上省吾也在自己的小床上睡去了,睡得很死。到了早晨,他感到有些尿意,就醒了过来。

一看表,嚯,八点半了。他起身上厕所,妻子不在家,已经出门了。

对了,昨天妻子曾告诉过自己,上初中一年级的女儿夏美暑假要参加外语夏令营,去澳大利亚游学,今天是家长说明会。

他想起来了,今天是星期天,医院不开门。

对对,今天休息。省吾自言自语地说着,又躺到了床上,他感觉房间里有点闷热。

今天早上气温好像有点高,但是窗帘拉得严严实实的,看不到外面。省吾只好伸手将放在床边小桌上的空调遥控器拿过来,调节温度。

空调在运转,发出嗡嗡的声音,但就是感觉不到有凉风吹来。

莫非是发生故障了,省吾又用力摁了两下,但还是没有丝毫凉风,他只好很扫兴地将遥控器放回原处。

难得休息一天,还摊上空调坏了,真扫兴。

省吾轻轻地咂了一下舌头,将四周打量了一番,决定到妻子的房间去休息。

那可是个大房间,双人大床,躺上去感觉可好了。省吾立即去了妻子的房间,打开空调,往床上一躺。

与妻子已经几个月没有做爱了,省吾忽然感到有些莫名的兴奋,好像偷偷地潜入了秘密花园,不一会儿就觉得有阵阵凉风扑面吹来,他很快进入了梦乡。

等省吾再次醒来后,飞快地扫视了房间一圈,然后才醒悟过来:噢,这是妻子的房间,我现在是躺在妻子睡觉的床上。

是啊,今天早上,书房的空调坏了,无法正常工作,自己才到这里来的。当时,妻子和女儿都出去了,现在还没回来,家里静悄悄的。儿子好像也不在家,不知上哪儿去了,也许是星期天去练习踢足球了吧。

他继续躺在还留着妻子气味的床上,好不容易才转过劲来。自己已经有三个月没有沾这张床了。也就是说,自己与妻子有三个月没有亲热过了。

不,上一次是自己去要求妻子的,谁知她却拒绝了,说"我太累了"。已经半年多没有性生活了。

我们俩可能步入了最近人们经常讲的"无性婚姻"。不过,在超过四十五岁的夫妻中,这样的无性婚姻已不是什么稀罕事了。

省吾躺着的双人大床右边有个配套的大衣柜,衣柜边上还有带几个抽屉的立柜。立柜前面是个小型落地电视柜,上面放了一台电视。窗边还有一台妻子专用的电脑。

妻子就是用这台电脑在网上购物,搜索美容化妆的信息。但是省吾一次都没有碰过它。从那儿再往左,是一张梳妆台,上面有一台座钟,时针正指着十点。

自己是八点半左右进入寝室的,现在十点,说明已经在这间屋子里睡了近一个半小时。

"哎呀,该起来了吧。"

省吾看着从窗帘缝中流泻进来的夏日阳光,懒洋洋地在床上翻了个身,准备起来。忽然,他感觉右腰边上有个像板一样硬邦邦的东西顶了自己一下。

唔,在这地方会有什么东西呢?他觉得很奇怪,把手伸到垫褥下面去摸,从里面摸出了一本书。哦,可能是妻子在入睡之前读的书吧。他拿在手上一看,是一本偏长的笔记本型的书,封面上没有字,只有一朵硕大的紫阳花。

咦,这是什么书?省吾慢慢地将它翻过来一看,反面也是一朵紫阳花。是用一块画有紫阳花的薄布包着,没有书名。

省吾坐在床边,漫不经心地朝着这画有淡紫色和红色花瓣的本子看了一会儿,终于伸手打开了第一页。坚硬的封面后的第一页是白纸,随后的一页上印有横线。前面几页都没写什么字,再往下翻,到第三页上,忽然出现了横写的字,密密麻麻的。

他一看这么端庄秀丽的字,就知道是妻子写的。

省吾觉得有点好奇,就顺着文字看了起来。首先左上方写着"7月20日(星期四)21:50"。这是写的那天的日期和时间吧。接着另起一行写道:

今天回家比平时稍微早了一点,也许知道明天晚上要晚回来,故意打掩护吧。

晚饭时,在将饭菜端上桌前,为了擦桌子,我把他放在桌边的手机挪了一下。他正坐在椅子上,左手端着啤酒在看电视,看到这一幕,忽然慌忙从我手中将手机一把夺了过去。

"我不会看的,你放心好了。"

听我这么一说,他显得很不好意思,一言不发地将脸转过去。随后可能是为了掩饰自己的狼狈相吧,他故意看着眼下流行的搞笑节目,不停地放声大笑。

我说:"祐太正在房间里做功课呢,你能不能小点声?"

他马上回答道:"不看这种节目,和病人还有护士们就没法说话了。"

他现在是无论说什么都喜欢装腔作势找理由。我也不示弱:"都这把年纪了,还要去迎合年轻人,真傻帽。"谁知他却劝我说:"你看一下就知道了,可有趣了。你也看一下吧。"

"我可不愿意看那种庸俗的东西,讨厌。"我随口回了他一句,这下可坏了。

"从刚才起,你一会儿是傻帽,一会儿是庸俗……你近来有点不正常,焦躁不安,老是发火,你是不是快到更年期了?"

"真没礼貌,我哪里焦躁不安了呀?!"

即使是夫妻,一方的话语如果严重地伤害了另一方的话,可以治他个侮辱罪的。今后我得好好地学习法律。

这是妻子亲笔写的,无疑是妻子的日记,不过这内容可有点奇怪。首先是第一句——"今天回家比平时稍微早了一点,也许是知道明天晚上要晚回来,故意打掩护吧。"这里指的是谁啊?

"为了擦桌子,我把他放在桌边的手机挪了一下。他正坐在椅子上,左手端着啤酒在看电视,看到这一幕,忽然慌忙从我手中将手机一把夺了过去。"读到这里,省吾不禁站了起来。

唔,这不是在说我吗?!

她写道:"我不会看的,你放心好了。"是啊,晚饭时,好像是有过这么一幕,妻子确实说过这样的话。

"莫不是……"

省吾忽然感到不安,再看了一下日期,七月二十日(星期四)。是半个月前的了,妻子写得很清楚,肯定是半个月前的星期四。

起因是自己看了搞笑节目放声大笑。那是讲医院的事,作为一个医院经营者,自己应该看看这种节目。谁知自己这么一说,她非常不高兴,皱着眉头对我说:"庸俗,讨厌!"

确实,她父亲是名牌私立大学的教授,她也是从圣正学院毕业的才女,但是最近却肝火很旺,我看了都害怕。尽管她刚刚四十出头,还是回了她一句"是不是快到更年期了"。她听以后说了声"真没礼貌",就扭头走开了。

我是说着玩的,开个玩笑嘛。但是妻子没有这么看,她双手叉腰,狠狠地瞪了我一眼。她那五官端正的脸,生起气来更显得令人害怕。

不管怎样,说她快到更年期,确实是有点过分了。事后自己也曾给她赔不是,但是她根本不买账。面对这样的妻子,我也感到束手无策,只好草草地把饭吃完,急急忙忙回到自己房间去了。

那天正是二十号星期四,那么一场小小的夫妻争吵,竟被妻子用小字密密麻麻地记录下来。这么点小事她也要记到日记上去,到底是为什么呢?

省吾感到很不可思议,又翻开了下面一页。

7月22日(星期六)22:30

这么早的时间里,一家人围着桌子一起吃饭,已经是很久没有的事了。

听说初中一年级的夏美暑假期间要参加外语夏令营游学,便告诫她到国外要注意的事项。

只有在与女儿说话的时候,他才是个好丈夫。

今天奇怪了,他心情很好,竟劝我喝葡萄酒。

不过,今天下午在打扫丈夫的书房时,看到办公桌的垫子上有一张伯爵牌手表的说明书。这么高级的表,究竟是给谁的?

7月23日(星期日)21:17

手机挂件换了,换成很可爱的花纹式样,肯定是哪个年轻姑娘送给她的。是啊,最近他对手机来电显得特别反应过敏。

正在吃晚饭时,手机忽然响了起来,他连忙拿起手机慌慌张张地跑到门外走廊上接听,嘴上只是说"好、好""是吗",好像在接听与工作有关的电话一样,太不自然了。

前两天,我碰了他的手机一下,他就紧张得不得了,急忙夺回去,连晚上洗澡时也特意把手机带到脱衣间去,太谨慎了。

不一会儿丈夫好像醉了,躺在沙发上睡着了。我乘机将他的手机拿起来看了一下。待机画面上有个锁定标志,看不到短信和电话打进打出的记录,被锁上了。

肯定是个四位数的密码,是信用卡的密码吗?丈夫的车牌号码?自家电话号码的最后四位数?家里谁的生日?我几乎全都试了一遍,就是打不开。

反正他将电话加上密码给锁上,太不正常了。

看到这里,省吾大大地叹了一口气,看来这些都是在写自己,这是毫无疑问了。

那个星期天确实是将手机上的挂件换了,那天晚上是诗织打来的电话,告诉我有东西忘在她房间里了。嘿,怎么就让她看穿了呢?

不管怎么说,手机上了锁就放心了。可是她竟然想打开,太可怕了。不过在家里,一切都在妻子监视之中,真令人无法安身。

老实说,真不敢再往下看了。不过,日记本放在自己面前,又怎么能将它合上呢?既害怕,又想看。

话又说回来,实在想不到,平时那么文静的妻子竟会如此冷静地对自己进行观察。真是,女人的直觉真是太可怕了。

省吾刚想开始读,又看了看周围。如果妻子回来的话就坏了。要让她看到自己在看她的日记,她肯定会一把抢走日记,大声叫嚷"你在干什么?!",或许还会哭出来。

对,绝对不能发生那样的事情,绝不能让妻子察觉到我在看她的日记。

省吾将紫阳花日记本放下,穿着睡衣从床边站起来。

星期日上午十点,房间里收拾得干干净净的,周围一片寂静。

妻子和夏美一起去参加外语夏令营的说明会了,儿子祐太好像去练习踢足球了,都不在家,不知道妻子几点钟回来。

省吾先从寝室来到客厅,这是一间五十几平方米的房间,窗帘已经打开,夏日的骄阳透过窗户射进来,屋内非常明亮。

这是广尾寂静的住宅区大楼的七楼,从窗口可以看到有栖川纪念公园那片郁郁葱葱的绿地。这是十多年前买下的,有九十几平方米,离车站也很近,一家四口住得很舒坦。

省吾来到门口看了一下,妻子和孩子的鞋都不在,门是上了锁的。

这样就万无一失了,即使妻子忽然回来,自己也能听到她开门的声音,可以趁她开门的时间把日记本藏好。如果在寝室里看的话,就无法察觉这一切。

省吾还是感到有点不安,他还是决定把寝室的门也锁上。

早在四五年前,妻子在自己寝室的门上装了一把锁。理由是晚上丈夫摸进自己房间的话,会闹腾不安,影响自己休息。夫妻之间还要给门上锁,真是太见外了。

刚开始,省吾还有点不高兴,但今天却要感谢这把锁了,可以保证妻子不会一下子闯进来。

有了这把锁,妻子就算是忽然回来,我也可以趁她开门之际,把日记本藏到垫褥下面,假装睡着就行了,她不会察觉。

"好,这就行了。"省吾自言自语地说着,重新开始看起日记来。

7月29日(星期六)23:30

每天早上七点半,我都要用厨房的电话叫早上起不了床的丈夫起床,而且不是叫了一次就起来。都习以为常了。

但是,今天早上刚到七点,就从盥洗室传出了吹风机的声音,还听到丈夫哼着小曲,看样子今天情绪很好。

"爸爸,今天有急诊病人吗?"

他从来没有比女儿早起过,夏美觉得奇怪,问了他一句。

"爸爸今天医院的事情忙完后,要到轻井泽去。"

他像是在回答女儿,却故意提高嗓门,是在说给我听呢。奇怪了。

不一会儿,他跑到饭厅来问我:"这件衣服怎么样?"

昨晚上,他在自己房间磨蹭了好长时间,原来是在挑衣服呀。

我都懒得理他。他一手撑在墙上,嬉皮笑脸地看着我。

说是明天下午和大学同学约定到轻井泽去打高尔夫球,下午五点出发。谁知道到底是真是假。

看到他那副得意扬扬的样子,一股无名火不由得升上来。瞧他那身打扮,那花哨的衬衣完全是年轻女孩子喜欢的式样,配上一条白色西裤,看了让人恶心。

但是,不理他也不好,我就问了一句:"在哪儿买的?"

他回答说:"在伊势丹呀。"

我听了没好气地说:"唔,你一个人去那地方,可真是太阳从西边出来了。"

"是啊,因为有病人送了我购物券。"

丈夫的诊所开在新宿附近,离伊势丹是不远,可是他从来没有一个人去过百货公司,看来肯定是他交往的女人陪他一起去的。

最近病人给他购物券,他也不往家里拿了,可能是用来购买自己需要的东西了吧。也许是积攒起来送给女朋友呢。

看到这里,省吾大大地喘了一口气。

原来妻子是这么看自己的,阅读她的日记以后,对她的心理活动了如指掌。妻子已经在怀疑自己了,而且记载的内容是与自己有关的,更何况是关于外遇的事,那就更令人放不下心了。他紧接着往下翻,下面一页是从轻井泽回来那天的事情。

7月30日(星期日)21:30

"哎呀,累死了。"这是丈夫回到家里的第一句话。

"回程的新干线可拥挤了。"他还强调说明是如何辛苦的。真是那么累的话,何必去呢。但他脸上的表情确实是很开心的样子。

打了一天高尔夫球,可是脸一点都没晒黑。

我连忙伸手去接他的旅行袋,谁知他却拒绝了,"等一等。"从左手换到右手上,就是不肯给我。

"有什么要洗的,快拿出来。"我又一次伸手去拿。

他脸色一下子变得十分难看,说了一句"我来分一下",说完急忙逃进自己房间去了。

真没办法,我只好不再吱声了。

半夜里,我发现他将换下的内衣内裤包在浴巾里,扔在洗衣机里面。

太脏了,我都不敢去碰,只好用一次性筷子将那包内衣内裤夹起来检查了一下,还闻了闻和内衣内裤包在一起的白衬衫。衬衣胸口上有一股水果的清香味,这是法国娇兰的金沙飞舞樱花香水。我也使用娇兰系列化妆品,一闻就知道。

这个香味，好几天前在他的衬衫上就有过。

用娇兰金沙飞舞樱花香水的女人，这个人到底是谁呢？

读到这里，省吾不禁将视线从日记本上移开。他是愿意一直看下去的，但是忽然发觉自己浑身大汗淋漓，心脏在剧烈地跳动。

啊呀，这个女人太敏感了。我做梦都没想到她会猜到，全都让她猜中了。她什么都知道了。

不仅如此，连诗织使用的是娇兰金沙飞舞樱花牌香水都猜到了，省吾自己都不清楚，还得去确认一下。

照这样下去，诗织的事情早晚都得让她猜中，只是时间问题。得小心了，省吾闭着眼睛在心里警告自己。这时，门口好像响起了妻子和女儿的声音。

省吾急忙合上日记本，将它塞到垫褥下面，随后又确认了一下是否放回了原来的位置。看到基本没有问题，他又躺回床上，但猛地想起来，门还锁着呢。他一个鲤鱼打挺从床上翻身起来，飞跑到门口，将锁打开，然后再飞快地返回床上。

这样妻子就不会知道自己趁她不在家看她的日记了。

省吾闭着眼睛躺在床上假装睡着了，一会儿就听见女儿欢快的声音，接着是妻子的声音："咦，爸爸上哪儿去了？"

尽管外面的动静听得一清二楚，省吾还是不起来，不声不响地躺着。只听见开门声，接着是"啊呀"一声，他感觉妻子已经走到身边了。

"喂，你怎么睡到这儿来了？"

省吾极力装出一副被妻子吵醒的样子，老大不高兴地揉着惺忪的眼睛，问了一句："怎么啦？"

"今天早上出门的时候不是跟你说了嘛，去参加夏美的外语夏令营说明会，现在回来啦。"

妻子一边说着,一边将省吾盖在身上的毛巾毯从他肩膀上拉下来。
"干什么?!"
"哎,这可是我的床呀,你怎么跑到这儿来躺着了?"
省吾一听脸就歪了,嘴里发出喷喷的响声,慢腾腾地从床上坐起来。
"我房间的空调坏了,睡不着,就转移到这儿来了。"
拉开毛巾毯,下面就是白色床单了,妻子可能想起自己的日记本就藏在那下面,有点紧张了吧。

省吾不动声色地观察着妻子的表情,但是她并没有表现出丝毫慌张,"瞧,都给你弄脏了"。她说着从省吾手上把毛巾毯一把抢了过来,用掌心吧嗒吧嗒地拍起来。

她看样子是想说,让我用脏了。

省吾觉得有点不愉快,他甚至想用手摸摸藏有日记本的地方。只见妻子飞快地将床罩一摊,"快,快,给我出去。"

省吾没办法,只好穿着睡衣悻悻地从寝室出来。只听女儿夏美说:"爸爸,你怎么可以随便进妈妈的房间呢?"

真没想到,连女儿都来数说自己了。他不禁瞪了女儿一眼。夏美装作没看见似的,光顾着看外语夏令营的说明书。

这孩子将来也会像她妈一样,变成一个死心眼的人吧。省吾干咳了两声,回到自己房间去了。

不过,这世界上真会发生令人难以置信的事情啊。

省吾在书房里换上了一身短衣短裤,长长地叹了一口气。

多年来一直相依为命的妻子竟偷偷地记起日记来了,她要是记家庭收支账或者家庭成长日记,那还说得过去,可她记的明明是对丈夫在外面花心的调查嘛。将丈夫言行可疑之处全都收集起来,一一记录在册。

她到底从什么时候开始做那种事的呢?日记本上是从半个月前

开始记起的,看她写得那么得心应手,肯定从很早就开始写了。

如果是那样,那种日记本在别处肯定还有,他想起了妻子卧榻周围一圈的衣橱和衣柜之类的。在那里的什么地方肯定还藏着别的日记本。

不过,那里面写的都是些妻子个人的想法,谁愿意去读它。虽然这么想,但他还是想读。

只要看了妻子的日记,就可以知道她在多大程度上掌握了自己的风流行径。不,不仅如此,还可以通过日记本了解妻子在想什么,是怎么看自己的,这种事情都能了如指掌。

"是啊,还是想看。"

妻子大概还没察觉到日记本已经被丈夫看到了吧。瞧她铺床单时那副毫不在意的样子,她肯定觉得,只要像以前一样一直藏在那里就没问题。

"那就行了。"只要还藏在妻子的床单下,自己就还有阅读的机会。只要读到这个日记,自己就知道今后应该注意点什么。

一般的夫妻结婚十年后,夫妻之间就会没什么话了。丈夫只会说些"吃饭""洗澡""睡觉"等最简单的词,妻子则会回答些"好""什么"之类的,以前拥有的那些浪漫氛围也就荡然无存了。

长期生活在一起,自然不用语言也能心灵相通,但其实什么都不懂。事实上自己也是如此。

想到这里,省吾不由得点了点头。就在这时,门外响起妻子的声音。

"喂,午饭怎么办?"

自己的日记让人家偷看了都不知道,妻子的声音显得十分明朗。

"喝杯咖啡就行了。"

省吾随便地回应了一句,继续思考着日记本的事。

日记的内容对自己冲击太大了。封面上淡淡的紫阳花斗艳怒放,非常美丽。

或许妻子是喜欢紫阳花的?

不过,从没听她说过喜欢这种花,也没有和自己一起去看过紫阳花。

但是,她为什么会选这样的日记本呢?而且在里面净写些丈夫花心的事。

省吾觉得太奇怪了,边想边在电脑边坐下来,上网搜索紫阳花。

首先,紫阳花自古以来在日本是野生的,是"集聚蓝色"的意思,因此也被叫作"集蓝花""盔甲花"。

紫阳花的颜色会根据土壤性质不同而改变,比如在碱性土壤中就开红花,在酸性土壤中就会变成紫色的,所以又被叫作七色花或八色花。

接着又查了一下花语。花语是:花心、水性杨花、善变。

"花心啊。"省吾不由自主地读出声来。

如果是根据花语来挑选画有紫阳花的日记本的话,妻子可太老谋深算了,或者说太狡猾了。

查到这里,省吾好不容易才理解了封面图案的意思。但是已容不得他在这里多愁善感,他觉得更应该考虑的是如何才能再次阅读那本日记。

当然是越早阅读越好,不过妻子在家就困难了,只有像今天早上那样,妻子出门时才是机会。但是,省吾在家时,妻子基本上都不出门。

但也有像今天早晨一样的情况,虽然罕见,还是有妻子与孩子一起外出的时候。只有等待那样的机会到来。等到什么时候才有机会呢?

更重要的,是什么事情促使妻子开始记那样的日记的呢?

记日记的女人很多,但是妻子为什么专记有关丈夫外遇的事?他有点越想越想不明白了。

老实说,迄今为止,他几乎没对妻子产生过兴趣。妻子对自己来说是必不可少的。确实是这样,正因为有了妻子,自己才能安身立命。

但是他从没想过要一本正经地向妻子表示感谢,也从没说过感谢的话。不过,在妻子生日的时候,他曾让医院里的护士去买围巾或包,拿回来送给妻子。

两个人从没在一起谈谈这个家庭的未来,也没相互交换过对对方的看法。与省吾同年代的夫妻可能都是如此,既不是特别亲密,也不冷淡。

看到那本日记后,他觉得不能像以前那样无条件地相信妻子了。

不过……省吾想,迄今为止,自己从未让妻子不幸福或不自在。广尾的房子是上亿日元的高级住宅,妻子有一辆自己的专车,白天有的是空余时间。当然到目前为止,生儿育女、送孩子上学等,要说辛苦也是够辛苦的。但是女儿上中学以后,她比以前要轻松多了。

不能因此就说她肯定是幸福的,硬要那么说的话,可能有点牵强。可是按社会上一般太太的观点来看,自己的妻子可是交了好运。

与妻子相比,自己像拉车的马一样,每天要不停地工作。

新宿那家医院,自己是院长,下面还有护士、理疗师、办事员和护工等,加在一起要有将近二十个工作人员。设施除诊疗室外,还有处置室、放射透视室等各种检查室,有带浴盆的健康指导室,还有候诊室、办公室、院长办公室、茶水房、洗涤间和库房等,加在一起不到五百平方米。

要在东京市中心地段经营这种规模的医院,岂是容易之事?

为此,就在前两天,省吾刚刚找大学同学长田咨询,探讨像这样规模的医院,到底是个人经营好还是改成医疗法人好。另外,他也与税理顾问商讨过。

如此辛苦,要是有人认为我是随心所欲地游手好闲的话,那就是太可恶了。就算有时会近女色,又有什么可非议的呢?

想着想着,省吾慢慢地精神起来了。

省吾期待的那个日子来临了,比他预想的要快得多。

儿子祐太已经上小学五年级了。老师布置的暑假作业是去上野科学博物馆参观，妻子陪他一起去。那天正好是星期天下午，省吾正看着电视，妻子向他告辞说："我陪他去一下，行吗？"

"啊，当然可以。"

省吾无精打采地答复了一句。女儿夏美刚巧也到同学家去了，这真是天赐良机。

"四点左右回来，晚饭怎么办？"

"等你回来再说吧。"

不管怎么样，让他们先出去，这是主要的。

"那好吧，我们走啦。"伴随妻子这句话，大门砰的一声关上。听到关门声，省吾喘了一口气。

"好，这下就剩下我一人啦。"

省吾又重新将屋内环视一遍，确认已经没有人了，然后蹑手蹑脚地溜进了妻子的寝室。

里面布置得和以前一样，床上套着米色床罩。省吾小心翼翼地将床罩一角掀起，再挪开毛巾毯，向垫褥下伸出手。

这次在比上次再往下一点的位置，掏出来一看，果然是紫阳花封面的日记本。

妻子好像没有察觉到日记本曾被人翻看过。

"好！"

省吾再次确认后，将床复原，拿着日记本回到自己的屋子里。

现在开始看，时间有的是。

省吾扑开从冰箱拿出来的啤酒，喝了一口，打开了日记本。

8月1日（星期二）20：30

星期天去轻井泽打高尔夫球的球杆袋被送回来了。

有好几次,袋子边上的口袋里会有用过的毛巾塞在里面。这次会不会有呢?这次没有。但是,翻到鞋袋时,忽然发现一个问题。里头的鞋子一点都没有弄脏。平时,打完高尔夫球后,鞋底多少会沾上些草屑等垃圾。

是啊,晴空万里的好天气去打高尔夫球,却一点都没晒黑。

这简直是当头一棒,省吾不禁失声叫了出来:"啊呀……"

真没想到她竟然连放在高尔夫球杆袋里的鞋子都会查看。

那天,自己确实根本没有去打高尔夫球,而是借打高尔夫球为由,去见诗织了。

高尔夫球杆袋是送出去了,但那是门对门服务,从家里运到高尔夫球场,然后再委托他们从球场送回自己家。这样就万无一失了吧。

谁知这一计谋竟然都被她看穿了。

怪不得那个星期天回到家里,妻子对着自己的脸打量了好半天。原来是在观察我晒黑的程度啊!

想到这里,省吾还真的感到恶心起来。

这样看来,可以想象自己的一切都被妻子看得一清二楚,基本上没错。

省吾看着空中,呆呆地想了一会儿。

如果被她追问起这些疑点的话,自己该如何应付呢?

关于脸没有晒黑,自己可以回答说,防晒工作做得好,在脸上厚厚地涂了一层防晒霜,又加了一顶大帽檐的太阳帽。关于鞋子嘛,自己可以回答说,在回家前用空气清洁枪喷了好几次,又用毛巾擦过。

不,这肯定不行,妻子的脾气自己是清楚的,她也许会反驳说:"你以前可从来没这么做过哟。"而且忽然想起来,涂上厚厚的一层防晒霜太奇怪了;以前鞋子根本就不擦,这次会一反常态拼命地去擦?

想到这里,省吾又喃喃自语:"不过……"

更令人匪夷所思的是,妻子虽然对这些了解得一清二楚,但她就是一语不发。对于上周日去打高尔夫球的事,妻子一次都没提过。

那天回家时,妻子伸过手想接高尔夫球杆袋,自己是没有交给她。而且那天深夜,她又从洗衣机中发现了带有香水味的白衬衫。为什么她就是不开口呢?

也许她是想将一切证据都收集齐了,等时机一到,就新账旧债一起算?

要是那样的话,就太可怕了。在此之前,自己无论如何也得想出一个对策来。

省吾一边对自己说着,一边继续翻看日记。

下一篇日记,跳了一天。

8月3日(星期四)23:30

今天是不是和女朋友约会了?否则不会在这个时间回家。看上去丝毫没有醉意,好像在外面吃了晚饭。

洗澡吗?我问了他一句,他回答,不洗了。

果不出所料,已经洗过了。

看来有点心虚,为了掩饰自己,他故意询问孩子的事,以前他从不过问这些的。

"最近祐太怎么样?"

"已经放暑假了,但是在上暑期补习班,每天从早到晚闷头学习呢。虽然是男孩,但回来晚了也是不放心的,我每天得开车去接他。你下班回家时,能不能顺便把祐太接回来,那样我就省事多了。"

我不管三七二十一,把想说的一口气说了出来,果然不出所料——"什么?要我去接祐太回来?!"他脸色一变,凶神恶煞地看着我说,"我忙得不可开交,你难道不知道吗?我每天不可能在规定的时间回家。补习学校离家只有两站地嘛,不必专门开车去接了,让他自己回来不就得了。"

"但是,别人家都是父亲开车过去接的。为了保证孩子考上有名的私立中学,人家是一家人团结一致、齐心协力,你怎么就不能再出点力?"

"为什么非得我去接不可?对孩子的保护也要适可而止!"

"不对。其实是要每天晚上去接祐太,你觉得烦吧?"

你对年轻姑娘是百依百顺,遇到家里的事就推三阻四的。我真想这么说他两句,但还是忍住了。

"不是的。我的意思是说,考试的事情是他自己决定的。"

他那爱说大道理的态度,真让人受不了。

"你大概还不知道吧,最近考试的竞争越来越激烈,学习的内容也是一年比一年难。和我们考大学那个应试考试时代根本没法比了。"

"那么难考的话,就别去考了,上公立学校不也一样嘛。"

这到底是不是他的本意,如果他真的那么想……想到这一点,我真是受不了。

或许是太兴奋了,很少见,这段文字写得有点潦草,接在下一页上。

"你难道不想让祐太将来上医科大学吗?如今的公立学校那种水平,不是顶级的成绩是进不了国立医科大学的。"

看到我那么坚持不让的样子,丈夫转过头去回答:"我当然希望祐太能当医生,但不是绝对的。绝对希望他当医生的,可能是你吧。"

"那医院你打算怎么办,祐太不继承行吗?"

"讨厌!"丈夫看着走廊那头孩子的房间,"我没有那么顽固。没人继承的话,医院到我这一代关闭了也行。"

听他一说,我目瞪口呆,真没想到丈夫竟会这么想,真令人难以置信。

"你说什么呀。你如果不从父亲那儿继承一家医院,现在能干得那么轻松吗?"

他能在新宿现代化的大楼中有不到五百平方米规模的医院,毫无疑问是把父亲留下来的医院卖掉后,才建成的。

"那医院还是崭新的呢,还投资了那么多现代化设施,怎么能到你这一代就结束了呢?太荒唐了吧。"

"讨厌,别再说了。"

丈夫冷不丁地站起来,扔下了一句"我睡觉去了",气呼呼地走了。

每逢说到关键时刻,他总是说一句"要睡觉了"就逃走。烦心的事情一概不考虑。

对于我们的事情,丈夫可能根本没放在心上。望着他离去的背影,我几乎要哭出声来。

我以前与他一起拼死拼活的,都是为了什么呀。

我一下子觉得十五年婚姻生活犹如一场梦,感到无限孤独,十分空虚。

这一天的日记到此结束,望着后面空白的一页,省吾又叹了一口气。

老实讲,自己根本就没想到妻子会考虑这么多。不过话又说回来,妻子有点神经质。对孩子,特别是对男孩子要粗放点,不能太刻板了。

祐太初中毕业进入高中后,不用别人逼迫他,他自己也会努力学习的。在目前阶段还是轻松点好,可以踢踢足球,打打棒球,干他自己想干的事。

体育活动、俱乐部活动等,以及与朋友交往,对男孩子来说是很有益的,能帮助孩子健康成长。但是妻子只考虑眼前利益,让孩子考上名牌私立高中,自己就可以对周围的主妇吹嘘"我儿子上某某高中了"。

总而言之,女人还是头发长见识短。省吾像是要转换一下心情,一口气将啤酒喝完,打开了下一页。

8月4日(星期五)22:30

有孩子的家庭主妇,夏日的繁忙是一般人难以想象的。

今年,大女儿夏美上了中学,略微可以轻松点。两个孩子都上小学的话,除了一日三餐,还要接送他们上补习学校,为他们准备衣服等。早上睁开眼睛,一直要忙到晚上关灯上床为止,丝毫不能松口气。

尤其是到了漫长的暑假,白天不去学校了,孩子成天在家和你缠在一起,说实在话还真有点厌烦了,倒是盼望着学校能不能早点开学。

老大已经长大,上初中了,虽然还得接送,但是她有课外活动,玩得很开心,有时还到同学家里去玩。于是不再像以前那样,自己多少有点富余时间了。

简单的饭菜也开始让他们自己做了。老大是女儿,抽空还教她怎么做饭。小的是儿子,就让他每天负责淘米。我可不愿意把他培养得像他父亲那样,只会从冰箱里拿啤酒和冰淇淋。我要把他们培养成能下厨房的大人。

不过,丈夫的生活进入暑假后也没什么变化,他根本不可能知道暑假期间我们过的是什么日子。

  当然,作为医生的妻子,我非常理解他工作繁忙,十分劳累。但是,有些事情作为丈夫是应该参加的,就像孩子的入学典礼和运动会等学校活动。可他一次都不出席,好像我们之间有默契,他可以不参加。更别说是扔垃圾啦、换高处比如天花板上的灯泡、星期天在家修修补补、移动一下大衣柜,等等,这些都是我的活儿。

  思来想去,我竟想不起一件丈夫曾干过的家务。

为了接去上补习学校的儿子祐太,跟妻子吵了一架,妻子怎么会忽然想起过去的事呢?日记接下去追溯到夫妻俩结婚后不久,孩子出生时的事情。

  孩子还在吃奶的时候,丈夫终于结束了医生进修,进入撰写博士论文的阶段。

  那个时期,他晚上还要通宵值班,还有临时的紧急手术,加上星期天和节假日要加班,到私人医院去做手术,虽然十分繁重,但他年轻力壮,日子过得很充实。

  带着两个孩子,大女儿和二儿子相差两岁,作为妻子和母亲的我,每天忙得脚不沾地。半夜里儿子忽然发高烧,自己也不去找丈夫,径直带着两个孩子去医院看急诊。

  即使打电话给丈夫,他也会说"我的专业不是小儿科",根本不会来看一下。孩子每天晚上不停地哭泣,为了不妨碍丈夫的睡眠,让他好好休息,不管夜里有多晚,我都将哭闹的儿子抱到外面去。

  我自己晚上也睡不安稳,即使感冒发烧,也没时间去医院就诊,只好到药房去买点感冒药压一压。就连上厕所时,孩子也追到厕所门口来叫"妈妈,妈妈",闹得我简直快神经衰弱了。

看到我这副模样,也只有我母亲为我担心过,怕我会得育儿神经官能症。除此之外,从没有一个人帮过我。

我和丈夫两人相依为命,忘我地走过了三十多岁的那些年。那时的疲惫不堪,对我们两个人都是极好的考验。

在丈夫看来,我可能有些不通人情,不理解他为什么那么忙。而我呢,又觉得丈夫太专横,连妻子带孩子的怨言都不愿意听。为此,我们俩各自都在宣泄,只要一见面就会大呼"不行了,我快要支撑不住了……",并且经常为一些不足挂齿的小事闹别扭。

但是,就连那么困难的时期,我们也应付过来了。至少我是这样觉得。

可是,好像就在那时,我们把重要的事情给遗忘了。

在不知不觉中,我和孩子们都适应了没有丈夫(父亲)的家庭生活,觉得丈夫(父亲)不在家是理所当然的,既不寂寞,也不感到眷恋。

家庭内所有的事务不用说,就连孩子上学择校、挑选补习班的事,都是我一手操办的。我也觉得这是自己义不容辞的分内事,是对繁忙万分的丈夫的照顾。

只有这一部分内容与前面的不同,前面都是在猜测自己在外面花心的情况。而这里写的都是新婚后夫妻在一起度过的日子的感想,真实感人。

迄今为止,自己确实是个甩手丈夫。孩子的一切事情全都扔给了妻子,育儿和家务都是妻子的活儿,自己全副精力都放在了工作上,相互之间有这样的分工也是很自然的。

但是,下一页日记却完全不一样了。

  丈夫繁忙的工作为我们全家带来了幸福和富裕的生活。在周围邻居的眼里,我们肯定是个幸福美满的家庭,过着无忧无虑的日子。
  然而另一方面,在不知不觉之中,丈夫和孩子、丈夫和我之间的距离却渐渐增大了。
  而且,到了在时间和金钱上都有富余的今天,我们却无法享受成功的喜悦,变成了假面夫妻,各自忙碌各自的生活。

"啊,假面夫妻啊。"省吾喃喃地念出了声。

是不是假面夫妻倒无关紧要,重要的是妻子为什么把问题看得如此严重。育儿和家务等,一切都交给妻子来干,这不是说明妻子自己也认可?

如果真的那么艰难,每天都搞得神经衰弱的话,为什么不告诉自己一声?真的忙得不可开交,自己完全可以帮她一把。尽管自己很忙,但帮点忙还是可以的。

但是,妻子真的要自己帮忙的话,说不定自己会一脸不耐烦的神色,不加理睬地说:"你没看见我也忙着呢。"事实上,妻子也不止一次看到自己那副神色,心想就当丈夫不在家吧。

这天的日记是以如下的话语结束的。

  家庭中的齿轮有一个不正常,就会导致其他齿轮也出错,从齿轮的不协调处发出吱吱的尖叫声。即使你立即上油,第二个、第三个齿轮也会运转不正常。久而久之,你就会对不正常的齿轮习以为常。

丈夫是不是已经觉察到这种情况了呢?不过,好歹现在还在勉强运转着。

忽然,省吾的手机响起来了。

谁打来的呢?急忙拿出一看,是从医院打来的。值班的护士报告说,正在进行康复治疗的病人忽然病情恶化倒下了。

医院原则上周六和周日都不开门,只有康复科因为每天有人来做理疗,所以天天营业。

腰疼、颈椎疼的病人一般都用牵引疗法,骨折的病人和高龄患者因为四肢僵硬,一般都以理疗为主。

倒下的那个病人是个七十五岁的老汉。他像往常一样进行完水疗运动以后,从浴池中上来时,患者忽然觉得眼前发黑,叫了一声难受,就倒下去了。

"神志清醒吗?"

"刚开始还稍微点点头,现在好像进入睡眠状态了。"

"好的,我马上就去。不要动他,让他安安静静地躺着。"

在电话里做完指示后,省吾将刚读到一半的日记合上,放回妻子的垫褥下,回到自己的房间换上衬衣和裤子就出去了。

停车场在负一层,省吾的雷克萨斯和妻子的奥迪 A4 车位紧挨在一起。妻子的奥迪 A4 已经开出去了。

省吾钻进自己的雷克萨斯,一直朝新宿驶去。从广尾到新宿的医院,星期天路上不塞车的话,只要二十分钟便可抵达。

一边驾驶着车子,省吾还在思考刚才看的日记,一个人自言自语地说:"是呀……"

在日记本里,妻子记下丈夫不协助做家务,不肯接送孩子。按我现在这样的情况,根本不可能帮上忙。纵然是在家休息,也不知道什么时候会忽然来个急症病人,可以说是每天在家随时等候召唤。

无法直接向妻子发泄的一腔怒火,全在车子里自言自语地发泄了。一会儿就到了医院所在的大楼。

进了电梯,一直上七楼。一进医院门,护士已经在那儿等着了,立即给他披上白大褂,直接进了理疗室。只见患者仰面朝天地躺在墙根下。

省吾利落地检查了患者的脉搏和呼吸,又用听诊器听了一下,没有发现任何异常,再呼唤几声"金井先生、金井先生"。只见患者虽然没有睁开眼睛,但略微点了点头。

不是需要立即采取什么急救措施的重症患者,但是必须好好检查一下。

省吾命令护士静静地将患者抬到病床上,轻轻地嘘了一口气。

医院里没有住院部,但有病床。这两张病床是专门为急救车送来的紧急病人,以及像今天这样的在医疗中忽然发病的患者预备的。

现在躺在那儿的患者今年七十五岁,这个男人两膝患关节炎,在浴池中进行步行练习。据理疗师说,他在浴池中练习得有点过度了,摔了一跤,好像有点轻微脑震荡。

"让他躺一会儿,再检查一下吧。"

省吾对护士作了指示,护士又告知他,有个做颈部牵引治疗的妇女说自己手脚有些麻木。省吾急忙来到理疗室,看到一位女子正在接受颚部牵引,应该是颚部向下的,现在却让她把下巴往上翘了。

"怎么搞的?!这样的话是适得其反。今后要注意了。"省吾将正确的方法告诉了患者,并指示护士要注意仔细观察,不能大意。

按摩和理疗等不必由医生直接在场,理疗师等可以直接进行指导,对增加医院的收益很有好处,但是往往会发生这样的问题。幸好,这次发生的都不是什么大事。

省吾放心地回到院长办公室时,已经是下午三点了。

好不容易有个星期天,就这样泡汤了。

省吾稍微想了一下,拿起电话拨通了诗织的号码,电话通了,但没有人接听。她好像说今天要去参加一个叫什么"橙色大侠"的歌手演唱会,可能正在那儿听歌吧。

原来打算晚上与妻子一起吃完晚饭后再到她那儿去的,早知有这样的事,约的早一点就好了。

不过,晚上要出来的话,现在还是趁早回家一趟比较好。幸亏刚才那个患者还在医院躺着,说"放心不下去医院看看",妻子肯定不会怀疑。

有理由溜出来,省吾觉得放心了,就决定先回家。

三十分钟后回到家里一看,果不出所料,妻子已经回家了。

"你上哪儿去了?"

妻子充满责备地问道。省吾回答"去新宿了",又添油加醋地把自己忽然被叫到医院的事讲了一遍。

"还没让他回去,让他在医院躺着呢。"考虑到自己晚上还要出去,省吾打了个伏笔。"是嘛。"妻子只是含糊地自言自语了一句。

很难得的星期天,自己为了工作特意跑了一趟医院,她应该说一句"你辛苦了"才对啊。省吾十分不满,但是妻子好像在关心后面的事情。

"哎,今天晚上怎么办?"

很早以前就说好的,今天晚上一家人一起去外面的饭馆吃。

妻子说:"咱们去寿屋吧。"寿屋是广尾车站附近的一家日式餐馆。

"那大门怎么样?"

省吾说的大门是麻布的一家烧烤店。妻子一听到这个名字,就满脸老大不高兴,好像说"又要去那里?"。

"你可真喜欢吃肉啊。"

"嗯,祐太也喜欢那家吧。"

"嗯,喜欢。"儿子毫不犹豫地点了点头。就这么决定去烧烤店了。妻子冷嘲热讽地说:"最近好像很喜欢吃油腻的东西嘛。"

这话是什么意思?总之多一事不如少一事。到了六点,一家人一起出发去饭店。

也许是去的时间早了一点,店里的桌子都空着。他们找了一张方桌,一家四口围坐在一起。像往常一样,省吾要了份牛里脊肉和薄切猪肉。妻子和孩子要了肋扇肉、五花肉等,他们更喜欢吃这些肉。

在外人看来,这一家父母孩子四口人,非常温馨,十分和睦。但是,只要深入一步,就会发现其中存在的各种问题。

比如说夏季去冲绳旅游吧,以前一直是在八月十五日前后,利用盂兰盆节假期一起去的。但是今年夏美要参加夏令营游学,只好挪到下周,利用周五和双休日进行了。

"听说台风接近冲绳了,我们的旅游没有影响吧?"

省吾是能不去就尽量不去,但是祐太立刻回答:"没影响。"女儿则说:"爸爸,别想开溜。"

这些看来都是妻子教唆的。一有什么事,妻子和两个孩子就结成统一战线。

妻子和孩子们都放假了,好说啊。可是我还有工作,而且不仅是周末两天了,连周五都搭进去了,医院要关门。这些妻子也不是不知道,但她总是说:"大家都盼望着去。"让她这么一说,自己就只好服从了。

一年只有一次,为家庭牺牲嘛,这也是情有可原的。但是诗织那儿还没通知呢。

如果告诉她是和妻子及两个孩子一起去冲绳,她肯定会不高兴。

或许会说:"你嘴上讲得漂亮,最终还不是向着老婆。"

不,诗织不是那种刀子嘴的女人。我的家庭成员,她也知道。事到如今她可能也不会说些怪话。相反,如果她什么都不说,那倒是令人难堪。省吾一下子陷入了沉思,这一切都没逃过妻子的眼睛,她把手边烤熟的肉往他这边推了推,说:"爸爸快吃,不然要烤焦了。"

被妻子一催,省吾赶忙把牛肉塞到嘴里,但紧接着妻子又将大蒜推了过来。

"多吃点,长点劲儿。"

她这么说,是不是又在讽刺我呢?连大蒜都劝我吃,看来她是看穿了我今晚上要与诗织见面了。

"不可能吧。"省吾刚在心里否定了自己的猜想,妻子又给他斟上一杯葡萄酒。

看来这婆娘是想把我灌醉,不让我去约会。不,不,这完全是我想多了。或许是因为看了她的日记,最近总是有些神经过敏。

省吾打起精神吃了块牛里脊,把烤好的薄切猪肉推到妻子面前说:"来,吃这个,这个可好吃……"

还没说完呢,妻子就用筷子将他推过来的猪肉扒拉到一边,说:"谢谢,我自己吃的,自己烤。"

这可是好心当作驴肝肺了,她怎么能这样呢?省吾被搞得兴味索然,妻子倒是一副若无其事的样子,悠闲地吃着。

作为父亲,不太愿意说这个,但最近女儿夏美也对自己疏远了。以前见到自己老是"爸爸、爸爸"地叫得很亲热,但最近见了面连招呼也不打,好像见了外人一样。

是不是女儿快进入青春期了,只要对方是男性,就连看到父亲都觉得心烦。或者她是本能地觉察到父亲有外遇了,感到有点恶心?

总之女儿进入了多愁善感的年龄,这肯定没错。

也许是多虑了吧,妻子最近好像没有什么食欲。省吾将烤好的牛里脊放到她面前,她也只是说"我自己吃的,自己烤",绝不动筷子。也许她想吃清淡的日本料理,却让我给拽到烤肉店里来了吧。

与妻子相比,孩子们吃得津津有味,祐太还边吃边说,到了冲绳后要学冲浪什么的,一副小大人的神气。

如果纯粹要到海边去玩耍,那么湘南海岸也可以。但是,这是历年夏季的惯例,是为全家人服务,没辙。

省吾一边在心里说服自己,一边把饭吃完。不一会儿,一家人都站了起来。

也许是来得比较早吧,吃完饭才刚过八点。

走出烤肉店,一家人溜溜达达地回到家中。刚在客厅的沙发上坐下,手机铃声就急促地响起来。这是省吾事先与护士讲好的,让她在这个时间打电话汇报下午摔倒的患者的病情。

"患者很稳定,从那以后没有什么异常。"护士汇报得很简短,但是省吾却一个劲儿点头,嘴里还不停地应答着"好,好"。

护士汇报完后已经将电话挂断了,这边,省吾还在煞有介事地说:"好,好,我马上过去。"随后他又望着妻子说:"我还得去一下,去看看下午那个患者。"

还没等他说完,妻子就打断他的话,很奇怪地问道:"他是不是已经回家了?"

"不,没回家。他的心脏有些问题,才让他在诊疗室里躺着的。年纪很大了,我放心不下,得去看一下。"

"都这个点了,还去?"尽管妻子一脸狐疑,省吾还是拿起放在桌子上的车钥匙向外面走去。

"爸爸,你上哪儿去?"女儿夏美问道。走到门口,省吾一手拉开门,装出一副很无奈的样子,叹了口气说:"我还得到医院去,那儿的病人还在等着我呢。"妻子一声不响地站在那里,按理说应该嘱咐丈夫路上开车小心的。

省吾把妻子和孩子都抛在后面,走出房门后,头也不回地直奔停在地下车库的那辆心爱的雷克萨斯。

坐进车后,他才在心里对自己说,行,这下可以到诗织那儿去了。或许妻子也觉察到了。不,她不会猜到我是去诗织那儿,充其量不过是怀疑我去哪个女人那里。

不,不,妻子可能正在怒发冲冠呢,因为自己吃完饭,忽然就出门了。

行了,我可管不了那么多。省吾一边在心里嘀咕着,只管加大油门,朝诗织居住的代代木方向驶去。

第二章 演绎推理

可能是因为疰夏的原因,进入夏季后,患者一下子少了许多。主要是因为感冒的人减少了,来就诊的人自然就少了。

省吾的专业是骨科,但是一旦开业,就无法只做自己的专业了。医院附近有许多企业,基本上都是工薪阶层,他们需要内科。当然,太专业的病症是没有办法的,一般的头疼脑热、感冒咳嗽和腹泻之类的基本都可以看。加之最近多的是容易疲劳、晚上睡不着觉、人际关系不和之类的患者,需要进行心理内科治疗。

为此,省吾读了很多有关新内科治疗方法的专业书籍,有时还要参加一些相关的研讨会。见多识广,什么病症都得懂一些,这是开业医生所必需的。当然,因为自己的专业是骨科,来这儿看病的以跌打损伤为多,也有不少是颈椎炎、肩膀疼、腰疼、关节疼痛的。尤其是高龄患者增加,这类病症也越来越多。

对这样的患者,除了开些止疼片、打止疼针外,还要进行按摩、运动训练,再加上物理疗法,如颈椎以及腰部的牵引等。这样的患者总体来说基本上集中在冬季,夏季比冬季要少多了。

还有些人有常年腰疼、手脚发麻等顽症,经过检查被诊断为椎间盘突出、脊椎管狭窄症等，但是这里没有手术室，不能施行手术。正因如此，许多专门跑来找自己看病的患者，也只好送到别的医院去。当然也可以将住院部的房间改建成手术室，但是考虑到设备和其他经费，还是不增设手术室，把他们转到大医院合算。

除了经费因素外，更重要的是省吾眼下正在考虑新增整形美容外科。他当然没有经验，所以聘请有关专家每周到医院一两次，做些简单的手术，如清除黄褐斑、雀斑和去除皱纹的手术等。做这样的小手术，既不需要很大的场地，也不会产生什么医疗事故。一般都是些门诊手术，在三十分钟到一个小时之内就可以完成。所以，从新宿这个地方的特点来讲，希望接受这种手术的患者肯定不会少。再进一步说，这样的手术完全是个人负担，不在医疗保险范围内，会给自己带来丰厚的利润。

具体请谁来，现在还在交涉。省吾现在能做的就是努力将医院经营好。

考虑到这些，省吾真是觉得自己有点外遇、一两次花心，算不了什么。

有一点是可以肯定的，省吾目前根本没打算与妻子离婚。不，这样的事情他连想都没有想过。因为自己与妻子虽然是经人介绍认识的，但也是经过恋爱以后才结合在一起的。

十七年前，省吾在国立大学的医务室工作，有段时间被派到东京的世田谷国立医院去帮忙，是当时在那儿担任外科主任的山室医生介绍的。山室主任是比他高几届的校友。

当时妻子还在私立大学的图书馆工作，她在大学当教授的父亲乘坐的车子遇到车祸，被后面的车子撞伤，到以前就认识的山室主任的医院来接受治疗。那时每次来医院，都是她开车接送她父亲。

当然，最初两个人并不认识。治疗开始后，有一次他看到坐在门诊室外面等候的志麻子，觉得她既漂亮又有气质。就在这时经山室主任的介绍后相识了。

此后,他们俩有过几次约会。过了一年半,省吾向志麻子求婚了。

省吾最初对志麻子的印象是她是个非常文静的姑娘,经过几次接触后,更感到她是个聪明贤惠又很可靠的女子。省吾知道最终是要继承父亲的医院、自己开业的,所以觉得志麻子是个值得信赖的姑娘,可以将自己的一切交给她。

志麻子对此怎么想的呢?她与当今的时髦女性不一样,首先不喝酒,连两个人单独在一起时也不那么随意放肆,但并不拘谨。

也就是说,这两个人都觉得对方是自己最放心的人才结婚的。当时省吾的父亲还健在,也非常赞成这门亲事。可以说这两个人是天生一对,地配一双。

从认识到现在,十五年的岁月已流逝。这期间他们生过两个孩子,至少从表面来看,这对夫妻并没有什么问题,日子过得很美满。医院刚开业时的困难,也在妻子的配合下终于克服了。一般人都认为这对夫妻今后也不会太张扬,会平平安安、恩恩爱爱地生活下去。起码省吾是这么认为的。但是,突然出现的"紫阳花日记",使两人的生活蒙上了阴影。

妻子到底为什么要记这样的日记呢?

只是为了记录自己真实的心情,还是因为写出来可以消除内心的焦虑和不满,抑或是为了留下记录,以备日后使用?如果都不是的话,那就是知道丈夫会来看,为丈夫写的?

不,不,最后那个可能性绝对不存在。单凭她将日记本深深地藏在床单下面来看,就是为了不让丈夫看到。正因如此,她才会毫无顾忌地仔细描述。

不管怎么说,妻子写这样的日记,实在是匪夷所思又令人不愉快。真没劲。

但是,省吾在心里对自己说,换个角度来看,正是因为有了这本日记,自己才能知道妻子的内心是怎么想的,这些以前根本都不知道。也可以根据她的想法来制定对策。从这一意义上来讲,发现这本日记,能够阅读这本日记,实在是幸运。或许这正是上帝半开玩笑地赐给自己的机会。

总而言之,这次冲绳旅行,自己一定要好好地照顾妻子。省吾知道这是妻子早就盼望的旅行,可以趁机挽回影响。

省吾调整了一下自己的心态。那天以后,他一直想找机会再次偷偷去翻阅妻子的日记,就是一直没有机会。

机会一直没来,周末却到了,省吾和家人一起去冲绳旅游。表面上看是什么问题都没有,他极力演好一个温柔而通情达理的好丈夫的角色,按计划在星期天返回东京。这样就完成了家庭任务,下面可以自由活动了。

风平浪静地过了三天,到了第四天,妻子很罕见地带上女儿外出了,说是与朋友一起上剧场看歌剧。

这可是天赐良机。这天晚上,省吾回家比平时都早,不到八点就到家了,蹑手蹑脚地钻进了妻子的房间。

儿子祐太已经回来,吃完妈妈为他预备好的晚餐,回到自己房间去了。除此以外,家里没有别人。

省吾打开灯,把妻子的房间仔细打量了一番,把手伸到床单下,在和上次一样的地方摸到了紫阳花日记本。

"你好。"省吾按捺住激动的心情,嘴里喃喃地嘟哝。在这里,他无法镇静下来,还是像上次一样回到了自己的房间。和平常一样,喝了一口啤酒,打开了手上的日记本。

也许是忙于准备旅行吧,日记有好几天空白,一下子跳到到达冲绳的那天。也就是说,妻子是将日记本带到冲绳去了。

8月11日(星期五)22:10

我们前拽后推,终于将一直在打退堂鼓的丈夫带到了冲绳。

出发之前丈夫曾经恐吓我们会有台风,可是这里晴空万里,气温在三十摄氏度以上。

在那霸机场,我刚找到自己的行李,丈夫一见马上说"我来拿",就从我手上把旅行箱抢了过去。女儿见状说道:"爸爸真了不起。"

他以前从来没帮我拿过行李,今天这么温柔,可真有点令人恶心。

是啊,今天早上他还帮我把家里的垃圾扔到外面去了,以前他是最讨厌扔垃圾的。我央求他去扔,他都不干,说什么"让邻居看到多丢人"。

昨天晚上很晚才回家,虽说没在外面喝醉,但他肯定是与那个女人惜别了,尽管是很短暂的几天。没喝醉,就是最好的证明。

那样说来,他把这次旅行当作忏悔之旅了吧。

不过,千万不能大意,我得盯住了。他或许会给那个小狐狸买什么礼物呢。那时候我也趁机要他给我买个纪念品,看他还能拒绝吗?

我们在冲绳住的是高级度假饭店,最近人气很旺。下午两点入住。服务生将我们的小旅行箱和两个旅行袋装在小推车上,把我们送到了房间。

我们预定的是最高层两间排在一起的套房,面向大海。

服务生领着我们穿过长长的走廊,到尽头停了下来,指着两个房间说"就是这儿",说着将两张房卡交给丈夫。

丈夫随口说了句"谢谢",然后将其中一张房卡顺手递给祐太,说:"嘿,这是你和夏美的。"
　　就在这一瞬间,我毫不犹豫地从祐太手里一把将房卡夺过来。
　　"不行!祐太你不是和爸爸在一起嘛。对吧,夏美?"
　　我又趁势征得了女儿的同意。
　　"对,对。女人应该和女人在一起嘛。"
　　听女儿这么一说,丈夫像被霜打了的茄子,一下子蔫了。

日记把前两天去冲绳的事情记得非常准确,而且连到达那天分房的情形都仔细地记下了。

　　房卡被我抢走后,丈夫无可奈何地说:"唉,我好不容易才有个与妈妈单独在一起的机会……"
　　刚说到这儿,就被女儿打断了:"爸爸,你别那么恶心好吗?"女儿冷冰冰地看着爸爸。
　　"哎,你说什么呀。那爸爸和夏美一起睡吧。"丈夫说着很高兴地去拽女儿的手。
　　"讨厌,放开。"女儿简直像碰到什么肮脏东西一样,一把将丈夫的手甩开。
　　"大家快进屋吧。"儿子叫了一声,给大家解了围。大家都放心地进了各自的房间。
　　以前孩子还小的时候,举家外出旅行时,全家理所当然地住在一个房间。房间里添上一张儿童床或单人床,就足够四个人睡的了。
　　但是,现在孩子们都到了青春期,已经把我们看作了身边的异性,我们相互之间渐渐开始拉开距离了。

这样的反应,女孩要比男孩强烈得多。随着女儿渐渐长大,她开始产生一种洁癖,也许是对父亲萌生了厌恶。

其实小时候,女儿很喜欢和父亲一起洗澡的。到了小学四年级的春季,有一天她忽然说:"我绝对不喜欢和爸爸一起洗澡。"但是,丈夫一点都不知道,还是像往常一样与女儿嬉闹。也许女儿觉得爸爸的嬉笑太腻烦,有点难以忍受了。

妻子太冷酷无情了,竟然不给自己一点面子。以前一直十分文静、对自己百依百顺、毫不反抗的妻子竟然有如此敏锐的观察力。这令人跌破眼镜。

省吾深深地呼吸了一下,竭力使自己镇静下来,继续往下看。

莫不是丈夫得不到妻子的爱,只好装出那样一副求女儿欢心的样子让我看?再加上女儿也渐渐开始疏远他,他才跑到别的女人那儿去?想到这里,我倒是有点同情他了。

虽然这么说,但这次旅游丈夫是不是另有所图,他会不会又来求我和他亲热?

事到如今,这么个与外面的野女人有染的丈夫,我怎么忍受得了。用女儿的话来讲,就是太恶心了。

确实如此,最近妻子根本不愿意和自己做爱,还说什么太恶心,这是什么意思!

天下哪有这种妻子,在日记中对丈夫写下这样的话。她如果在眼前,一定骂她个狗血喷头。省吾压抑着愤怒,继续往下看。

8月13日(星期天)23:00

　　晚上八点,三天的冲绳之旅平安地结束,回到家中。

　　我回到家里还得整理行李,丈夫一进家门,立即将他的旅行袋拿进他自己的房间,在里面偷偷地收拾。

　　从冲绳买了些当地产的点心,要送给医院的工作人员。也许我不在场的时候,丈夫给那个女人悄悄地买了什么礼物,否则他为什么要偷偷拿进书房去整理呢?

　　我在外面隔着门对他说:"他爸,有什么要洗的快拿出来。"

　　"知道了。"他的声音很干脆。

　　也许他觉得平安地完成了家庭服务,心上的一块石头落地了?我还听到他在里面哼着小曲呢。真美死他了。他的心可能已经飞到很远的地方去了吧,歌声也是那么轻飘飘的。

　　休假结束了,明天就要到医院上班,他能轻松休息的也只有今天了。那他今天晚上肯定又要寻找理由外出,去和那个女人幽会。而且会像往常一样,混到后半夜才回来。

　　今天早上他还在说呢,"到底是家庭旅游好,身心都很放松"。这边话音刚落,那边就要去见那个女人,这不是对我们全家的亵渎吗?

　　这样的话,好不容易才成行的家庭旅游,对丈夫来说与上班毫无两样,就是"为家庭服务"嘛。他只不过是履行了一次义务。看来下面他要到那个女人那儿去,虽然时间很短,但那才是他真正意义上的休息呢。

　　不过,至少今晚我们还应该一家人团圆在一起,没有外人。因为我们还沉浸在快乐的家庭旅行的余韵中呢。偏偏到最后,他还来这种事,实在是扫兴。我可不愿意破坏好心情。

但是,看丈夫房里悄无声息的样子,可以想象他已经换好衣服准备外出了。说不定那房门马上就会打开,他会煞有介事地讲出一大堆道理来。

我不能就这么袖手旁观,必须先下手为强。用什么借口才能留住他呢?越想越坐立不安。

大家一起快乐地去冲绳旅行了几天,应该感到满足了,可是妻子偏偏还在执着地窥视自己的动向。这天的日记并没有就此结束,还在继续。

无论如何得想办法拖住他,怎么才能找到借口呢……

自己急得像热锅上的蚂蚁,可就是想不出办法。

就在这时,祐太忽然走过来问我:"我有点肚子疼,有没有药?"

祐太虽然用手摁住肚子,但是看得出,并不是很严重。我灵光一闪,有了,就是他。

"不要紧吧?我去叫爸爸,你赶紧躺到沙发上休息一会儿。"

我故意说得很严重,然后吧嗒吧嗒地把室内拖鞋踩得震天响,走到丈夫书房前,敲他的门。刚敲了一下,门就从里面打开了,丈夫伸出头来。

"他爸,祐太叫肚子疼,你赶紧去给他看一下吧。"

我是故意装出一副紧张的样子,但是丈夫看来比我还要紧张。不知为何,他急忙将打开的手机盖合上,慌慌张张地塞进裤子口袋,急忙从我边上挤过,朝客厅走去。

我预料得一点没错,丈夫肯定是在书房里给那个女人发短信。想到那副嘴脸,我心中怒火燃烧。今天晚上我就要使坏,就不让他去,看他怎么办。我满脑子都是这样的念头。丈夫被我叫出来后,单腿跪在客厅地上,用三根手指按住躺在沙发上的儿子的肚子,说:"没事,有点轻度消化不良,马上就会好的。"

听他这么一说,儿子嗯了一声,立即站起来,朝自己的房间走去。但是我并未就此罢休。"好像疼得很厉害,会不会是盲肠炎?"更进一步说,"会不会是在旅途中吃坏了肚子?"还问丈夫:"半夜里会发烧吗?"

丈夫显得半是惊讶的样子坐在单人沙发上,拼命地摇头,回答:"不会,不会的。给他吃点容易消化的东西,马上就能好。"

"这孩子平时可没叫过肚子疼,今天晚上不放心啊。"

忽然,丈夫像想起了什么似的,噌的一下站了起来,说:"你那么不放心,我去取点助消化的药来,反正正好要去医院作点明天的准备工作。"

看来还是被妻子看穿了。省吾看着日记,脑海中泛起了从冲绳回来那天晚上与妻子争吵的情景。

丈夫好像是感到有点尴尬了吧,装作看报的样子,用报纸遮住脸。我是怒不可遏,儿子正在肚子疼,他却不管三七二十一一定要出去,这样的丈夫太自私了。

"你现在到医院去有何公干?"

与他面对面地谈话时,丈夫要是做了坏事,会有个怪癖,他会将脸转过去。

"大家推选我当医师会的会计,我要早点把账结清,公布出来。到冲绳去旅游,把这事给拖下来了……"

好不容易有一次大家都那么高兴的旅游,却让他当作借口了,真是可恶。

"今天刚回来,已经很累了,非得今天去不可吗?"

"那可不行,今晚不做出来就来不及了。"

这时,厨房煤气灶上正在烧的水开了,鸣笛声一下子尖利地响起,随着一股白色的水蒸气,壶里的水也沸了起来。我急忙关闭煤气,将滚烫沸腾的开水注入大口杯中,我的愤怒也达到了沸点。

"你肯定又要很晚才回来。"

我故意用了"又要"两个字,我知道丈夫一听到这两个字就会跳起来。果然,他用报纸遮住脸回答:"是啊,要花费一点时间。"

他竟如此冷静地将我的话挡了回来,对我的挖苦一点都不在乎。看来他是铁了心,今晚是非走不可了。不过,我也不是那么好糊弄的。

"那么澡也不在这里洗了?"

也许我这一箭射中了他的要害,他一下子沉默下来。我绝不手软,又接连射出第二箭。

"是不是要到医院去洗澡啊?"

丈夫忽然折叠起报纸,一言不发地站起来,连看都不朝我看一眼,迅速向走廊走去。

"你给我等一下。"

我从厨房的边门冲了出去,绕到丈夫面前,挡住了正要出门的丈夫,双手绕到背后去解围裙的带子,边脱下围裙边不顾一切地说:"今晚你要出去的话,那我也走。"

说实话,妻子说"我也走"时,省吾狼狈极了,他做梦也没想到妻子会说出这种话来。关于当时的情况,妻子在日记中是如此记载的。

这句完全出乎意料的话,令丈夫狼狈万分。
"啊,为什么?"丈夫连声音都哑了。
"你不是要出去吗,我为什么不可以出去呢?"
他被我问得哑口无言,只好将双手抱在胸前,眼睛直盯着天花板上吊着的大吊灯,不一会儿来了个深呼吸,像是叹了口气,说:
"我不是告诉你,我是去工作的嘛。你怎么老说些莫名其妙的话,别总是抬杠好吧。"
"什么?说莫名其妙的话的是你。"
"我的话,你什么地方听不懂?"
这又是他的弱点,心虚时声音很大,但是眼神游离不定。
"你又装蒜了。"
"别说傻话了。"
"好的,别再说了,够了。"
这种丈夫,还有什么话可以跟他说的。我来了个一百八十度大转弯,转身回到厨房。丈夫从后面追上来。
"嗨,你是不是有些误会?"
他又来打岔了。我还有什么跟他说的呢?再说也是白费,他不会听我的。
与其这样,还不如冲着我怒发冲冠,大发雷霆,吼一句"你给我住嘴"。如果他有如此的魄力,我倒也算了,心甘情愿地上当受骗。

"喂!"丈夫在我身后大声嚷着,我连头都不回。

"真是!"丈夫看来是忍无可忍了,只好狠狠心咂了咂嘴,回到书房去了。没过几分钟,他又重重地拉开大门走了出去。

他难道就那么想到那个女人那儿去吗?扔下自己正在肚子疼的儿子不管,与妻子争吵到这种程度,他还是执意要去。既然如此,那就让他去吧。

毫无疑问,他肯定知道自己的花心已经被我看穿了。

对,不管你伪装得如何巧妙,我都能看穿。

省吾的视线不由自主地从日记本上移开,闭目养起神来。

真没想到,那天的事情被她写得一清二楚。妻子的推测完全正确。她怎么会知道得这么详细?不,也许只能怪自己太迟钝了。

不过,那天可能也只能那样做。从冲绳回来的那个晚上,大家都很累,谁都不想动了。在这样的情况下,自己连休息的工夫都没有,还要去医院工作。换成别人的话,谁都会觉得很辛苦,肯定会同情。

自己是按照这种想法来安排行动的,但是妻子为什么会看穿,认为这是谎言呢?我可觉得这几乎是天衣无缝了,妻子是怎么看穿的?

说不定妻子有特异功能,第六感特别发达?听说女人的第六感本来就很发达。但是不管怎么说,妻子是太敏锐了。

早知如此,自己应该和迟钝些的女人结婚。

年轻时交过的女朋友中,也有心胸开阔、落落大方的,可能选那样的人做妻子才对。

现在再次反躬自问,可是世上哪有什么后悔药呢?

省吾深深地叹了口气,重新打开日记本。日记跳过两天,是八月十六日的了。

8月16日(星期三)22:30

今天早晨,丈夫白衬衣左胸的口袋附近,隐隐地沾有淡粉色的口红。跟往常一样肯定是丈夫趁夜深人静,悄悄将它扔进洗衣机里,藏在别的衣服下面的。

很早以前开始,丈夫的白大褂和衬衣等都是带回来,在周末交给前来送衣服的洗衣店伙计带回去洗的。最近却很少往家里带了。

但是,难以想象忙忙碌碌的丈夫会自己把衣服送到洗衣店去。这样看来,他是让那个女人帮他去送。

觉得放心不下,翻查了一下丈夫的衣帽柜和衣架,果然不出所料,找到了从洗衣店拿回来的还没拆封的塑料衣袋,找出印在塑料袋上的洗衣店的电话号码和店名,用电话号码簿查了一下,发现是丈夫医院附近的洗衣店。

然后拆开塑料袋,取出衬衣,又发现领口后面还带着个洗衣店缝上去的有顾客姓名的小条。一看小条,不禁倒吸了口凉气。

小条上写的是"香田",毫无疑问,这肯定就是那个女人的名字。

"不好……"

看到这里,省吾不禁嘟哝了一句。

真没想到,妻子竟然已经调查到这一步了。这简直就像是自己做了坏事,正被警察追赶一样。当然,在外面有外遇,确实不是什么好事,但是不至于遭到如此严厉的追查吧。

"别太过分了……"

真想对妻子大喊一声,可是她不在跟前,也不可能听见。

"真是的,简直把我当罪犯了……"

他非常恼火,但是越生气越想往下看。

这到底是怎么回事?丈夫的衬衣上竟然系着写有那个女人名字的小条,可知每次只要衬衣脏了,他就托那女人送到洗衣店去。

那个女人送去,那钱由谁付呢?是她还是丈夫?不,肯定是丈夫付的。

不管怎么说,竟有三件衬衣都系着有她名字的小条,可见丈夫是何等频繁地出入她住的公寓了。这令人难以置信,也不愿意相信。

"砸了!"

自己做的事情太傻了。这么死搅蛮缠的妻子,肯定会查看丈夫的衣帽柜和衣架。自己太小看她了。把这种东西放在一下子就能找到的地方,不好好地藏起来,实在太不注意了。自己太傻了。

省吾一边挠着头一边继续往下看。

这种事情绝对不能允许。是可忍,孰不可忍。应该立刻去洗衣店确认一下,或许能从这里打开缺口,找到那个女人居住的公寓地址。

不过,话又说回来,"香田"这个名字,好像在哪里听到过。好像丈夫医院的工作人员中,也有与这个名字相似的女人。"香田"不是什么很普通的大姓,或许就是这个人。

不可能,不可能有这样的事。

虽然打消了疑虑,但还是留下了不祥的预感。

是不是干脆就对丈夫说,"要给医院的职工写慰问信,给他们寄中元节的礼物",让他把医院职员的名单拿来算了。

读到这里,省吾感到背后阵阵发凉。

这可真是百分之百的恐怖,而且不是妖怪式的虚构怪谈,是现实生活中的危机。

总而言之,自己再这么任其发展下去的话,这样的妻子可是什么事情都干得出来。说不定她真的会去查医院职工的名单,找到那个女人的住址。自己应该早想对策,以免发生类似的事态。

不过,冷静地想一想,妻子并没有向自己提出要看职员名单。这说明她现在还没打算做到那一步。不过,妻子的性格自己是了解的,她绝不会善罢甘休。

那么说来,她会通过其他方式得到花名册。

省吾还想继续读下去,可是往后一翻,是空页。日记到此为止了。

今天是十七日,十六日是日记的最后一天。也许到此为止是理所当然的。省吾觉得有点泄气,喝了一口剩下的啤酒,继续思考。

妻子竟然写得如此露骨,从这点来看,她肯定会心生怀疑,采取行动。自己不能在她采取行动前想出对策来吗?

不过,话说回来,妻子也太刁钻、太能干了,竟然能将我藏好的衬衣找出来,能在小条上找出她的名字,并企图从职员花名册上寻找同名的员工。

行了,行了,现在不是欣赏她的时候,这完全是女人那种异常的妒忌心造成的。

省吾点着头,半是惊愕地想到:不过……

不过,就算找到了这些证据,妻子凭什么怀疑医院的职员呢?

到现今为止,可从来没有一点蛛丝马迹,妻子也没有问过自己。事实上,自己与诗织的事情在医院里也是高度保密的,其他员工没有知道的。

诚然,诗织是负责医疗保险赔偿支付业务的,有时会就有些文件的内容讨论到深夜。但都是谈些工作上的事,而且还有别的人参加。尽管如此,妻子为什么还能察觉到员工可疑呢?为什么会察觉到那个女人在员工之中呢?

总而言之,妻子已经查到这儿了,差一步就马上要水落石出了。这是事实。

从那天起,省吾开始悄悄观察妻子的动静。

她会不会像在日记中写的那样,通过医院中的某个人把花名册搞到手?会不会根据花名册再继续追查下去?诗织那儿有没有什么可疑的电话或信件之类的?

不过,从诗织嘴里得知最近并没有特别的情况,看来,她或许还没有采取行动。

他满腹狐疑地打电话将长田约了出来。

在这样的时候,一个人就显得很孤单,总有点忐忑不安。总想找个朋友一起喝喝酒,请对方倾听自己迫在眉睫的处境。

长田接到电话,一口就答应了,很快来到涩谷。省吾将他带到自己常去的道玄坂附近的小酒馆。当然,今天的一切花费都由省吾买单。

"你怎么晒得这么黑?"

一见面,开口第一句话,长田就这么说。省吾回答说:"一家人到冲绳去家庭旅游了。"

长田听了十分感动,连忙点着头说:"哎呀,你可真了不起,把老婆伺候得不错。"

"你老兄呢?"

"嗨,我不行,忙得一塌糊涂,哪儿都没去。"

一般说来,自己开诊所的医生都是如此,省吾觉得好像有些吃亏似的,喝了一口冷酒。

两人边喝边聊,关于医院从十月份开始要增加高龄患者的门诊自理费用的问题、慢性病患者长期住院的看护保险即将废止的问题等,共同的话题还不少。总而言之,有一点可以肯定——今后医院将越来越难经营。

"是啊,管他呢,听天由命吧。"

长田有点破罐子破摔地说了一句,忽然话锋一转,谈起女人的话题。

"哎,上次和你一起去的那家店里的姑娘怎么样?后来又见面了吗?"

"嘿,别提了。白天一见面,和一般的办公室女郎毫无两样。"

关于女人问题,从大学时代起,长田就是省吾的前辈,所以省吾把妻子的日记一五一十地告诉了他。

"你不知道,写得非常仔细,我看了吓得魂飞魄散。"

另外,还将妻子从衬衣入手,可能已经查到自己的女人等事,一口气都端了出来。长田边听边点头。

"不管她说什么,你都一百个不承认,装蒜到底。"

"不过,万一她查到了那姑娘住的地方……"

"她不是还没有查到嘛。"

长田的意见是不管她怎么千变万化,只要死咬不松口就行了。

"但是,我老婆可不是那么简单就死心的。"

省吾眼前浮现出妻子那随着年龄增大而日渐严厉的表情。

"你看,我早就对你说了嘛。"

确实是。自己刚开始对诗织有好感时,长田就不太同意,说如果在别的地方认识,那还说得过去,但自己医院里的女人还是住手为好。

可是,事到如今再说这些有什么用。妻子已经察觉到自己在外面有女人了,现在的问题是,妻子马上就要采取行动,将她暴露在光天化日之下了。

"是啊,你喜欢那个女人,这心情我理解。"

自己曾向长田介绍过诗织,还一起打过高尔夫球。

"她很温柔,与你太太完全不是一个风格。"

长田的眼睛果然很厉害。此外,诗织负责保险理赔业务,是医院中最重要的工作,这也是自己对她抱有好感的理由之一。

"连名字都让她知道了,看来快了。"

"嗨,你别恐吓我好吧。"

省吾将刚夹起的辫子鱼刺身又放回装生鱼片的盘子里。

"不过,最终你会和她结婚吗?你不会吧?"

是啊。老实说,省吾根本没有那个打算。诗织诚然很温柔,年纪又轻,才二十六岁,比妻子要年轻十四岁。年轻漂亮是自己喜欢她的理由。可是话说回来,现在要与妻子离婚,破坏已经建立起来的家庭,自己可真没那个勇气。

"那样的话,答案就很明白了。"

"答案是什么?"

"死不承认。"

"她如果冲到房间里来呢?"

"不管她说什么,你只有一句话——没有。"

"那样行得通吗?"

省吾是半信半疑,长田则是信心百倍,不断地点头。

"你太太也不愿意看到你有女人,对吧?那样的话,你就顺着她的愿望,装蒜装到底,一百个不承认……"

"行吗……"

省吾感到实在是不可思议,但这个男人可是对女人的心思了如指掌,他的意见自己无法反对,只好点头表示赞同。

和长田见面后,省吾感觉多多少少轻松了一点。

无论你太太说什么,你只要装蒜就行了。更令省吾感到吃惊的是,长田竟然说,纵然让妻子在床上抓了个正着,你也不能承认,坚持与自己无关。因为这是妻子期待的,所以就要照此否定到底,这是上上策。

这当然不失为一计。因为长田过去确实因为有外遇和太太闹起来,就是靠此计取胜的,还有点说服力。

但现实的问题是,省吾用此计是否能奏效,这就不清楚了。长田太太与自己的妻子毕竟不一样,女人对这种事的反应也不是千篇一律的。

不过,到时候万一真的要闹起来,自己也只有这么做了,除此以外别无他法。省吾找到了最后的手段,精神上的负担一下子轻松了许多。

"谢谢指点迷津。"

省吾不由自主地弯下腰来,深深地鞠了一躬。

长田苦笑着说:"她们啊,可是另一种生物。"

"唉……"

"女人和我们男人完全不一样。"

是吗?省吾又点了点头。长田继续说明:

"男人总觉得,在外面搞个把女人算什么,对吧?女人可不一样。女人比男人有洁癖,又不愿妥协。说不高兴,就是不高兴。不像我们,男人是暧昧的产物,尽管不高兴,但是还得自己找台阶下。"

省吾可从来没么认真地考虑过,只好洗耳恭听了。

"一旦她感到可疑,她就会一往无前地追究下去,绝不妥协。"

是啊,自己的妻子不是也有这么个倾向嘛。省吾感佩得五体投地。

"所以嘛,纵然是败露了,也不能承认。对女人就是要死硬到底。然后,对太太要温柔,比如带她到高级餐厅去,给她买点礼品什么的,哪怕不是什么贵重东西。不能怕羞,要当着她的面用实际行动表示'我是最在乎你的'。这样时间一长,太太的怒火就会慢慢地灰飞烟灭喽。"

"啊,你是这样做的呀。"

"是啊。"

长田不好意思地点了点头。这可是他亲身经历的。这样的话,听了没有坏处。

总而言之,长田的话是可以做参考的。但妻子后来在日记本上又写了些什么,省吾一直想看,可是老找不到机会,妻子总也不外出。

或许妻子察觉到有人在偷看她的日记,把日记藏了起来。自己硬要看的话,看了一肚子气,但是不看又不放心。

机会没有来,一连三天过去了。到了第四天晚上,省吾回到家中,妻子对他说,祐太的补习学校快放学了,要去接他回来,说完就出去了。省吾回来得比平时要早,就是因为知道妻子这个时间要去接孩子。

"家里就交给你啦。"妻子说完就出门走了,省吾一直看着她走出门,随后飞快地潜进妻子的卧室。

今天妻子的房间很奇怪,散乱得很,桌子上都是插花用的教材等。省吾用眼角余光看着桌上一副狼藉的样子,双手在床上寻摸起来,果然很快就在床单下找到了那个日记本。

今天省吾感到很放心,日记本在它应该放的地方。从妻子的房间来到会客厅,省吾想了想,就坐到客厅的大沙发上。

要说安全的话,还是自己房间最安全了,但如果在里面看,自己会察觉不到妻子回来。坐在这里,妻子回来时肯定能知道,说不定还可以将日记本顺利地放回妻子的床上。

"好!"省吾一个人自言自语地点了点头,打开了日记本,上个星期六的日记跳入眼帘。

8月19日(星期六)22:30

有栖川纪念公园一片碧绿,在朝阳的照耀下显得格外耀眼。

早上起来,我正在阳台上晾晒衣服,不知从什么地方飘来一股金沙飞舞樱花香水的味道。

微暖的晨风带着这令人诅咒的香水味,向我袭来。

肯定是沁入丈夫衣服中的,这味道洗也洗不掉吗?何等顽固啊。我真担心它会染到家人的其他衣服上。

如果我是那个女人,每次与丈夫幽会时都会极力避免使用一个牌子的香水。因为每次都是同一种香水味沾到他身上的话,被他妻子发现的危险性就大了。

或许那个女人明知这一点,故意将香水沾到丈夫身上去呢,要训练丈夫习惯闻这种香水。只要丈夫一闻到这个香水味,就会想起她。

可是往一个有妇之夫身上抹自己的香水,这样做管用吗?

每天晚上带着同一种香水味回家的丈夫,早晚会被妻子发觉,只是时间问题。那她是不是太不顾忌我这个妻子的感情和面子了?

或许她是想暗示我:"太太,这个男人有我这么个情人在呢。"

对了,这肯定是对我的挑战。对,这无疑是她自作聪明的把戏,通知我她的存在。

省吾猛地一下将日记本丢在沙发上,在自己的衬衣肩头闻了闻。他根本没想到会沾到那么浓郁的香味,但是妻子一下子就察觉到了。

"这么说来……"省吾忽然想起来了。

两天前,妻子忽然跑到身边,在自己周围到处乱闻。自己连忙将衬衣换了下来。说不定那时妻子是感觉到什么才跑过来的吧。

他继续往下看日记。

> 到现在我才明白,她是想让我察觉到,丈夫还有这么个情妇存在。
>
> 你丈夫有我这么个情妇呢。她希望我知道了这件事后,会号啕大哭,六神无主,会像发神经一样死死缠住丈夫。
>
> 她看到我们家平安无事,就会想方设法使我们的家庭生活破裂。最初可能只是几毫米的小裂缝,会慢慢地增大,到某一天会忽然在一瞬间爆发,导致大崩溃。这就是她的愿望。
>
> 然后,毫无疑问,她会在暗中偷偷地乐。连丈夫都没有见过那样的笑脸——她满面笑容、自鸣得意地一个人开怀大笑。
>
> 下午到百货商店去买了瓶娇兰金沙飞舞樱花香水。这是个细长的小玻璃瓶,淡粉色,非常可爱。小小的喷头上还带着个拼花玻璃盖,均匀瘦长的瓶身,令人联想起女性胴体的完美曲线。
>
> 难道她想告诉我,太太,这就是我呀。

哪能呀,诗织不可能想那么多。她将自己喜欢的香水喷洒在男人的衣服上,向人们显示自己的存在,去破坏别人的家庭……这可能是妻子多虑了。

诗织不是那样的女人,不是那种被野心攫获的薄情女人。但是,这一切又无法向妻子说明,无法告诉她"诗织不是你想象的那种薄情女郎"。只要一说,自己偷看日记的事立马就会穿帮。而且妻子一旦意识到自己在袒护那个女人,肯定会暴跳如雷,破口大骂。

那样的话,这个家就没有安宁的日子了。

"怎么办?"

省吾不由自主地站起来,往四周看了一圈又坐了下去,显得十分心神不定,他翻开日记本,阅读下面的日记。

8月20日(星期天)23:10

晚上七点过一点,丈夫打完高尔夫球回来了。

"今天可真热啊!"

他用手扯住短袖衫胸口,一拉一松地扇乎,并把高尔夫球杆袋交到我手上。

脸上晒得黝黑,看样子是很累了,而且将高尔夫球杆袋交给了我,看来今天真的是去打高尔夫球了。

然后他叉开双腿往沙发上一坐,与儿子一起看足球比赛的实况转播了。

我急忙将罐装啤酒、水煮毛豆和蔬菜拌三文鱼端到他跟前,然后拿起啤酒想帮他打开。这时丈夫已经等不及了。"快一点。"他迫不及待地把啤酒从我手上拿过去。

这时,丈夫一点也没有防备,忽然一下子脸红了。"唔……"他的眼睛直望着我。

就在那一瞬间,他闻到了我身上那股香水味。

是的,就是那女人沾到他身上那股娇兰金沙飞舞樱花香水的味道。

我不动声色地回到厨房,一边准备晚饭,一边暗暗地观察丈夫的动静。

他的视线还是盯在电视机上,但是他先抓住短袖衬衫胸口,举到鼻子前闻了又闻;接着又装出用袖口去擦汗的样子,这次将袖口来回搵在鼻子上闻;然后又抓起桌子上的小毛巾,从额头到脖子根,仔仔细细地擦了几遍;最后回到自己房间换了件新的汗衫出来。

看来丈夫是进入了我的圈套。

啊呀,那果真是妻子设的圈套啊!

她买来诗织用的香水,然后抹在身上,佯装若无其事地接近丈夫。

自己闻到这个香水味,反倒慌了,以为是从哪儿把诗织的香水味带回来了呢,连忙把短袖衬衫的胸口嗅了又嗅,还紧张地把衣服都换了。这一切都被妻子冷静地观察到了,真是的!

这样一来,岂不就等于坦白了嘛,承认这个香水味与那个女人用的香水是相同的。事实是这样,她在日记本上也是这样写的。真没想到竟被妻子给算计了。

要说巧妙,也够巧妙的。但是,妻子也够恶劣的。省吾感到无可奈何,又翻起日记本来。

8月21日(星期一)22:30

他说医师会有活动,先把车子开了回来,然后再坐出租车外出。

酒后驾车是绝对不允许的。

丈夫出门后,我去补习学校接祐太。回来后,忽然觉得边上停的丈夫那辆车子可疑,便取来车钥匙,打开检查。

果不出所料,副驾驶座有一丝娇兰金沙飞舞樱花香水味,可能最近那个女人坐过他的车。

自己对着这些观察时,忽然想起应该打开副驾驶座位的挡板箱,里面是车检证和几张光盘。

拿出来一看,是叫 EXILE 的男生组合和名叫 AIKO 的女歌手的光盘。丈夫以前只有几张南天群星和梦合唱组合的唱片,他是从什么时候开始听这种音乐的呢?

最近丈夫开始喜欢吃西餐了,也开始在意自己的体形,常常称体重。衣着也注意挑选那些年轻人中流行的款式,如牛仔裤、足球衫等。不过,这些歌曲和那香水一样,都是受那个女人的影响吧。

丈夫难道就是听着这样的音乐,让那个女人坐在副驾驶席上,开着车子到处游玩的?

在我面前,他开口闭口都是"忙死了、忙死了"。他说的和做的可完全是两回事。

我感到越来越可疑,接着又打开前排扶手箱,里面净放些小文件和收据、发票之类的。

"糟糕!"看到这里,省吾不禁痛苦地叫了一声。

妻子一直开着那辆她喜欢的奥迪,根本没想到她会到自己的车里乱翻。知道她不会来这里,所以,这车子就像自己的私人房间一样,车里的几个箱子也乱七八糟放了好多东西。

究竟都放了哪些东西,自己一下子也想不起来,妻子的日记本上却记载得一清二楚。

首先是加油站的发票,有好几张。星期日的晚上,丈夫经常借口"到加油站去加油",就将车子开出去了。但是,这几张加油站的发票竟没有一张是星期天的。

"现在急急忙忙地去加什么油呢。"我对他说,可丈夫却说:"到了早上匆匆忙忙的不好。"坚持将车子开出去。现在知道了,那都是在撒谎。

那么说来,他每次出去都是去与那个女人幽会了,抑或是到外面去,用手机痛痛快快地跟她打电话,谈情说爱。

还有餐厅和饭店酒吧的发票。

餐厅的收据是东京新桥附近一家法国餐厅 Chez Inno 的。早就听说那家餐厅的法式大餐做得好,一直想去品尝一下,却没有机会。他们倒好,两人花掉六万两千五百日元。套餐每人两万日元,其余都是饮料,看来他们喝了很高级的葡萄酒。

发票上的日期是七月二十八日,这天可能是那个女人的生日吧。

即便如此,两个人一顿晚餐要花掉六万多日元,实在是令人难以置信。丈夫和我们一起,顶多是去附近的日本料理店或烧烤店,其他地方从来都不去。

饭店酒吧的发票日期不是同一天的,是新宿一家饭店的酒吧。看来这两个人是下班以后,悄悄约好在那儿碰头再喝的。

还有一张银座蒂凡尼的收据。

十四万五千八百日元。这到底是什么东西,会这么贵?是项链、胸针还是戒指?是不是先赠送这么个礼物,再一起去品尝六万多日元的晚餐?这两项加起来可要超过二十万了。

为什么要对那个女人如此照顾啊?

因为是喜欢?不,仅仅是喜欢还不够。

喜欢,而且深深地爱上了……

忽然感到一阵恶心,我赶紧闭上眼睛。

妻子看到扶手箱中的收据后,心情非常不好。省吾看到这篇日记后,心情也一塌糊涂。

这种事情都被妻子查到了,看来无法逃脱了。

"反正听天由命了。"

省吾想,反正是破罐子破摔了,便继续往下看。

丈夫的收入到底是多少,老实说,我根本不知道。

医院的总体收入中扣除人事费用等各种支出,剩下的就是纯利润了。但金额具体是多少,这也没人知道。

只要医院还在营业,就不会赤字经营。可每当问他,他总是说:"你闭嘴。"

总之,每个月的生活费都汇进账户,在生活上没有一点困难。除此以外,丈夫肯定还攥着很大一笔钱。

"这些钱怎么花,那是我的自由。"如果丈夫对我这样说,事情确实也是如此。但是,他把钱花到毫不相干的女人身上就不对了。

所有的钱,都是家庭和孩子的。如果还有余力的话,应该存起来,以备日后天有不测。

就算你想歇口气,或是消遣一下的话,一个晚上花费二十多万日元也是天理难容。

省吾又叹了一口气。

要说花了二十多万日元,是因为那天是个特殊的日子,是诗织的生日。不能因为收据和发票都在,就以为我一直是那么奢侈,那可太冤枉了。

省吾真想对妻子说:"你应该冷静地思考。"可是不知是幸运还是不幸,妻子此时不在眼前。

在一堆收据中还夹着一张电影票的票根,不知为什么是涩谷的电影院。丈夫不可能一个人去看电影吧,肯定是和她一起去的。

接着又发现了一张二十四小时便利店的收据,上面标明购买的是食物,有蔬菜沙拉、三明治、熟制培根肉、牛奶、乌龙茶等,共计一千零五十日元。

丈夫怎么会在二十四小时便利店中购买这样的居家用品呢?不,可能是那个女人买的,丈夫付的钱吧。

日期是七月十八号,便利店的住址在代代木二丁目,电话号码也打印在上面。

毫无疑问,那个女人住的地方也应该在那儿附近。

妻子的日记到此结束,下面没有了。

如果在平时,自己肯定还想看,但是越看下去,心情就越坏。

省吾合上日记本,跑到妻子房间将它放回床单下面。忽然闻到一股幽幽的香味,好像感到有些温暖。

这就是妻子的气味,省吾感到很亲切,像是想起了过去,将手放在床单上。他想起来了,自己有很长时间没有和妻子同房了。

那大概是半年以前的事了吧,孩子们都到外婆家去了,家里只剩夫妻两个人。那天早上,省吾忽然感到有点冲动,就去抱她。妻子好像非常吃惊。"嗯,你怎么了?"她一副十分讨厌的样子,说,"我还没睡醒呢。"

省吾不管那些。由于丈夫坚持要,妻子没办法只好接受,但是丝毫没有激情。

这是自己竭力要求的,妻子当然就很勉强了。但即使如此,妻子的反应也太冷淡了。而且一结束,马上就下床到浴室去淋浴。

她以前可完全不是这样的,简直就像是碰到什么肮脏的东西一样。

对了,前些日子与诗织做过爱,妻子好像很敏感,也许她已经察觉到了。总之打那以后,就再也没有与妻子亲热过了。

最近人们经常谈论的无性婚姻,充其量也只不过是一个月做不了一次爱,我倒好,这样下去的话,一年都恐怕难得有一次。

这样的话,我们倒是名副其实地过着无性婚姻生活的假面夫妻了。

甚至还有男人主张"工作和做爱不能带回家"。省吾并不认为那是好事,但是,结婚十年以后产生这样的状况,也许不是什么特殊现象。

老实说,最容易让男人激情燃烧的是美丽的蝴蝶在自己周围翩翩起舞之时,是逮住那只蝴蝶的一刹那。但是结了婚,有了婚姻这个安逸的场所,再加上过去曾经很美的蝴蝶一直在你身边死缠烂打,无论怎么让你燃烧,都提不起劲了。

这实在是很荒唐的道理。省吾一边想,一边点头。

夫妻这玩意儿真不可思议。

一般说来,两个人互相喜欢才结婚的。如果是这个人,自己就愿意一直和他在一起,和他在一起很安心。只有这样,两个人才会结婚。

从男性的角度来看,他是想让那个女人一辈子都属于自己。结了婚,就不必担心她被别的男人抢去,期待着把她作为自己的东西独占才结婚的。

更具体地说,男人以为只有结了婚,才能在想做爱时就和她做爱,不必在意任何人,两人水乳交融,可以在自己的房间内尽情地颠鸾倒凤。

但是,那样的梦想与期待伴随着婚姻一起慢慢地、并且是确确实实地消失掉了。

只要结了婚,什么时候都可以自由地、随心所欲地做爱。这种安心感正是封杀欲望的罪魁祸首。或许每天都简单地重复,就会觉得腻味。

那样的话,哪怕你每次都开动脑筋想找点新花样,可哪里会有那么多新奇的方式呢?加之有的丈夫认为,把快乐全教给妻子的话,她每天都会要求,自己要应付她实在为难。也有人认为不能全部教给女人,只有教些简单的做法,这才是最保险的。

当然,那些丈夫是否具有充分引导妻子的技巧和温柔,就另当别论了。

总之,如今婚前性行为很普遍。在正式结婚前,每一次见面都会渴求对方,对做爱的热情很高。因为两人还没住在一起,还不能言之凿凿说她就是自己的了。一旦松懈,她可能又会离开。这样的担心反过来又转化成了激情,使人的欲望更加强烈。

不过结了婚后,也就是感到"这下可放心了"的时候,精神上一放松,对做爱的兴趣也会急剧消失。

老实说,人根本不知道自己为什么要结婚,尤其对妻子们来说更是如此。她们普遍希望在婚后能得到比恋爱期间更热烈的爱抚,然而事实却完全相反,让她们郁闷,有被欺骗或是希望落空的感觉就很正常了。

但是正是出于结婚后的安心感,她们会毫无忌讳地与他人商量避孕等私事,往往在商量时就已经受孕了。从这时开始,夫妻的性生活就进入第二阶段。

现在回想起来,与妻子关系疏远,是在孩子出生以后发生的。

婚后第三年,第一个孩子出生了,妻子的生活完全被育儿占领了。孩子从早到晚不停地哭,妻子要给她喂奶、换尿布。看到如此忙碌的妻子,男人的性欲自然也会下降。

事实上，在这种时候，丈夫提出那样的要求，妻子也很难满足，这是理所当然。

这时，绝大多数的丈夫都将妻子作为孩子的妈妈来看，而不是当作女人来看，并开始努力让自己适应这种变化。

当然，在孩子熟睡后，妻子身体状况良好的情况下，做爱的要求是不会被拒绝的。尽管如此，丈夫仍明显地感到妻子身上的女人味在减少。

随后，又过了两年，在第二个孩子出生后，两人的房事就更少了。

女儿还小，又来了个婴儿，妻子忙得连喘息的机会都没有了，从早到晚都忙于照顾孩子，连丈夫都照顾不过来。

生了孩子以后的妻子，已经不是女人，而是母亲了。也正是从那时起，省吾对妻子的称呼也由"志麻子"变成了"妈妈"。

从那以后，夫妻俩的关系渐渐疏远，房事减少到每个月一次，再后来是两个月一次了。

这些如果让妻子来讲，她肯定会说是男人太任性了，不将妻子当女人看。这样的比喻可能不太妥当，我们可以看一下动物界，母狮子在抚育幼狮时是没有情欲的。省吾有时甚至认为，自己做的好像符合自然规律。当然这些从没对妻子讲过。

那么，这期间膨胀起来的性欲是如何处理的？现在回想起来，那时省吾在大学附属医院工作，一边负责门诊一边撰写论文，也是忙得焦头烂额。之后又是张罗筹备医院，又是医院正式开业，根本没有一点空隙。

就是在那么繁忙的时间，也不是没有性欲的，偶尔也会光顾一下风俗店，曾有两次与别的女人风流过。

但那些都是逢场作戏。这次与诗织的关系就不一样了，自己非常投入。如此喜欢一个女人，也是以前从来没有的。

妻子之所以会打翻醋缸，燃起妒忌之火，也许出于本能吧，她本能地察觉到了在省吾身上发生的一切。

第三章 摇摆不定

月底,去澳大利亚游学的女儿夏美回来了,家里立刻热闹起来。

这个家庭一直习惯于夫妻二人加上两个孩子的状态,此前少了夏美一个人,就好像坐着缺一个轮子的汽车似的,大家心里都不踏实。

正好女儿回来了,家中的气氛这才又变得明朗活跃。

夏美虽然是初次体验国外生活,可看样子一点也不累,她拿出一个袋鼠毛的钥匙圈说:"爸爸,这个给你。"接着又给母亲一个带花纹的化妆包,给弟弟一件印有当地风光图案的T恤衫。

"真是个好地方啊,下次大家一起去吧!"

要去澳大利亚可不是那么容易,不过妻子和儿子还是挺高兴地听着。

在这样热闹的氛围中,省吾稍微有点放心了。妻子的情绪也因此平稳了些,对他的搜查或许可以手软一些。

省吾心想,不管怎样,此前差一点被堵在诗织家里的那种严峻的态势,最好随着夏美的回家中止。

正如省吾所期待的,此后妻子的心情忽然好了起来。可能因为都是女人,母女俩才更合得来的缘故吧,省吾经常听到两人边说边笑的声音。

这样看来,那种激烈的刨根问底式的追究,是不是因为女儿不在寂寞造成的呢?省吾一方面觉得事情没那么简单,另一方面则盼望着事情就是那么简单。

总之,随着女儿回国,孩子们的暑假结束,新学期开始了。

一个星期后,说是一个住在白金的朋友的父亲去世了,妻子要去守夜。

确认这件事属实,省吾比以往任何时候都早回家,悄悄溜进了妻子的卧室。

最近没怎么看日记本,所以就像要潜入什么秘密隐蔽处一样,省吾心里是七上八下的。

像往常一样,先看看四周,然后把手往床里边一伸,日记本就像期待的那样从垫褥下面露出来了。

"好久不见了。"

就像见到了久未碰面的恋人,省吾一边感觉着扑通扑通的心跳,一边打开了日记。

日期是举行第二学期开学典礼的九月一号。

9月1日(星期五)23:30

丈夫坐在沙发上喝着加水威士忌,对洗完澡穿着睡衣走出来的儿子说:"哦,祐太。"

"啊,爸爸在家呢?"

丈夫星期五从来没有这么早回家,所以儿子有些吃惊的样子。

"足球踢得怎么样啦?"

儿子用挂在脖子上的毛巾擦了擦头,打开冰箱,随口回答:"不怎么样。"

"这算什么回答?"

可能是稍微有点醉的缘故,丈夫瞪着厨房里的儿子。

祐太也觉得不好,所以向爸爸报告:"从下个月的比赛开始,我就成为正式队员了。"

"是嘛,干得不赖嘛。"丈夫咚的一声敲了一下桌子,径自点点头说,"好!嗯,你还是像爸爸,体格壮、跑得快是吧。"

儿子道了晚安,便把丈夫撂在身后,要回自己的房间去。

就在这时候,丈夫喊了一声"喂",却没有回音。看着儿子的身影消失,丈夫不满地咂着嘴:"一点也不近乎。"接着,就冲着正在客厅用电脑记录家庭收支的我瞪眼,那意思就像在说:"你管教得可不行啊!"

"那孩子练足球已经很累了呀。"

本来是想好好说说情,让丈夫消消气的。可他跟往常一样,扔下一句"我要睡了",就别别扭扭地回了自己的房间。

每当孩子们在学校或兴趣小组取得了好成绩,丈夫差不多总是要说:"那方面像我。"而前几天,女儿在小提琴汇报表演中不慎失误,丈夫就在我耳边小声说:"冒冒失失的,就像你。"

他总是自豪地夸口,说孩子们的长处都是继承了他的遗传基因,而短处都怪罪于我。而假如出现夫妇俩都没有的特征,他甚至会满不在乎地说:"说不定像你爸爸呢。"

他老是这样说,不知我那已故父亲的在天之灵会作何感想。简直就像和我结婚以后,才华横溢的川岛家族的血统变坏了一样,丈夫总是带着这样的口气。

"是吗?"省吾头一歪,思忖着。

他不记得说过孩子们的长处都是自己的,而短处都怪妻子。

孩子们做得不错时,确实说过"像我,很好"之类的话,不过那都是开开玩笑表扬一下而已。女儿失误的时候,也许说过"像你一样冒冒失失的",那也是想起了妻子的马虎之处,觉得可爱才说的,没什么恶意。

把这看成是"长处都是自己的遗传基因,以川岛家族的血统自豪",未免想得太多了吧。

就算是那样也罢。自己当作玩笑说的每一句话,妻子都小题大做抓住不放,对此,省吾是一点也不知道。

如此正儿八经的,的确也像妻子的作风。但这样下去,不经意间,夫妻之间连玩笑也不能开了。

"真是的……"省吾咂咂舌头,接着往下看日记。

前几天报纸上登了一篇"日本的父亲和孩子接触的时间最短"。因为忙于工作,和孩子说话的时间少,致使父子间产生距离,这一点可能也没有办法。

为了不破坏父亲的形象,我按照自己的方式,在孩子面前努力不让他们看到父母吵架或是彼此不和的场面,因为我觉得孩子们的健康成长离不开家庭的稳定和安宁。

尽管如此,孩子们都快到青春期了,对事物的感受能力越来越强,对家庭中的每个人都能客观判断了。无论表面上如何敷衍,或许孩子们已经感觉到了飘荡在我们夫妻间的那股冷飕飕的空气。

被孩子们剥开假面夫妇的那张画皮,也许只是时间早晚的问题……

而像今天晚上祐太的事情,我没有理由被丈夫瞪。

儿子做事有他自己的方式和原因,肯定是平常觉得父亲阴郁沉闷,不由自主地采取了那样的行为。如果觉得心中不快,丈夫多少应该察觉到自己与孩子疏远了,更要增加并珍惜与孩子们相处的时间才对。

说是工作忙,却有时间去会那个女人。

"就算是那样……"省吾沉思着。

类似这样的与妻子之间的不和或者说是龃龉,也许是由于对"夫妻"这个概念的理解不同造成的。

确切地说,从省吾的角度来看,有这样的想法:丈夫总是应该占有比妻子优越的地位。倒没什么要逞威风的意思,只是觉得在家庭里必须先有丈夫的地位。妻子呢,则要维护这种地位,保护孩子。虽然有些守旧,省吾还是觉得夫唱妇随、举案齐眉才是理想的夫妻关系。事实上,省吾的父母就是这样的夫妻。

而妻子志麻子的成长环境也许有些不一样。可能是身为大学国际法学教授的缘故,她的父亲是个思想很进步的人,家庭中总是洋溢着自由的气氛。

在那样的家庭中长大的志麻子,结婚时本来觉得会很满意川岛家。可一旦结了婚,对成长环境的不同也许就有所体会了。

这本日记中所写的这些事,正是这种合不来的感觉产生的。

比如说,听到儿子要成为正式足球队员的时候,省吾说的"干得不错,还是像我"之类的话,是有些自豪,并没什么不好。实际上,作为男人,儿子的体态啦动作啦都跟自己很像,这样说也是理所当然的事。

女儿呢,因为是女孩子,像妻子也是自然的,只说了"冒冒失失的地方像你",也没必要吹毛求疵地生这个气。

最起码,当丈夫带着醉意,情绪高涨地说"很像我嘛"的时候,为什么做妻子的就不能说一句"是啊,像你很好啊"之类的话呢?这难道不是顺从丈夫应该采取的态度吗?

丈夫不管怎么做,妻子只要捧着他哄着他,家庭就会平安无事了。

"嗯……"省吾缓缓地摇摇头,琢磨着。

省吾倒不见得一定要勉强妻子这样做,可还是觉得妻子应该胸襟再豁达一些才对。表面上让着丈夫,而私下有自己的主张,这样岂不更好。

在这方面,只要看看我妈妈自然就明白了。妻子嫁到川岛家以来,在我爸爸在世时耳闻目睹了公公和婆婆的夫妻关系,应该是了解的,可如今却抱着男女都一样、夫妇应该平等地拥有权力和主张的想法。

"这样下去,关系是不会搞好的。"省吾又叹了一口气。

说起来,夫妻之间真是不可思议。

在订婚阶段,省吾觉得和志麻子在一起应该很不错,所以才结婚了。

可一旦结了婚,各种各样的问题就都来了。这次看到了日记,省吾得知了妻子有很多不满,而从自己的角度来看,同样也有很多不满的地方。当然,跟妻子不满的程度不一样,省吾有时会觉得对方是个挺难缠又不怎么可爱的女人。

这般双方都抱着不满的情况,其实从结婚以来就开始了。正因为订婚期间什么问题也没有,所以结婚才是问题的根源所在。

结婚后两个人住在一起,从早到晚住在同一个屋檐下,天天看着对方的脸一起生活,的确会产生各种各样不协调的音符。

想想看,结婚其实就是成长经历、教养、价值观都不同的两个人,被一时的热情冲动驱使走到一起。以后,不知道还会发生什么问题。

结婚时抱有的梦想和希望,结婚后不一定就能继续下去。有不少在半途中就千疮百孔、暗淡无光了。

性生活便是其中之一。订婚期间,不,应该说此前刚相识的时候,省吾常常梦想着,如果能拥抱这样的女人,该有多幸福啊。

可是结了婚,一想到每天都可以拥抱,那种欲望忽然就急速地消失了。甚至连互相爱抚也变得索然无味,想都懒得去想了。

确切地说,这些都是因为一起生活造成的。总是在身边,天天都可以说话,什么时候都可以搂抱。这种完全可以安心的状态,便是消解二人之间的情欲、造成诸多问题的根本原因之一。

可是……省吾继续思考。

虽然夸大一点说,结婚也许是诸多问题的祸根,但因此获得的东西也不少。

从省吾这方面来看,有了两个孩子,很顺利地经营着医院,有一个虽然有点唠叨却可以完全把养儿育女托付给她的妻子。对此,省吾一直心存感激,只是没想到妻子的心境却是如此起伏动荡。

现在省吾既吃惊又困惑的事实是,本以为完全明白妻子的真心,竟然根本不了解。

"是不是有点只考虑自己的立场了?"省吾想这样跟妻子说。可他是偷看妻子悄悄写的日记,牢骚话便没法说了。

9月4日(星期一)23:30

漫长的暑假结束,今天正式开始上课了。

随着新学期的到来,我也想换个全新的情绪,于是两个月以来第一次去了美容院。

也许是因为发型师桥本的推荐,头发比往常剪得都短,感觉有点不自然。不过,这个发式总会适应我的脸形吧。

傍晚,放学回来的儿子说:"啊,剪头发了。吓我一跳,看着不像妈妈。"

女儿一见我立刻就赞许道:"妈妈剪头发了,这样挺适合你的。"

九点半,丈夫回来了。我跟平时一样到门口迎接,他只是"哦"了一声点点头,径直钻进书房。

晚饭是丈夫喜欢的烤牛肉块儿,为了热量不至于过高,又加上凉拌蔬菜。

丈夫坐到桌前,首先看起了晚报。

"早上的消息,给你剪下来了。"我说。

虽然与丈夫的工作没有直接关系,但我总是挑选出每天报纸上医疗方面的消息剪下来。这也是我家务以外的工作。

丈夫拿过剪报,好像忽然想起什么的样子,说:"妈妈今天到医院来,说要送和服给你,想让你去取。说她自己上了年纪,穿不了了。"

这太突然了,我低声咕哝着:"那怎么办呢?"

"好像是很贵的东西哟。"丈夫有些疑惑地看着正在摆菜的我。

"母亲大人的心意,我当然很高兴。"看到丈夫皱起眉,似乎觉得我又要唠叨什么,我就解释说,"可是穿和服的机会很少,我现在的就已经足够了。况且,我和母亲大人的身材、尺码也相差很大,即便收下也得请人彻底改做,能不能请你巧妙地拒绝呢?"

没想到丈夫却冷冷地说:"不想要的话,你自己拒绝不就行了。"

的确,母亲说要送和服给妻子当礼物,省吾跟妻子说了,妻子不能接受,因此产生了些小摩擦。日记中,这件事的前前后后都细致地记录着。

"如果由我来拒绝,那不是惹母亲生气吗?"

我这样一说,丈夫就有点焦躁:"那样的话,痛痛快快地接受不就得了嘛。"

"接受了又不穿,那么珍贵的和服不是很可惜吗?再说,对母亲的美意也有亏欠。"

再怎么解释,都免不了被他奚落:"你呀,还是那么固执,不讨人喜欢。"

这种说法简直太过分了。不过,我还是再一次试着央求他:"就请你帮我拒绝吧。"

"不行,我可说不出口。要真是那么不喜欢,你就给妈妈打个电话嘛。"

再说下去,只会让丈夫的心情更糟,于是我答应了一声"知道了",就进了厨房。

到现在为止,对于婆婆提出的意见或愿望,丈夫从来没说过"不"字,总是自己做好人。难办的事全部推到我头上。

难道这就算所谓忙于工作不能尽孝的儿子对母亲的一点关心吗?既然是自己的母亲,该说的事情就得坚决地说出来才对。

同样是拒绝,由我来说和由丈夫来说,婆婆接受的方式也不同。

当然不是说婆婆这个人不好。和丈夫结婚以前,刚刚开始交往的时候,比起丈夫,倒是婆婆更中意我。

婆婆年轻的时候做过小学教师,考虑问题的方式也很新潮,是个很讲道理的人。和丈夫结婚,感觉最幸运的是和婆婆合得来,什么话都可以不必客客气气地说。

等到婆婆上了年纪的时候,照顾她就是长媳应尽的义务。有时候我会说:"妈妈,我是换尿布的专家,到时候您尽管放宽心。"婆婆就会爽朗地笑着说:"志麻子呀,那个事儿你就饶了我吧。"

今后,还是想和婆婆保持着适当的距离,继续这样的关系。可是把这个人称作"妈妈"的叫法,到底还能持续多久呢?

母亲和妻子合得来,省吾是知道的。所以,告诉妻子母亲要送她和服的时候,本来想妻子一定会很高兴,可是她竟如此拘泥于那些琐碎的事情,省吾感到很意外。

不过,竟然说:"把这个人称作'妈妈'的叫法,到底还能持续多久呢"。为什么会写下这样危言耸听的词句,难道是想分手?省吾这样想着,接着往下看日记。

"你太固执了。"丈夫这句话在耳边挥之不去。太有主见,这是在和谁比较呢?是和那个使用娇兰金沙飞舞樱花牌香水的女人比较吧。

虽然不愿意这么想,但稍微注意一下就发现,免不了将所有的问题都和丈夫有外遇联系起来考虑。

我可能真是太死板了,不会变通。

但是,因此就被丈夫背叛,我是无论如何也受不了。我难道不想变得洒脱大方一些吗?可现在的状况,我就是想大方也大方不起来。

"干脆,跟婆婆说了吧。"我似乎被想把丈夫出轨的情况一五一十都告诉婆婆的冲动驱使着。

婆婆呢,肯定会一笑了之,然后给我适当的建议。那个时候她会和我站在一边,让我轻松起来。

不过,要是跟婆婆说了,在我追逼丈夫之前,婆婆绝对会首先盘查儿子的罪过。

那样的话,丈夫照例要么含糊其辞地避开,要么嘲弄地一笑:"那是志麻子胡思乱想吧。"

不管是哪种情形,我想丈夫是不会和那个女人分手的。

说不定,不仅不会分手,丈夫还会越来越冷淡地对待像我这样向婆婆告状的不讨人喜欢的女人,而把满腔的心思都倾注在那个女人身上。

那么,婆婆、丈夫和我,我们三个人的关系就变得更加错综复杂,难解难分,谁也抽不出来。

现在,还不能急于作出结论。这个时刻大吵大嚷,只能让人看到我的愚蠢。

倒不如先弄清楚那个女人的存在。

已经找到了好几个证据。从现在开始,要把那些证据整理一下,然后明确地指出那个人是谁。

虽然似乎有些可怕,但要做的时候就必须毅然决然地去做。再拖延时间的话,不会有任何改善的。

读到这里,省吾禁不住用手摸摸脖子周围。读着妻子的日记,他总觉得脊背上有点凉飕飕的。

终于,妻子嗅出诗织的存在并接近她,也只是时间早晚的问题了。惴惴不安地一页页翻看,日记的内容忽然有了变化。

9月6日(星期三)23:10

在白金的小岛老师家的插花讲习会结束后,我们几个人一起去附近饭店吃了自助餐。

这顿午饭比平时稍微晚了一些。吃完饭,有两个人先回去了,我和浅井、中岛、久我三个人去喝茶。大家都是在女儿上私立幼儿园的时代参加孩子的聚会时认识的,快十年了。

我自己这样说可能有点奇怪,不过,我真的是很喜欢和三四十岁的主妇一起成群结队地行动。更可以说,其实是有这样做的必要。

主妇们总是在家里通过电视获得资讯,难免有失偏颇,为了不落伍于时代,就通过这样的方式获得必要的资讯。而且站在相同的立场,大家可以互相舔舐伤口,求得安心的感觉。

聚会时,女人们交谈着各种各样感兴趣的话题,有关孩子们升学的资讯啦,流行的服饰呀名牌呀,还有美容啦旅行啦,等等。大家互相倾诉着,频频点头。

女人们一个劲儿地说个不停,因为平时只有听家人说的份儿,而通过和朋友们一起轻松地聊天,没准可以缓解一下积累起来的压力。其中不少人要出一出平时压在心头的闷气,大讲特讲丈夫或婆婆的坏话,然后带着满脸痛快的神色回家去。

前几天,有家报社的民意调查结果显示,"主妇职业"栏里填"乐"字、"婚姻生活"栏里填"忍"字的主妇最多。这里所说的主妇们,表面上举止文雅,粉饰出幸福的神态,而实际上都有主妇的烦恼。

其中只有久我一个人例外,她的丈夫是国际律师,据说天天频繁地用手机和她联络。她婚龄和我差不多,可为什么会如此不同呢?看来还是因为她丈夫长时间在海外生活,和一般的丈夫感觉不一样吧。果然不出所料,今天聊天的时候,久我的丈夫又打来电话,她便兴高采烈地站起来接听。

省吾真没料到,自己从没想过的主妇们共度的时光,妻子都一一在日记中栩栩如生地记录下来。只是主妇职业"乐"、婚姻生活"忍"究竟是怎么回事呢?省吾继续翻着看下去。

久我接完丈夫的电话回来,浅井问她:"你丈夫是不是因为长期在海外生活,所以就像欧美的夫妻那样很开放地表达感情呢?在电话里说'我爱你'吗?"

这样的问题属于隐私,平时一般很少有人提起,但大家还是一边不好意思地笑着,一边津津有味地等待着回答。

久我稍微踌躇了一下,有点害羞地说:"嗯,电话里也经常……"

"啊,真羡慕你呀。我们家自从度完蜜月,就再也没有听到那样的话。"

浅井的丈夫是一家大型企业的会计师,两个人的确是经人介绍结婚的。她现在正迷恋着韩国男明星,已经去韩国旅行两次了。

"浅井,那你也有责任呀。不要老是把心思都放在韩国演员身上,应该多培养丈夫心跳的感觉。"

久我的语气有点强硬,浅井一个人端着葡萄酒杯站在那儿,慢吞吞地说:"可是,都到了这份儿上了,我哪能让他心跳呢?"

看着我们都在点头,久我干脆地说:"夫妻之间只要努力进行各种尝试,丈夫肯定会有所改变的。"

"哎呀,你指的是床第之间的事吗?"

问题太直截了当,大家一时都屏气不语了。

在主妇的聚会上如此刨根问底是属于禁忌,应该尽量避开,可是喝了点葡萄酒有点微醉的浅井竟然没有打住的意思。

真不愧是久我,羞怯而含糊地应道:"啊,是啊,当然也包括那种事……"

没想到浅井紧追不舍:"现在,谁相信还会有那种事啊。久我,你可真了不得呀。"

也许是看着久我的微笑,有些生气,浅井来了一记颇含讽刺意味的反击,又接着喝酒。

虽然自己的妻子也参与其中,多少有些煞风景,但省吾还是对主妇们这些紧张的话题甚感兴趣,便接着看日记。

浅井的话里潜藏着对至今仍和丈夫甜甜蜜蜜的久我的忌妒,一直在边上听着的中岛也加进来了。

"是啊,我们家也是夫妇分床睡,现在谁还会想着'干那种事'。夫妻之爱,还不如说是人类之爱的一种境地,也可以说是那种互相照顾的感觉。"

听了这话,我似乎也觉得释然了。久我为了遮掩,红着脸说:"但是,那不是很可惜嘛。我们都还年轻呢,是吧,川岛?"她把话头转向了一直沉默的我。

"是啊,像久我夫妇那样当然很好。可是很遗憾,我们家已经很久没有那种气氛了。"

浅井好像一下子得到了援兵一样,立即附和道:"对呀,那不是很普遍嘛。"

寡不敌众,久我终于闭了嘴。但是她脸上那恬静的表情,似乎让人感觉到了她的自信和舒畅——"不管你们说什么,总之我是被丈夫爱着的。"而我们这些人虽然是大多数,却仿佛显示出我们是不被丈夫所爱的可悲的妻子。

我和丈夫之间没有肌肤接触,已经有多长时间了呢?听说触摸人的肌肤,是精神安定不可缺少的因素。

差不多两年前,儿子在升到小学三年级的春假时,从我的寝室搬出去了。儿子说:"大家都是一个人睡觉。"他希望一个人睡,我也没办法。

回想起来,两个孩子出生以来,一直是母子一起睡一张床。从喂奶、唱摇篮曲的婴儿时代开始,接着就到了上幼儿园的时候,给他们念图画书,握一握害怕妖怪、跑过来偎在怀里的孩子的手,跟他们贴贴脸,还有摸一摸、拍一拍圆圆的小屁股,哄孩子睡觉,等等。也许像这样在睡前触摸一下肌肤,令心情稳定和满足,与其说是孩子的需要,毋宁说是我自己的需要。

在育儿过程中,妻子难道那么享受和孩子肌肤相亲吗?对没有实际育儿经验的省吾来说,那是一个难以想象的世界。

睡前抚摸孩子的肌肤,我的心情可以平静下来,感到很满足。对于不接触丈夫肌肤的我来说,那是一种非常重要的缓解和安慰。

而丈夫呢,和取代了我的女儿嬉戏打闹,可能是希望接触年轻女子的肌肤吧。

最近,对无性生活这件事感到很气愤,也许是身体没有得到满足的缘故。总之不想变成与任何人都可以肌肤相亲的状态,一种隐隐的不安在心中反抗。

至少尽量避免将内心的饥渴转移到对孩子的过度教育、

主妇们猥亵的闲聊、无节制的食欲等这类自欺欺人的事情上。因为,我绝对还没有到那种已失去女人的吸引力的年龄!

更何况我和丈夫一样有性欲。我真想堕落一次,除了丈夫,别的什么男人都行,我愿意尝试一下在别的男人的臂弯里坠入梦乡。

即使不能做这种狂妄的事情,远眺着那美丽的山巅,我也想去攀登,哪怕只有一次。

为什么在这个社会,丈夫出轨可以得到宽容,而妻子红杏出墙却要遭到白眼呢?

事实上,虽然三十几岁的主妇忙着生儿育女,可能没有察觉到,可听听四十几岁主妇的心声,她们大都开始感到身心的郁闷。尽管情况因人而异,但差不多首先都表现在经期的不调或变化上。一方面我觉得不必介意,另一方面,身体上不稳定的变化中交错着"就此作罢"和"急躁焦灼"这两股力量,将我的心逼近越来越起伏不安的深渊。

生了孩子,身体曲线便破坏了。尽管很注意,腰这一圈还是堆起了赘肉。像这样不经意间,就一味地将魁梧的体格、莽撞含糊的性子连同迟钝的反应都集于一身。

现在,我开始重新审视沉浸在安定的生活中逐渐迷失自我的状态。丈夫出轨是否就是上天对我这样的女人进行警戒,从而给予的启示呢?

心灵的某个地方探寻着再次回到丈夫身边的路,可是,周遭被浓浓的雾气遮住,前方茫茫不清,觉得希望暗淡,只能呆立不动。

妻子到了四十岁,精神和身体两方面都开始不稳定。"不想就这样仅仅成为一个大胆的、身体结实的女人,而是想作为一个女人,重新寻找回那种心跳的感觉",她这种心情,省吾很能理解。

不过,"除了丈夫,别的什么男人都行,我愿意尝试一下在别的男人的臂弯里坠入梦乡",这可不能等闲视之。如果这样的话,好不容易组建起来的家庭就土崩瓦解了。虽然有点自私,毕竟在出轨这件事上,丈夫和妻子的处理方式是完全不同的。

而最后还写着"心灵的某个地方探寻着再次回到丈夫身边的路",虽说"周遭被浓浓的雾气遮住,前方茫茫不清",不过省吾得知妻子有这样的想法,就稍微安心一些。

如果她真是这么想,从现在开始,省吾也不是不愿意温存地抱抱她。妻子因此在身心两方面都能顺从自己的话,比什么都令人欣喜。

但即便这样,省吾也没有下决心和现在的情人彻底分手,只是觉得偶尔抱抱妻子也不错。

这样思考着,省吾忽然发觉竟然把这当作了自己的日记,不禁苦笑起来。

干脆,自己也开始写日记,然后和妻子互相交换着看。

妻子的叫"紫阳花",那我的就叫"大丽花"吧。不过男人用红色的花有点可笑,还是"土当归"不错。对,就叫"土当归日记"怎么样?

实际上,省吾不可能像妻子那样执着地写下去。唰啦啦一句紧接着一句地写,那种韧劲和尖锐,看来只是女人独有的特质。

想接着往下读,再翻开一页,省吾发现开头的日期和横着写的两行有用横线划掉的痕迹。妻子是用圆珠笔写的,划掉后字迹还在,可能她觉得写得太不满意,就很用心地把字都涂乱了。

空了两行再开始,没有新的日期,说不定是同一个晚上写的呢。

回过头来看看,女儿出生后,我一直埋头抚育婴儿的那段日子,丈夫回家也很晚,似乎没有做爱的记忆。

不过那个时候,来自丈夫的父母和亲戚的沉重负担——"第二个孩子,一定要生个男孩",已经沉沉地压在了我的肩上。

最初有关孩子出生的深刻话题,是否都是妻子在茫然失措中写下来的呢?省吾重新聚精会神地看下去。

人们几乎都认为身为媳妇的我有责任再生一个医院的继承人,也都这么期待着。每次见到丈夫的父母或亲戚,这样的话题都会被提出来。

"下一次是什么时候啊?"

"希望之星快要诞生了吧。"

"生儿育女是一气呵成的,孩子差一岁也没关系。"

我还在忙于照顾第一个孩子,脑子里根本没想要不要生第二胎。类似这样的话接二连三地轰过来,我真有些吃惊。

因为他们绝对不是为第一个孙女的诞生而欢喜,却总期待着我肚子里还没影儿的男孩子。

尽管这种不体谅人的言语伤了我的心,我还是极力做出满面笑容的样子。但是,只要有我的子宫在,我自己怎么着都行,这种话太伤人了,我甚至开始对这家人抱有不信任的感觉了。

妻子有过这样的感觉呀。周围的人的确说过类似的话,不过妻子总是点头,省吾还以为妻子和他们是同样的心境呢。

要真是那么不愉快的话,跟自己说明白不就好了嘛。那样,省吾可能就会跟父母沟通一下。但实际上工作太忙,没有富余的时间慢慢地倾听妻子的心声。

女儿一岁生日的那天晚上,丈夫给了我女用体温计和体温表。看来,他也感受到父母的压力了。这样想着,我就按他说的量了体温。

我曾问过他:"医院的继承人是女孩不也很好吗?"

他却固执地坚持说:"当然是男孩好了。"

争来争去,我就对自己说:"现在的时代虽说是男女平等,可是除了依旧适应男尊女卑的风气以外,没有别的办法。"

不知不觉,自己也在这样的风潮中随波逐流了。否则的话,只能徒增生活的艰辛。

省吾的确在女儿夏美一岁的时候让妻子量过体温。

那是觉得妻子也想再要一个男孩,才那样做的,没想到她会说什么"依旧适应男尊女卑的风气"。省吾觉得没有那么夸张,可妻子也许并未理解。

日记里不再叫自己"丈夫"而是称作"他",省吾有点不满。这简直就是称呼毫不相干的人吧?

有时候,他会看看我量的体温表,说:"今天是排卵的日子……"

然后就渴求着我的身体。

平时我很喜欢穿长袍,只是在和丈夫做爱的夜晚才换上睡衣和睡裤。只要事先将内衣和裤子脱下,就不用将长长的睡袍一点一点卷上去。

像这样只为了生孩子进行的夜晚准备工作,恐怕一生都不会忘记。

两个人都只脱下睡裤,只用几分钟就完事了。气氛之类的确实什么也没有。就那么无言无语地,像是操作机械一样被对待,我感到无尽的悲哀。

那绝对不是爱,仅仅是为了受精而进行的身体结合。

即便不是如此,丈夫也总是只考虑自己的立场。

婚礼那天晚上,因为喜宴的气氛很热烈,黎明时分才回到房间,感觉非常累。而且为了尽快开始蜜月,第二天早上必须很早就出发去机场,很想好好地休息一下。

所以当我拒绝做爱时,他简直就像定了新婚初夜的规章似的强行扑过来,几分钟后就鼾声如雷地睡着了。看着他的侧脸,我的泪水止不住地往下流。

读着读着,省吾心情复杂地垂下了头。

真没想到,连这样的事情妻子都记起来了,一一写下。说不定她在写这些事的晚上,感情会异常兴奋。也说不定前前后后想一想,过去的种种不愉快一下子都重现出来。

这一切,都是对自己猛烈的痛斥。

把丈夫跟不相干的他人一样叫作"他",还能如此冷淡地批评丈夫的做爱方式,这简直连爱的碎片也不是。这难道不是对丈夫本身彻底否定吗?

男人最受打击的就是在房事上遭到批判。有的人因此失去自信,不能勃起。

而妻子的语言更是毫不留情。

丈夫的做爱方式总是机械性的。

首先是从他右手的食指感受到的。忽然把手伸到两腿间,连缓和情绪的间隙也没有,就将整个身子压上来。这个过程每一次都分毫不差、准确无误地往前进行,而且总是单调得像走过场似的重复。

就在这样的做爱过程中,我试图寻找爱的影子,但是连一点碎片也找不到。

然后,他只要自己满足了,就立刻转身背对着我睡觉。

但是,在我的体内,只剩下结束之后的空虚感积淀着,很快就成为从子宫深处喷涌而出的逆流,变成被废弃的残骸。

更何况,这种机械式的身体结合,也仅限于在排卵的日子里进行。

这次是这样,下次也是,再下一次也……

有时候由于过分的强迫和痛楚,我央求他"别这样……",可他说什么"趁年轻的时候,可以产生优良的精子。今天是排卵的日子,生男孩的几率很高",从不会就此罢休。

那个时刻的他,不是爱着妻子的丈夫,仅仅是向想生出儿子的女人作说明的医生而已。

这样不断重复着,对和他做爱开始感到厌恶和憎恨,便装作排卵期不确定,在体温表中也胡乱地记录体温的变化。事实上,除了这样做,没有别的办法可以逃开做爱这件事。

幸好,女儿两岁了,我也没有怀孕。可是,丈夫开始焦急了,让我吃容易生男孩的碱性食品,有时也让我服用磷酸钙片。

那个时候的我,已经把做爱等同于生殖行为来考虑,而所谓的行为也只是义务性的。

终于如愿以偿,我怀上了第二个孩子,那时从心底松了一口气,并不是因为怀孕,而是可以不用再和丈夫做爱而感到放心。

那天晚上,我把之前一直穿的浅蓝色睡衣睡裤悄悄扔到厨房的垃圾桶里,长长地舒了一口气。

就这样,我的工作终于完成了。只是对丈夫的厌恶感却无法抹去,至今仍藏在身体的深处。

日记在这里结束了。省吾坐在沙发上,紧紧抱着头,一动也不动。

刚才读到的日记太恐怖了。不,是让他看到了压根儿就没想到的事情。如此批判和丈夫的性生活,并如此冷淡地看待这件事,世界上有这样的妻子吗?

"这都写的什么呀?"

禁不住有要大骂一顿的冲动,可这是日记,又能有什么办法。是自己偷看了人家本来不想给任何人看才写的东西,所以没法气愤。

但正因如此,所写的内容都是真心话,绝对没有虚假的成分。

这样看来,自己和妻子做爱时,妻子变得什么感觉也没有了,只是一味地厌恶和自己做爱,丝毫的快感也没有。

不过,省吾确实知道妻子什么感觉也没有。最初的时候反应很淡,后来也始终淡淡的,似乎在等着结束一样就分开了。

开始省吾还以为那是有教养的女孩采取的节制的态度,大概是女人的修养艺术。

可结婚以后,不管多少次,妻子的态度也没有任何改变。顺着省吾的要求,只是刚开始的时候有点难受似的皱着眉头,小声咕哝,在这一点上,也许有点受虐的癖好。然后就什么反应也没有,让人觉得只是把身体借出去了而已。

面对那种清醒的态度,省吾这边虽有热情,却不来劲,这也是理所当然的。那跟抱着一个索然无味、没有感情的冰冷女人有什么两样。

然而，妻子却把这一切责任都归到自己的头上，说什么做爱只是为"受精而进行的身体结合"，是"尽义务的"。

以前确实有一阵子为了想生个儿子，有时可能是过于机械了些，有时可能会敷衍了事，但不等于我不爱自己的妻子。恰恰相反，正因为爱妻子，才希望她能早日怀上男孩，在我父母和亲戚朋友面前脸上有光。她是我唯一的妻子，所以稍微有些勉强她了。

但她却一直怀恨在心，至今还对丈夫抱有厌恶，这样可就严重了。这一点必须及早改善，刻不容缓。

看来，还是应该对妻子积极求爱，应该像长田说的那样，给她来点甜言蜜语，床笫之间颠鸾倒凤，就能将这结了冰的女人的身体和心灵全部融化开。

省吾显得颇为自信地自言自语着，站了起来。

第四章　急速接近

　　直到进入九月,天气一直是阴雨连绵,台风又将来临。所幸的是东京仅仅下了大雨,而九州、四国地方上的灾害就相当严重了。

　　今年夏天有几天特别热,而突如其来的暴雨使天气骤然降温,这个夏天我过得一点都不平静。

　　"就像我们家的吵吵闹闹一样。"省吾回忆着。

　　总之希望从现在开始,慢慢地向平静的秋天过渡。

　　不久,在一个秋高气爽的日子,小儿子的学校开了运动会。

　　星期六医院休息。但每月一次去中野的敬老院"长寿园"的出诊日碰巧也在这一天,运动会是去不成了。

　　这天早上,省吾告诉了祐太,祐太只是轻轻地"哦"了一声,脸上并没有露出特别遗憾的表情。他对父亲不参加学校这类活动早已习惯了,也许从一开始就没有期盼过。

　　老年人中患腰疼、关节炎等骨科相关的疾病的人很多,省吾已经答应长寿园的园长,每个月去出诊一次。明知这是工作,也只好利用珍贵的星期日了。

　　了解这些情况的妻子,如果能对儿子说"爸爸今天也要上班,没有办法呀"之类的话,也能照顾到他的面子。然而,妻子一句话也没说,一直在准备便当。

"真是的……"

他们都急匆匆地出了门,省吾一个人也出门了。但他的心里盘算着今天晚上的事。

今天祐太参加运动会一定很累,女儿也说要跟同学去迪士尼乐园,两个人肯定会早早睡觉的。

已经很久没有跟妻子在一起了,试试看吧。

自己洗完澡,穿上睡衣,一边慢慢喝着酒,一边听着运动会的趣事。当气氛比较和谐时,就凑到妻子跟前,竭力做出偶然碰触的样子去抚摸她的背,然后慢慢把手伸向她胸前,抱住她,好像在问"怎么样"。

当然,妻子一定会很吃惊,也许会抵抗。不管这些,只要抱住她,就先吻她。

如果能到这一步,妻子也是希望被拥抱的,就不会抵抗了吧。

下午五点长寿园的工作结束,事务长邀请省吾说:"一起去吃饭吧。"他礼貌地谢绝了,然后就去了新宿的广场宾馆。

他已与诗织约好在这里见面,两人打算一起在四十四层的法国餐厅共进晚餐。

他们坐在能欣赏窗外夜景的餐桌旁,吃完饭已经九点了。由于有点疲惫,就没有开停放在宾馆的汽车,而是漫步到附近的诗织家待了一会儿。

在那里稍作休息后,他就告辞了。诗织把他送到楼门口,边微笑边挥着手说:"明天的高尔夫,加油啊!"

她的纯真、爽朗,显得非常可爱。

吃饭时,省吾与诗织聊了医院和秋天的旅游等话题。言谈中,诗织无意中说起:"最近护士长对我特别和蔼。"省吾对这句话多少有点在意,便问道:"怎么回事?"她说,她为医疗保险的事加班时,护士长特意买来了奶酪蛋糕,还说"这么晚了,辛苦啦"。

"该不是注意到我们的关系了吧?"

听省吾这么一问,诗织歪着头回答:"说不定。"

如果让护士长这个长舌妇知道了,那整个医院也许都知道了。然而,到目前为止,省吾并没有感觉到那样的气氛。

"不必在意。"他有一半是说给自己听的。

省吾与诗织分手后,回到宾馆的停车场,开车回到家时已经十二点了。

跟预想的一样,孩子们都睡了,只有妻子在厨房记"家庭开销的豆腐账"。

省吾对妻子解释:"长寿园的事务局长邀请我到歌舞伎町去了一下。"说完打开冰箱,喝了一杯水。

妻子没有搭话,只是在默默地记着家庭收支账簿,从后面看去,她那雪白的脖子显得更白了。

想和她亲热的话,也只有在此时了。省吾下了决心,从后面走上去,忽然张开双手抱住妻子的双肩。

一瞬间,妻子叫了起来:"干什么⋯⋯"并且甩动肩膀,极力摆脱省吾的双手。

当然,省吾是要拥抱她,不管她如何反抗,都死死地抱住不放。妻子拼命反抗,缩着身子从省吾的双臂中滑了下来,一甩劲,咣当一声撞到橱柜上,然后跌倒在地。

省吾好心好意想拥抱妻子,跟她亲热亲热,谁知她却不领情。一看倒在地上的妻子,她脸上露出的不是惊讶,而是满满的憎恨。

妻子倒在地上,省吾也不过去搀扶她一把,就撒手不管,径直穿过客厅,头也不回地进了自己的书房,使劲把门关上。

这种事还要反抗,真不知妻子的反抗为何如此强烈。

总之一句话——她就是不愿与我同床共枕。日记本里倒是写着希望得到丈夫的拥抱,真的去拥抱的时候,她却逃跑了。

既然这样,为什么还要去抱那种人?我明天要去打高尔夫球,六点就得起床。尽管这样,我今晚还想和妻子做爱,她却对我拒之千里,真是岂有此理!

总之,与诗织相比,妻子是太乖僻了。

省吾进了房间,嘴里还在发出啧啧声表示不满,然后坐在椅子上,给诗织发了个"晚安"的短信和一个红心的图片。

她看到这些,肯定会知道我和妻子没有床第之欢。而且自己曾告诉过诗织好几次,现在与妻子在肉体上已经没有关系了。

结婚十五六年后,当初那种热情会消失殆尽。诗织也应该听到别人讲过这些吧,她肯定是知道的。

关键的问题是妻子,她会那么激烈地反抗,省吾都惊呆了,急忙松开手。那以后怎么办呢?

省吾一边担心,一边把自己的房间仔细地巡视了一遍。床边放着高尔夫球杆袋,往里一看,里面放着一套运动服和换洗的内衣裤。

这些事情,妻子很细心,交给她绝对没有问题。

在料理家务方面,妻子是一把好手。但只有两个人的时候,就变得十分固执,不听话。

不过,她刚才撞在腰上了,没问题吧?

因为不放心,省吾再次来到客厅想看一看,妻子却已经不在厨房了。

大概是休息了吧。省吾还是有点不放心,走到妻子寝室门口,先做了个深呼吸,然后敲了几下门。先敲了几下,没有回音,就又敲了两

下,仍是鸦雀无声,省吾有点不耐烦了,叫了声"喂"。这时从里面传出妻子的声音:

"干什么呀?"

他很明显是想进房间的意思,妻子却用干脆的口吻道:

"你在自己房间里休息吧。"

第二天早上七点,省吾走进客厅,妻子已经起床,在厨房忙碌。因为说了今天早上要去打高尔夫,"早上七点半出发",所以星期天妻子也早早地起床了。这一点真让人放心,但跟她打招呼说"早上好",她却毫无反应。

还在为昨晚的事情闹别扭吗?

没办法,省吾从信箱里取出报纸看起来。妻子给他泡好茶,端到了餐桌上。他看到妻子的手轻轻地抚摸着腰,就问:"疼吗?"妻子微微地点了点头。

"有贴的药吧?贴了会好一些。"

还是一样,妻子没有任何回答。这时,来接省吾的汽车到了,他就直接出门去打高尔夫球了。

从表面上看,妻子的态度是温和的,但其中却渗透出冰冷的气息。昨天晚上的事,妻子还在生气吗?但说到生气,被冰冷地拒绝的自己才应该生气呢。

也许是想着这些问题去了高尔夫球场的缘故,这场球赛输得很惨,下午六点多就回到了家中。然而,家里一个人也没有。桌子上留了个便条:"我去接夏美。"

早点说就好了。好在打完高尔夫后,在食堂稍微吃了点东西,现在还不太饿。看他们好像没有马上要回来的迹象,省吾想干脆翻翻好久都没有看的妻子的日记吧。

省吾环顾四周,确认家里没有人,就进了妻子的卧室。房间里当然非常安静,床上像往常一样铺着米色的床罩,他抓住床罩的中间轻轻往上拉,手在垫褥的下面上下摸索,甚至连最里边都摸了,但就是没有摸到日记本。

"难道……"

省吾觉得奇怪,干脆把被子也移开了,还是找不到日记本。没办法,床上不找了,又看了看妻子的桌子,甚至还把旁边的整理柜也翻了一遍,仍然没有找到。怎么回事?虽然不甘心,但继续找下去的话,会引起妻子的疑心,只好暂时离开了妻子的房间。

日记本到底到哪儿去了呢?

难道是妻子发现我偷看了她的日记,藏到别的地方去了?那就再也看不到了。一想到这儿,他就更急于找到日记了,甚至出声地叫了起来:"喂,日记本,快出来!"

日记本是妻子的真情吐露和对自己的强烈批判的载体。坦率地说,省吾对日记记载的内容非常吃惊,有时甚至连"浑蛋"这样的词都想脱口而出,但他自己也有很多需要反省的地方。不管怎么说,没有日记本,就无法知道妻子的真实想法。

从那天以后,省吾心神不定,一直没有机会再次偷偷进入妻子的房间。就这样过了一个星期,机会终于来了。星期天,妻子要参加女儿小提琴班的聚会,出门了。

"这次一定要彻底地找找。"虽然没有必要,但省吾还是蹑手蹑脚地进了妻子的房间。他先把手伸到垫褥下,谨慎地上下左右慢慢来回摸索,手指碰到了什么东西,赶紧拿出来看,正是"紫阳花日记"。

省吾竟然有点不知所措,再次捧起日记本亲了亲。

"呀,你没有跑开啊!"

日记本总是放在同样的地方,也许只是上周放到别的地方去了。不管怎么说,妻子好像并没有发现被人偷看过。省吾终于放下心来,打开了久违的日记本。

9月16日(星期六)22:30

下午两点,为了与和田护士长见面,我去了新宿西口的宾馆。

高高的天井,豪华的吊灯闪烁着,大堂里荡漾着小提琴和钢琴的二重奏乐曲。休息室的背面镶嵌着一面玻璃,映照出对面的人工瀑布,令人感到清新凉爽。

对我来说,这个豪华奢侈的地方映照出的是极不平常、与家庭生活截然不同的空间。穿过这迷人的空间,在能看见大堂的茶室里,护士长已经在等我了,我轻轻地挥了挥手。

看到妻子已经跟护士长秘密接触了,省吾不由自主地"啊"了一声,接着往下看。

丈夫开办现在的医院之前,曾在一家公立医院工作,和田护士长是那家医院骨科的护士长。

当时,家父在私立大学的法律系任教授,护士长的儿子是那儿的学生。为了儿子的就业问题,护士长曾经拜托过家父。也许是这个原因,她儿子如愿以偿,进了一家大公司。从那以后,她好像为了感恩,时不时地给我送歌舞伎票或是宝冢歌剧票。因为有这样一层关系,三年前她从公立医院退职后,劝她到丈夫的医院工作的人,还是我。

当然,丈夫不喜欢妻子对自己的工作指手画脚,敢让护士长向丈夫提出希望到他那里去工作,是因为当时的护士长碰巧想辞职,和田就顺理成章地当上了新任护士长。

　　作为医生,丈夫是一个认真的、有事业心也有度量的人。但从另一个角度看,或许是在富裕家庭长大的原因,他还是一个以自我为中心、不太采纳别人意见的人。

　　对待患者和医生,他总是面带微笑,和蔼可亲,被称为"菩萨"。然而,有时似乎是为了发泄压抑的情感,他会对职员或药品供应商随心所欲地发脾气。

　　我选择和田护士长的理由,是觉得她了解丈夫的性格。在丈夫与职员或药品商之间,她可以起到桥梁作用,妥善地处理这些关系。

　　这里还有一层原因,就是想到有关医院的事情,丈夫几乎从不跟我谈。而作为院长的妻子,我想通过护士长多少了解一些相关的人与事。

　　就是因为这些,直到现在我还是找机会跟她一起看戏,探讨育儿问题,或者直接询问医院的情况。

　　从这个意义上讲,说得夸张些,把和田护士长视为我安插在医院的密探也不过分。

妻子跟护士长的关系原来这么密切。有时夫妻俩也谈起护士长,但坦率地说,省吾根本不知道她们的关系这么近。

　　这样看来,妻子发现自己跟诗织的事,只是早晚的问题了。不,可能已经都知道了吧?省吾想到这儿,手禁不住有点发抖,又接着看起了日记。

　　在飘荡着乐曲的休息室里,我们一边慢慢地品着咖啡,一边闲聊,话题渐渐进入正题。

当然,如果开门见山地直接向护士长打听,也不是不可以。但是作为院长夫人,还是绕着圈子问好。

"我并不能肯定就是医院内部的人,但最近,好像有人在勾引我丈夫……"

难道护士长已经预料到了?她只是轻轻地点了点头,说道:"或许……虽然感觉到了,但现在还不能肯定,就当没有这件事,再观察观察吧。"

真不愧是护士长,回答得滴水不漏。

其实"香田"这个姓氏已经冲到喉咙口了,但我还是咽了下去。一旦姓氏公开了,肯定会像大坝决堤一样,后面的话就挡不住了。还是先跟她聊聊对现在的年轻女性的印象。

一般说来,纵然有这么回事,但男女之间的关系如果不想让周围的人知道,男人一般都会极力保持镇静,尽量不让人看出来;女人则不同,无论她怎么做,都容易从表情或言谈举止中流露出来。能让人从点点滴滴的迹象里看出破绽的,还是女人。

如果丈夫的情人就在医院里,作为护士长,她肯定会发现的。不,也许她已经发现了。

当然,这个女人就姓"香田"。两天前,我曾不动声色地用公用电话打到医院。

"我找香田。"

对方是个年轻女子,声音很爽快地回答:"我就是香田。"

我什么都没有说就把电话挂断了。没错,她就是丈夫的情人。

当然,这些我都没有告诉和田护士长,只是泛泛地跟她谈论着医院的工作人员。

最后护士长又加了一句:"现在的女孩子,从表面来看,你安排的工作她都能做完,但是心里到底是怎么想的,一点都不知道,挺可怕的。"

从护士长的言谈中可以推测,丈夫的情人就在医院里。

"可怕"这个词带着恐怖感,让你感到时时刻刻有一个复仇的女人在偷偷靠近你,让你毛骨悚然。

"香田",妻子连诗织的姓也确认过了,如今自己的风流事败露只是早晚的问题了。

不,正因为妻子是这样的人,也许她已经跟诗织本人见过面了。

根据日记上的记载,她与护士长见面是八天前的事。三天前,她以身体不舒服为由,来过医院。

她没什么大毛病,就算身体不舒服来医院,也与其说是看病,不如说是为了查探诗织。

日记越读越可怕,但省吾还是想读。

9月18日(星期一)23:30

前几天,腰碰到橱柜上了,一直好不了。

我告诉丈夫,他却说:"家里有膏药,贴上吧。"

一般人都认为,丈夫是医生的话,对家人一定会加倍地关照,这实际上是天大的误会。实际情况就是这样,他对家人非常冷淡。

丈夫想拥抱我,但我却拼命地逃脱,为此受了伤。他对我的态度却是"那是你自找的,和我无关"。

我当时绝对不想接受丈夫。丈夫无疑在外面寻花问柳,跟别的女人有染。回到家后,他又带着"你也很寂寞吧"的想法来拥抱我。做女人要有志气,我绝对不能原谅。

意外的拼命抵抗,让丈夫吃了一惊,虽然过后他又来敲门,但我绝不允许他进房间。

刚刚跟别的女人鬼混完,怎么又想起来抚摸已经厌烦了的妻子的身体。我不需要这种自欺欺人的虚情假意。

我绝不可能逆来顺受地听凭丈夫拥抱。女人也有女人的志气!

如果勉强允许他拥抱的话,也许我的身体会屈服。而到了第二天早上,就好像什么都没有发生过,这么重大的事就会像小两口拌嘴吵架一样,轻轻地随风飘走了。

这样的事情,我无论如何都不能原谅。

闭上眼睛,眼皮的深处泛着光,无法入睡。辗转反侧,又感到腰部阵阵钝痛。而且疲惫的双手残留着轻微的麻木,总让我有种不祥的预感。

不管怎么说,今后这一生,不想让丈夫再碰自己了。这样的事情,丈夫应该明白。

那天夜里,妻子的确断然拒绝了我。原来她怀疑到这儿了。

然而那天,坦白地说自己跟诗织根本没有怎么样。吃完饭后,仅仅是在她的房间里休息了一会儿。

没想到妻子会如此疾恶如仇,而且明确地写在了日记里:"不想让丈夫再碰自己了。"

总之,妻子的自尊心太强了,过于偏执。

省吾叹了一口气,翻了一页。

9月20日(星期三)24:10

傍晚,按照约定,护士长打来了电话。

"正如夫人所说,那个人是负责医疗保险业务和挂号的。"

现在终于弄清楚了。正如我所料,那个人是医院的职员,而且是负责医疗保险的,也就是说,是负责与医院的收入有关的重要工作。除此之外,还负责挂号。这意味着是一个看起来很可爱、感觉不错的女人。

想着想着,太阳穴就钻心地疼起来。

到底是个多大的姑娘?长得什么样儿?

大约半年前,因为装饰花的事去了一趟医院。跟好几个职员礼节性地打过招呼,并不知道谁是谁。总之,光这样想是没用的。博得丈夫欢心的女人是个什么样的人?必须去医院见一见这个人。

丈夫难得地早早回来了,但也是九点了。在家吃的饭,饭后去浴室洗澡。忽然,他用大浴巾裹着身子出来了,我吓了一跳,赶紧说:"女儿可能要来,赶紧穿上衣服吧。"

他好像有点醉意,不高兴地说"没关系的",从冰箱里取出啤酒,砰的一声关上了冰箱。

他看到我在厨房收拾碗筷,就凑过来问道:"腰怎么样,不疼啦?"为了不让他产生邪念,我板着脸戴上了眼镜。

我匆匆地做完家务就钻进了卧室,锁上了门。他没有说话,只是敲门。

不管怎么说,挺可怕的,我假装睡着了,任凭他怎么敲,就是不理他。

怎么就如此讨厌我呀?省吾苦笑着想。

然而第二天,妻子真的到医院来了。说是腰疼、腿痉挛,其实她来的目的是为了见诗织。

三天前的情景,省吾还清楚地记得。

9月21日(星期四)23:30

今天一定要去医院了。

腰部的疼痛已经缓解了很多,但弯腰时还是疼,还伴有轻微的麻木感。这些症状希望能好好检查一下。

"只不过是在柜子上撞了一下,不会有什么的。"

丈夫虽然不理睬,但我还是斩钉截铁地告诉他:"下午我过去。""好吧。"他勉强同意了。

我觉得他有种毕竟不愿把争执扩大的感觉。

把孩子和丈夫都送出门后,我就准备去医院。

进了自己的房间,镜子里映出的是生过两个孩子、面容憔悴的四十岁女人。

下眼睑松弛,还有细小的皱纹,黑眼圈隐隐可见。即使再精心化妆,也不可否认已经到了青春渐渐流失的年龄了。我为"抗衰老"等漂亮的宣传语激动过,购买高级化妆品,每周两次去美容院做保养,结果只能是获得短暂的安慰。

说到底,从一开始就知道这样的结果。纵然是知道,为了缓解自己对逝去的青春的焦虑与留念,这些方法也许都是不可避免的。

不管怎么说,就算是自欺欺人,在这一瞬间,还是祈盼现在的自己在从今往后的人生中,是最年轻最辉煌的。

尽管如此,也许是睡眠不足的原因,双眼没有精神。凝视着镜子里的自己,自虐式的被害妄想症在不断膨胀。

然而，我并不服输。在任何人的眼里，我都是院长夫人，那个女人不过是我丈夫手下一个打工的职员而已。

果然，或许是有种没人能看到日记的安全感，妻子把自己对年龄极度的不安如实地记录了下来。

不用说，男人对年龄的增加也感到不安，但对外形或容貌并没有如此的烦恼。恰恰相反，现在有时说到壮年，意味着比年轻时还更有自信。

仅仅从肉体来看，四十五岁的男人和四十岁的女人相比，或许男人的烦恼要少一些。

即使这样，省吾也感到姿色已衰的妻子忽然改变态度，以院长夫人自居，就挺可怕的。

二十一日的日记还这样写道：

我要去医院，不管丈夫愿意不愿意，我都要去跟他和那个女人见面。

总之，应该最大限度地展现自己的美丽。精心化妆后，把头发高高盘起。上衣是刚刚做好的淡紫色真丝衬衫，下身是黑灰色的紧身裙。尤其是胸前，漂亮的乳沟与锁骨巧妙地结合，尽量展露出 V 字线条的高雅。那儿戴着嵌有四个花瓣的钻石项链，更显得光彩夺目。

裙子是稳重的深色，裙摆在走动时像摇摆的美人鱼，更散发出成熟女性的味道。

再次站到镜子前，大概只是在意自己有没有中年发胖，结果镜子里映出了苗条的身材。增加自信之后，又选了只干脆利落的黑色小手提包，配上黑色的翻毛皮鞋。全身的装扮都很雅致。这种高质量的打扮不仅仅是雍容高贵,而且会给人很有教养的印象。

我是去看病的,穿得太艳不好吧。所以选择好像不在意却很有品味的衣着,要从衣装上流露出平日就很高雅的风范。

至少要显示出我是"成熟女人",而且是"院长夫人"。即使她使出浑身解数也追不上我,动摇不了我。

终于,妻子要和诗织见面了,就像"严流岛决斗"的场面那样。省吾简直快要窒息了。

万幸还是不幸?那时省吾坐在院长办公室,没有看到两个人的决斗场面,但日记里写得很明确。

我大概估算了一下时间,决定午后一点多出门。医院门诊开始的两点,我已经到达医院所在的大楼前。把汽车停在地下停车场,坐电梯到了七楼,一出电梯,就看到护士长站在那里。

"夫人,您来了。"

我事先与护士长通过电话,告诉她今天要来医院,所以她在等我。

看到写着"挂号处"字样的地方,确实有个女人面朝这边坐着负责挂号。

瘦长的脸型,头发从中央向左右分开,长度大概齐肩,发梢垂落在白皙的胸前,还微微打着卷儿。也许原本就白净,妆化得并不太浓,一双明亮的眼睛映出了她的年轻。

她就是用色相勾引丈夫的狐狸精吗?我想到这里,朝她望去,她马上站起来,把头深深地低下去。

她大概知道我是院长夫人。我也轻轻回了礼。护士长对那个女人说:"把夫人的病历卡拿出来。"

这个负责挂号的女人好像已经准备好了,马上把手里的病历交给了护士长。

"那么,夫人,我带您去诊室。"

病历上写着我的名字,但年龄和地址都空着。

"您这边请。"

我按照护士长的手势,从挂号窗口前边走过时,这个女人再次深深地把头低下来。

我看到的,仅仅是她很有礼貌地对院长夫人表示的敬意。

然而,她耳垂上吊着的耳环,无疑是丈夫去冲绳时在恩纳村玻璃工厂买的礼物。虽不能确定,但与当时买的东西非常相像。

事到如今,毫无疑问,她就是丈夫的情人。

"真没想到……"省吾不由自主地嘟囔了一句。

那天,诗织戴的是我在冲绳为她买的耳环。如果真是这样,纯属偶然。我不认为诗织有那样的恶意,诗织不是那样的女人。

但是,现在面对日记本,自己又能怎样呢?

就这样穿过候诊室,我跟在手拿病历卡的护士长后面,不紧不慢地走在走廊上。

护士长什么也没说,但她似乎明白我知道挂号处的那个女人就是"她"。

即使这样,在我要来的这天,她还戴着我丈夫送给她的耳环,真是厚颜无耻。她外表看上去一副天真无邪的样子,但很明显,那是在向我挑战——

不管你怎么说,我就是得到了院长的宠爱。

难道她想这样告诉大家吗?

但是,即使她有意在医院戴上那副耳环,自封为院长太太,周围的人也不是都能容忍。

护士长也许察觉到了我心中的不快,改变了话题,奉承道:"您今天的服装非常高雅,非常适合您。"

我嘴上虽然应付着说"谢谢",但那耳垂上的耳环还是无法从脑子里抹掉。

护士长只是漠不关心地向前走着,在能清楚地看到挂有"诊室"牌子的房间前停下来。房门洞开。护士长朝我看了看,就对门里说:

"院长,您夫人来了。"

然后,护士长打手势招呼着我:"请吧,请进。"

我进去后,丈夫只是"哦"了一声,头也没有抬,看着桌子上的书。

我上次来诊室坐在丈夫的面前,已经是两年前的事了。

那次,由于感冒加重咳嗽不止,丈夫给我做了胸部 X 光透视和血液检查等。结果没有什么大问题。那时不像现在,我还是非常信任丈夫的。虽然他有时回家也很晚,也能感觉到他可能在什么地方拈花惹草,但觉得他不过是玩玩而已。

现在,他倒好,竟然肆无忌惮地在我的眼皮子底下包养情人。

我瞪着他,他好像感觉到了,终于抬起头来,礼节性地"嗯"了一声,点了点头。

省吾想到,三天前妻子出现在医院时,摆出一副若无其事的样子,由护士长带进诊室,原来她的目的是为了调查诗织。

当然,我当时多少也察觉到了,但没想到她居然观察得那么仔细。与其说是来医院看病,还不如说是来找诗织的。

诊室里,丈夫与我面对面,他有点难为情似的把目光移开,对护士长说:"带她去放射科拍个片子。"

我不禁说了句:"不过……"

难道不应该先看看疼痛的部位或后背吗?甚至应该问问为什么会腰疼,听一听原因,等等。

当然,如果问到这些,就会知道吵架的原因,所以他才马上让我去放射科。

但我还是问了句:"没关系吧?"丈夫马上回答:"没什么大毛病。心理作用。"

刹那间,我诙谐地回了句"是啊,心理作用",但我的忍耐已经到了极限。

这种草率又随随便便的话语算什么呀?!姑且抛开夫妻两个人的时候,在护士长和两个护士在旁边的情况下,说出这样的话来,难道不是太没有同情心了吗?连他们都能感觉到我们夫妻之间冷冰冰的氛围。

但我还是对丈夫行了个礼站起来。护士们也都鞠了一躬。这时,他的手已经去拿下一个患者的病历卡了。

或许丈夫是不好意思?即使这样,也太不在意、太冷淡了。

与丈夫的乏味相比,放射科的技师藤谷就显得很体贴。他同情地对我说"很难受吧",还从腰椎和骨盆的正位、侧位等各个角度拍了片子。

另外,以前就认识的经验丰富的上冢护士,在化验室给我采血后,担心地说:"您比以前瘦了一点。"

我真想说"是啊,因为我丈夫的缘故",但还是忍住了,只是点了点头。她又说:"可您是越来越漂亮啦。"

虽然知道是奉承,听到赞美的话,还是有点精神焕发。

"总之……"省吾叹了一口气。

妻子来医院,没有什么好事。上次也是一样。诸如挂号处的花不好看呀,年轻护士的裙子太短了呀,等等,真是横挑鼻子竖挑眼。

也许这样她就满足了。院长夫人的话,让人不敢无视,但照着做又会带来很多麻烦。

这次她虽然没有这类牢骚,却感觉到了她对自己和诗织的愤怒。今后会怎样呢? 现在,省吾心里一片空白。

胸部透视和血液化验大约用了一个小时,再次回到诊室后,丈夫看了 X 光片,说:"哪儿都没有问题。"

那这疼痛是怎么回事呢? 我把手放到腰上。他说:"再开点新药,贴上就会好的。"

"但是……"

我想问的并不是这个结果,而是为什么他说没有问题。如果看片子哪儿都没有问题,那是肌肉疼或者神经疼吗? 又该怎么做呢? 希望能解释得具体些。

说"哪儿都没有问题",不是暗示我"赶快回家去"之意吗? 这是丈夫该对妻子说的话吗? 其实,我们两人的对话已经让旁边的护士露出了诧异的表情。

"护士长,这个……"为了把还没有离开的我赶走,他把我的病历卡递给护士长,装着很忙的样子,指示旁边的护士叫下一个患者。

"知道了。"

我干脆地回答,站了起来,没有理会丈夫就出了诊室。

在场的护士长,当然还有护士们,都看出了我们不和。但我并不在意。尴尬的人应该是每天要跟他们接触并一起工作的丈夫。

傍晚,护士长按约定打来电话。

"就是那个挂号处的姑娘。您已经知道了吧。"她说。

这是关于丈夫情人的汇报。

果然,护士长向妻子汇报了自己与诗织的事。从她的态度上一点都没有看出来,太大意了。省吾一边拍着头,一边翻开了新的一页。

9月22日(星期五)24:30

中午刚过,护士长打来电话。也许在医院内打电话不方便,能听到远处街道的嘈杂声,好像是用公用电话打的。

她说:"就我知道的情况,向您汇报。"

护士长先说了这句话,又说对方叫香田诗织,二十六岁。

她去年九月进的医院。虽然已经一年了,说实话,我一点都不知道。

本来只要有人事调动,丈夫就会说:"这次,哪个护士辞职了,某某会进来。"而姓香田的女孩,我从来没有听说过。

这样看来,丈夫是从一开始就居心不良地追求她呢,还是以前他们就有关系?

护士长说:"以前她好像在世田谷的国立医院工作。因为她会做医疗保险方面的工作,院长把她弄过来的。"

一般情况下,医院招收职员时,都是在与医疗相关的杂志上刊登广告,也有个别的是通过介绍进来的。然而丈夫身为院长,直接把人弄进医院,比较反常。

"那么工作态度怎么样?"我问道。

护士长支支吾吾地说:"这种情况不太好说。"

我说:"没关系,直说吧。"她终于开口了。

"嗯,每个月处理医疗保险账务时,经常是她一个人留下来加班。为此,她有意拖延处理这些事,好像她跟院长两个人还一起开车去过保险事务所。"

处理医疗保险账务,最繁忙的日子是每个月初的三号、四号、五号。那时,丈夫总是说"太忙了",常常深更半夜才回家,难道是在跟那个女人见面?

"别的呢?"我强压住内心的愤怒追问。

"这个……"护士长重复了两遍,压低声音说,"她,经常进出院长室,当然,也许是因为医疗保险账务跟院长碰头。但是其他职员几乎没有一个人单独进去过……"

"哎呀,完了……"省吾不由自主地咬住嘴唇。

这样,护士长简直不就是密探吗?就像妻子日记里写的那样,她是妻子安插进来的密探,而且还对妻子忠心耿耿。

我多么愚蠢呀。

仅凭职员的身份进出院长室,是绝对不允许的。能自由进出院长室的女性只有护士长和秘书涩谷。一个来医院才一年的二十六岁的女人,居然能很随便地进出院长室,她真是厚颜无耻。

"那个姑娘住在哪儿?"我问道。

"是住址吗?"护士长又问了一遍,说,"就在代代木,医院附近。她说过。"

跟我预料的一样。我按照从干洗店取回的衣服上的标签,给那家店试着打了电话,确实是代代木,毫无疑问。

"详细地址知道吗?"

"这个,还不知道,现在还没查到那一步……"

"那好,明天查一查吧。"

我说到这儿,护士长又重复道:"这个……我说的这些,希望不要告诉别人。"

我当然不会做让忠于自己的护士长为难的事。

"那么,"稍微停顿了一下,我又问,"他跟那个女人的事,大家都知道了吗?"

"大家?"

"对,医院的职员嘛。"

在我的追问下,护士长含糊地说:"我觉得好像只有一小部分人知道。"

如果一部分人知道了,在那个小医院里,流言无疑马上会传开。说了这句话,护士长又模棱两可地嘟囔了一句:"啊,也许吧……"

护士长仿佛意识到了所说的这些事的重要性,有些不放心了。

于是,我得说些安慰的话。

"谢谢啦。今天就这样吧。我明天等你的电话。这些事情都比较难办,真难为你了。"

听了这番话,护士长可能稍微放心了一些。说了句"那,我知道了",挂上了电话。

第五章 现场目击

从九月到十月,台风有两三次已经接近日本列岛,但都在真正登陆之前,就消失在东边的大海里了。

进入十月以后,没过多长时间,便迎来了秋高气爽的日子。

或许是与这种天气相吻合的缘故,不,虽然和天气毫不相干,省吾的周围却是一片平静。

最大的原因是,省吾一直畏惧担心的来自妻子的反击,竟然没有发生。

妻子忽然闯进医院来见诗织,并从耳环等物件确认了与丈夫交往过密的女子,同时和护士长也通过气,因而对诗织是丈夫的情人一事,妻子一定确信无疑了。

果真如此的话,这件事绝不会像平常那样不了了之。省吾意识到,一场铺天盖地的风暴好像已不可避免。

然而,妻子就像忘记了诗织这件事一样,什么话也没有说,完全和以前一样,淡然地做着家务,照顾着省吾的衣食起居。

妻子的态度并不比以前热情,却也谈不上多么冷淡。非要说有什么地方不一样的话,那只有一点,无论晚上自己回家多么晚,或是烂醉如泥,妻子都不埋怨,也没有表现出不愉快。这与其说是和谐宁静,不如说是妻子对自己漠不关心更恰当。

从某种意义上来说,因为比以前自由了,干什么事都比较方便了,但省吾总是有种空落落的感觉。

难道是因为妻子见过诗织以后,丧失了与其争斗的勇气了吗?妻子和诗织会面,前后有两次,首先是来拍腰部X光片的时候。第二次是从插花教室回来途中,顺便来医院送花的时候。那时妻子没有见自己,就一个人回家去了。难道是由于这两次见面,面对比自己年轻的女人,妻子感到无能为力,彻底认输了吗?

可是,心高气傲的妻子会草率地认输吗?真令人难以置信。

该不是妻子现在先装出一副老实的样子,然后寻找机会反击吧?目前表面上看起来很平静,但要让人放下心来,显然为时过早。

正如晴空万里的秋日忽然袭来台风,会带来更大的灾害一样,说不定不知什么时候,妻子就会忽然爆发,给我们致命的一击。

省吾一边警告自己,一边观察妻子的动静。

即便如此,要真正知道妻子心里想什么,还是要看她的日记。只要读了日记,就自然能看清楚这种平静是真是假了。

不管怎么说,还是想看日记。省吾苦思冥想,寻找各种机会,但周末有临时出诊和高尔夫之约,还有与诗织的约会等,怎么也抽不出空闲时间来。

这样过了半个月,到了十月的第二个星期天,下午祐太要去参加足球班集训,妻子也一起跟着出门了。

企盼的机会终于来到了。就像了解省吾的心情一样,妻子床垫下面的日记本,给了他一个确切的答案。

9月25日(星期一)22:30

"妈妈,哎,妈妈——"

忽然被女儿的叫声惊醒，回头一看，锅里的水眼看就要溢出来，我慌忙地关掉炉子上的火。

"啊！你回来了。对不起。怎么啦？"

"又是……"女儿站在我旁边噘着嘴叹气，"我觉得妈妈最近有点怪。"

女儿放学回到家，就站着一边抓餐桌上的点心，一边窥视我的脸。我说这样吃相不好看，女儿便不耐烦地坐到椅子上。

"为什么这么说？"我问女儿。

"每次跟妈妈说话时，妈妈总是一副心神不定的样子，像是在想什么事情。"

一听女儿这么说，手里拿着游戏机遥控器的儿子也从隔壁房间里出来凑热闹。"是呀，妈妈最近老是在发呆。对吧，姐姐？"

"祐太你住嘴，你打游戏要打到什么时候呀！"我不由自主地训斥道。

女儿却护着弟弟，窥视着我的脸说："祐太说得对，最近妈妈动不动就发火……为什么呢？"

"别管妈妈的事情，赶快去把你的制服换了！"

总算打发走了女儿。一想，最近确实没有和孩子们认真地说过话。

脑子里整天都是丈夫和那个女人的事情，跟孩子们说话时自然心不在焉。我一边觉得不能这样下去，一边却往往因为一些小事情绪波动，不由自主地发脾气。

表面上看去很恬静的妻子，没想到竟然也这样容易被感情左右！我更没有想到她竟然向孩子们撒气，孩子们确实很可怜。

不管怎么说，这种情况显然是因为妻子见到诗织，明白了诗织和自己的关系导致的。想到这些,省吾不由得感到很难受。

9月27日(星期三)23:20

自从见到她以后,我一直睡不着觉。为了不被丈夫发现,我到附近的药店买了安眠药服用。

每天只是为了解渴,我才补充些水分,结果体重在一个星期内减了三公斤。

洗过淋浴,我一边擦着身体,一边看着浴室镜子里的自己。锁骨窝好像被刀剜过一样深陷下去,肩膀失去了往日的圆润,骨头开始凸出来,同时胸部下面也看得见肋骨了。仅仅看这些,就像个老太婆。

由于生过孩子,下腹有许多条白色蚯蚓状的妊娠纹。或许是母乳喂养孩子的缘故吧,乳房也耷拉下来。无论如何也不能在其他人面前裸露了。

尽管绝经可能是五年或者十年之后的事,但作为一个女人,不能不说已经进入了令人感到绝望的年龄。

如果说这具失去了青春的身体,是促使丈夫滑向年轻女人的原因,那为丈夫生养孩子的代价未免太大了。

男人渴求年轻女人的身体,是否就是出于雄性的本能呢?这就是男人称雄的原因吗?

如果是这样,难道男人面对失去了青春的女人,只能闭眼不看吗?不,他们还不如干脆将一部分肉体出租给年轻的雌性。这或许是一种更好的选择。

作为多年的夫妻,长期的共同生活形成了精神方面的相互依赖与安全感。这种积累与肉体的享乐完全是不同性质的问题,应该分开来考虑。如果能这样想,对丈夫的外遇就不会焦躁不安,闷闷不乐了。

纵然那个女人和丈夫的关系一直持续下去,从我们夫妻关系的角度来看,那也不过是短短的一瞬间而已。

无论那个女人多么年轻,对丈夫来说都只是逢场作戏。仅仅是外遇,所以应该视而不见,若无其事,让时光来淡化它。

现在,虽说丈夫热衷于年轻女人,但作为妻子的我并没有任何损失……

看起来,对于自己和诗织的交往,妻子好像仅仅当作是偶然的外遇,没有办法,无可奈何。

如果妻子真这样想,我这边自然大力欢迎。我丝毫没有因为和诗织偷情,就有要抛弃妻子和这个家庭的打算。只是希望目前这个阶段,能让我自由一些。

妻子似乎对自己的身体失去了信心,其实身为男人的我也是同样。为了让仅有的一点自信持续下去,我追求着年轻的诗织。正如妻子也感觉到的,这并非来自理智,只是男人的本能。

省吾一个人点着头自言自语,接着翻到下一页。

9月28日(星期四)24:00

尽管有各种烦恼,但是不能袖手旁观,不作任何反应。即使已经不再年轻,但我作为妻子,有我的自信和骄傲。

中午,从白金的插花教室拿了插花,以送花为借口去了趟医院。

下午一点钟,我估算着上午的病人都看完了,便抱着从汽车后备箱里拿出来的插花,走进了候诊室。

那个女人忽然站起来跟我打招呼:"夫人,您来了,我一直在等您。"

因为事先说好中午一点到,所以她在等我。她还是那么漂亮。

"这个,我希望把这个花装饰在这里。"我把插花递过去。

"啊,多可爱的大丁草花!我很喜欢。"和如今的年轻姑娘一样,她快人快语。

"是吗?这个月插花没什么季节感,很不好啊!"我不由自主的话里带出了刺儿。

"哪里,夫人的插花总是很漂亮。"她奉承道。

表面上说得好听,内心一定在嘲笑我,以为我什么都不知道呢。想到这里,一直竭力压抑的愤怒油然而生。

"那我就拿走了。"她说道。

因为是午休时间,她接过插花后,好像打算抽身离开。我看见候诊室里没有其他人,便向她命令道:

"哎,把这个收拾一下!"

我拿起装饰在候诊室中间的插花和花瓶,径直递到了她胸前。

妻子刚说了丈夫外遇是没有办法的事情,只有听之任之。然而没过多长时间,又变得不能容忍了。

不仅如此,妻子还不顾尊严,只身来到医院见诗织,而且还带着花来找麻烦,究竟是什么意思呢?

女人的怨恨,竟然是这么执着可怕吗?只见同一天的日记继续写道:

当时她一定不太高兴,但只是在刹那间浮现出了困惑的表情,随即嫣然一笑回答说"知道了",然后接过花瓶走进挂号处。

我对着她的背后,用可以清晰听见的声音低声说:

"你的耳环很漂亮,戴着很配你。"

一瞬间,我感觉到她的肩膀似乎抖了一下,但她马上转过身轻轻地说了句"谢谢",然后快步离开。

对她来说,终于从窘境中解脱出来了,或许她长出了一口气。

可是,我清楚地注意到,今天她身上也散发着可爱的樱花香水味,而且有意佩戴着我丈夫送给她的耳环。

另外,接花束时,她伸出的两只手的指甲上都涂着鲜红的指甲油。

艳丽的指甲过于刺眼,与她清纯可爱的脸庞很不协调。而且,指甲上还绘有类似彩带和心形的装饰图案。

这些都和在挂号处从事接待工作的女性形象不吻合。从事医务工作的人应该再朴素一些,形象更清秀整洁一些。

我很惊讶。这时,护士长过来向我致谢:"夫人,谢谢您特意送花来。"

我轻轻地点点头说:"负责挂号的人染着红指甲,是不是太艳了?"

护士长转身向空无一人的挂号处望了一眼,向我低头致歉:"对不起,今后一定注意。"

护士长真的会去批评她吗?如果不行的话,应该由当院长的丈夫明确地告诉她。

的确,关于诗织的红指甲油一事,妻子曾经说起过。那是早上去医院之前,早餐吃面包片的时候说的。这件事在日记里也有记载。

9月29日(星期五)23:30

清晨,送走孩子以后,我很随意地对正在吃早饭的丈夫说:

"嗯,挂号处的女人很漂亮啊。"

我觉察到背朝着这边坐的丈夫,肩膀似乎抽搐了一下,但他什么也没说。

"那位小姐也负责医疗保险的理赔业务吧?"

丈夫依然没有回答,但是不吃面包了,慌慌张张地开始喝咖啡。

"昨天我送花去医院,和她聊了几句。看见那姑娘染着红指甲,真让人吃惊。"

丈夫终于干咳了一声,可是依旧保持着沉默。这种拒绝回答的态度,恰好是丈夫承认那个女人就是"她"的证据。事情发展到这里,已经无需顾忌什么了。

"在医院工作,必须给人清洁整齐的印象……"

忽然,丈夫背着身子回答:

"挂号处并不是直接给患者治疗的部门,没必要那样吹毛求疵吧?"

"挂号处是医院的脸面呀。那位姑娘涂着那么鲜艳的指甲油,病人见了一定会大吃一惊的。"

他再次沉默。我干脆说:

"如果你去说不方便,由我来拜托护士长去说吧?"

一听这话,丈夫终于转过身来,瞪着我说:

"这恐怕不是你该说的话吧。"

"但是这样确实不好看呀……"

不知丈夫究竟是以为我不知道那个女人就是他的情人，还是他觉得这样笨拙地争执下去不好，总之他忽然不吃了，起身回到自己的房间。

我一直看着他，只见他匆匆忙忙地换上外出的服装，拿起皮包，说了声"我走了"，就头也不回地出门去。

这个时候，妻子已经明白无误地确认"诗织就是丈夫的情人"了。"太大意了，太大意了。"省吾一边自言自语，一边继续看同一天的日记。

如果要说全职太太最头疼的事情是什么，那就是一个人在家的时间太长，难免容易胡思乱想。

在做擦地板、洗衣服、整理东西、浇花、洗碗等这些因为长年的习惯已经驾轻就熟的家务时，尤其是这样。

我尽力想忘却，但那个长着可憎的漂亮脸蛋的女人，用她那染着鲜红指甲油的手缠绕着丈夫的脖子，娇媚地偎依着丈夫的景象，却总是浮现在眼前。

如果是在外边有工作，或者忙于手头的工作，或者和同事聊天，也许都能排解和调节情绪。然而全职太太却做不到这一点。遇到烦心事的时候，最好的排解方法就是跟几个比较知心的朋友聊天。但是有些家事，像家庭内部的矛盾等，无论怎样掩饰也是家丑，不能轻易地和别人商量。

下午比较空闲，忽然想去涩谷的东急百货看看。那儿是出售各种优质品牌商品的名店。

大部分东西在广尾附近都能买到，所以我每月只去一次高级百货商场购物，根据事先写好的购物单，按图索骥，匆匆忙忙地买了就走。今天忽然是怎么了呢？

本来出门是为了散心、调节情绪，但到要回家时，不知不觉买的东西已经装满了各种购物袋，满满的两只手提都提不下，无奈只好将一部分交给商品寄存处。而且，这次买的东西都不是给家里人的，几乎清一色都是为自己买的。

"既然丈夫这样随心所欲，我也放纵一下自己。""既然丈夫能从蒂凡尼高级珠宝店买首饰送给那个女人，我买这点东西算什么。""我是明媒正娶的妻子，不是那个小丫头……"

我自言自语地嘟囔着，买的东西全部用丈夫的信用卡付了账。丈夫看到这次购物的总金额时，还不知道作何感想呢！

如此疯狂购物，我还是第一次，连自己也觉得不可思议。我想起了不知在哪里听到过的话："寂寞的女人喜欢购物。"

本来，我是个购物欲并不强的人，难道是心灵的饥渴促使我这样疯狂购物吗？

这样的自己真是可悲。

妻子究竟买了多少钱的东西呢，只要看一看信用卡清单就知道，但知道了又怎样？因为原因在我这边，我什么也不能说。

可是，还是应该提醒妻子，购物不宜过于频繁。

"寂寞的女人喜欢购物"，这句话说得真好。可是感觉真有些悲哀。我真希望妻子考虑问题不要过于复杂，但这对性格细腻、A型血的妻子行得通吗？

9月30日(星期六)23：30

中午一点，在新宿西口的宾馆见到护士长，一起吃了午餐。吃完饭，护士长给了我一个纸条，上面写着医院挂号处叫香田的女人的住址。

"谢谢。从这个住址到医院大概需要多长时间？"

"坐电车只有一站。如果步行的话，听说有十五六分钟就够了。"

好像是栋高级公寓。年轻人恐怕没有能力住在东京市中心这么方便的地方。难道是丈夫给她付的房租吗？

"那姑娘很引人注目吧？"

"嗯，是的。但她似乎不太在乎。"护士长迟疑了一下，像是鼓足勇气，说，"不过，好像也有人起过疑心……"

一听这话，我脑子里一阵燥热。

作为医院经营者的院长和女下属有不正当的关系，如果人们知道了这件事，院长的权威就要因为生活作风不良大打折扣。可能看出了我脸色的变化，护士长慌忙劝解：

"不过，像您看到的，她比较单纯，人并不坏。"

就凭她和丈夫的关系，能说她人不坏吗？我摇了摇头。护士长老实地低下头说：

"目前没有成为问题，我一定提醒她注意。"

"好好替我盯着她！有什么情况，请马上跟我联系。"

总之，已经到了这个地步，或许只有逼丈夫辞退那个女人了。

啊，妻子连诗织的住址都知道了呀。

省吾感到针对自己的搜查网收得越来越紧了，不禁发出一声感叹。

这次真的能顺利过关吗？我怎么想都无济于事，这件事情的主动权完全掌握在妻子那里，我毫无办法。

10月1日(星期日)23:30

昨天夜里还是睡不着觉,一眨眼天都快亮了。

我躺在床上,闭着眼睛。也不知是做梦还是醒着,陷于一片幻听和幻想之中。

即使在白天也经常头晕目眩,站起来往往眼冒金星。身心两方面都极度衰弱。

对于晚上很晚才回家的丈夫,本来我想好什么话也不说,但还是忍不住说了几句。

我焦躁不安,无法控制自己的情绪。丈夫究竟有没有察觉呢?

总之,这种状况如果持续下去,丈夫只会更加嫌弃我,越来越躲着我。

我也不想成为这样的女人。

干脆把心中的苦衷向丈夫倾诉——"和她分手吧?"如果能把内心的想法和盘托出,心里一定会舒服些吧?本来就是丈夫做了对不起我的事情,没什么可顾忌的。

可是,现在丈夫显然爱着那个女人。即使确定了她是谁,把相关证据都收集齐全了,也不能轻易有所动作。

如果丈夫将错就错,一条道走到黑,今后我将如何活下去?

最坏的情况是丈夫扔下家庭去那个女人那里,这种可能性也并非没有。也许不久的将来,离婚就在等着我。

遗憾的是,我们这些全职太太的生活来源主要依赖丈夫,因而处理和丈夫的矛盾时,投鼠忌器,顾虑很多。虽然不愿意承认,但在现实生活中,主动权是掌握在他手里的。

由于他的一个决定,我们就可能发生各种变化。我就像在激流中漂浮的一片树叶一样。

不过,树叶也有树叶的骨气。

经历了种种烦恼和思想斗争,妻子的想法似乎是:如果采取强硬手段,反而会使自己变得被动。

能这样想的话,当然很好。对于男人偶尔的外遇,女人通常总是唠唠叨叨地说个不停,这本身就是个错误。最好的办法就是让我像现在这样,跟诗织在一起。我没有说要和妻子离婚,只是希望对于我目前的游戏,妻子能睁一只眼闭一只眼。

如果丈夫完全滑向诗织,走向离婚之路,自己的生活将变得很艰难。妻子能意识到这一点,的确很了不起。

妻子无论怎么说大话,也只是个全职太太。一个全职太太并不能养活自己。要以这样的地位来对等地和丈夫争斗,这种做法本身就很愚蠢。

只要妻子老老实实地不生事,我可以保证让她像现在这样富裕安定地生活。希望她能理智地考虑这件事,慎重地采取行动。

省吾感到稍微轻松了一些,又翻了一页。

10月2日(星期一)3:00

欢送老朋友池田的酒会,我参加了一半就离开了,晚上八点赶回家。

家里并没有丈夫的影子,回家之前的紧张感一扫而空。

据女儿说,大家一起吃过饭后,爸爸说了句"有急诊,会晚点回来"就走了。大约是三十分钟前离开的。

真的是有急诊吗?恐怕他是知道我参加欢送会要外出,就按事先安排好的计划出去的。难道不是吗?

最近,晚上只要说是出急诊,丈夫从来没有提过患者的病情如何。我明白这些多半是撒谎,所以也从来不问。

不管怎么说,把两个孩子留在家里,自己一个人外出,太没有责任心了。

无论如何都必须出门时,难道不应该打我的手机联系一下吗?没有给我打电话,就是有问题的证据。本来欢送会后还要去喝茶,我拒绝了朋友们的邀请匆匆赶回来,现在一想真是很后悔。

丈夫既然去那个女人那里,那么我也可以和其他男人一起喝喝茶呀。

今天晚上我要等着丈夫回来,明确地问一问他外出的理由。

确实,在妻子外出以后,我说了句"有急诊"就出门了。

我也知道可能要被妻子怀疑,那天是因为诗织不安地打电话来说"有点发烧了",我才慌慌张张地出门的。

妻子可能会怀疑我有没有急诊,但那天诗织确实得了急病。

同一天的日记接着写道:

今天晚上,不管有什么事情,我都要等丈夫回来。

可是,洗完澡后,我躺在客厅的沙发上,不知不觉竟然睡着了。

门口的动静把我吵醒时,指针正指着凌晨两点三十分。如果是往常,丈夫会直接去书房,但或许是因为今天客厅里亮着灯吧,他径直向这边走过来。就在把手伸向门口的开关,准备关灯的一瞬间,他噢的一声,发出了吃惊的声音。

"什么呀,是你在这儿啊?怎么啦,这么晚了还在这里?"

这本来是我想说的话。

"我还想问你呢,这么晚了你一直在看急诊吗?"

"那当然了。你就是为了这个,才特意等在这里的吧?"

丈夫做出惊讶的表情,瞥了我一眼,从厨房里端出一杯水喝。我很干脆地对丈夫说:

"晚上这么晚,我又不在家,你再出去,孩子们不是太寂寞了吗?"

"别说傻话。不管你出去不出去,患者都是不能等的。你应该知道这一点呀。"

"那你跟我说一声,我就会早点回家来。"

"嗯,你好久都没有出去了,好不容易出去一次,我不忍心叫你回来。"

我还能再说什么呢。"辛苦了,早点休息吧。"我强忍着,费力地讽刺了他一句,就逃进了卧室。

总之,按照这种情况发展下去,我们修复关系的可能性等于零。丈夫每天越来越沉溺于那个女人,这样下去,最终的结果只能是导致家庭解体。

"是吗?"我不由自主地嘟囔了一句。

总而言之,我得先到那个女人住的公寓看看。所有的事情,都要等我亲眼确认了丈夫是否出入那里再说。

难道说妻子真打算去诗织住的公寓?

绝对不能让这样的事情发生。不能让妻子看到我们进出公寓的样子。只要妻子确认了我去过诗织的家,改善目前状况的可能性就等于零。不,不止如此,事态只会进一步恶化,向妻子所担心的家庭破裂的方向发展。

仅凭这一点,就必须阻止这件事。

可是,究竟怎么办才好?省吾陷入沉思的同时,日记也结束了。

这篇日记是十月二号写的,到今天只过了六天。

在这期间,妻子去过诗织的公寓吗?不,不像去过,因为我和诗织都没有发觉这种迹象,所以她要去,也是以后的事情吧?

不管怎么说,今后进出诗织的公寓必须谨慎小心。

省吾反复叮嘱着自己,手里拿着日记本进了妻子的卧室。

整洁寂静的房间,让人感到有些不安和莫名的恐惧。

下次看日记的时候,事态会发展成什么样子呢?就像暴风雨来临前的寂静,省吾觉得很不安,把日记本塞进了床垫下面。

那天以后,省吾每次见到诗织,都习惯性地问她:"有什么变化没有?"

星期六,从下午开始就和诗织在一起,很久没有这样了。在床上尽情欢爱之后,省吾又向诗织问起同样的问题。诗织不可思议地反问:

"有什么可担心的事情吗?"

省吾稍微思索了一下,坦率地告诉了她:"因为我妻子知道了这个地方,她或许会来这里。"

诗织马上回答:"没关系呀。"什么没关系?省吾愣了一下。她又说:"如果见到夫人,我会很有礼貌地打招呼的。"

不是这个问题。我担心害怕的是妻子见面以后,不知道会说出些什么来。

诗织却用明快的声音说:

"我、我很喜欢夫人。夫人总是很潇洒,很精神……"

省吾一边抚摸着诗织圆润柔和的肩膀和脊背一边想,这就是所谓年轻女子的自信和纯真吧?对诗织来说,妻子或许仅仅只是个比自己年龄大、有些威严的女人。

就这样,没有太大的变化,又过去了一天。

一直提心吊胆,担心可能要出什么大事,却什么也没发生。这种紧张和轻松交替混杂的日子一天一天持续着。省吾想,只有随遇而安了,听天由命吧。

妻子是不是不准备把这件事闹大了?正当省吾开始这样想的时候,十月下旬的一个星期天,看日记的机会再次到来。

那天,祐太要去参加足球训练比赛,妻子因为要帮忙一起去。夏美也要去会朋友。所以家里就剩下省吾一个人了。

10月13日(星期五)23:30

我还是必须去一趟。

这些天一直在压抑着,终于决定还是去那个女人住的公寓看一看。

地址是代代木3-35。拿着护士长给的地址,下午我开自己的车去了。

按照事先在地图上确认过的路线,先到医院所在的西新宿的大楼,从那里转向甲州街道,再从西参口向参宫桥方向行驶。

要去的公寓,离西参道口二三百米,在参宫桥对面靠左手边的地方。

一问代代木公寓的名字,没有人不知道。这是一幢八层的漂亮公寓。

西参宫桥前大道上往来的车辆很多,顺着从明治神宫通往代代木公园方向的路,只要稍微再往里走一点,便是安静悠闲的住宅区。

那个女人就住在这里啊？我先开着车把这幢公寓的外观观察了一番，然后把车停在旁边的空地上，下车往公寓里走去。

走进公寓的大厅，马上看到一扇很大的门，不输入密码就进不去。

没有办法，我只好去看了看信箱。603号信箱上，清清楚楚地写着"香田"的名字。毫无疑问，那个女人就住在这幢公寓的这套房子里。

看着看着，我感到再也无法忍受，便走出公寓。接着去了离这里最近的参宫桥电车站。因为车站附近有房地产中介公司，我想问问代代木公寓的房租价格。

"有各种各样的价位。最便宜的小套的房租每月大概十五六万日元吧。"

一听这话，我就明白了。

十月十三日的日记继续写道：

小套房的房租是每月十五六万日元，这个价位不是一个二十六岁的女子负担得起的。根据医院拿来的工资表来看，她无论如何也付不起这么高的房租。

由此看来，房租一定是丈夫支付的。

虽然还没有核对各种收据，但这无疑是从丈夫的零用钱里支出的。丈夫竟然让她住这么高级的地方，并且偷偷来这里约会。是可忍，孰不可忍。

10月14日(星期六)24:20

丈夫甚至连她的房租都包了……

也许对丈夫来说,这是男子汉气概的表现,但是把她照顾到这个地步,明显已经超出了逢场作戏的范畴。

那个女人紧紧地偎依着丈夫,嗲声嗲气地撒娇、献媚,丈夫一副色眯眯的样子,这种情景好像就浮现在我眼前。

或许丈夫是被骗了。他原来就是个不擅长谈情说爱的男人。我没听说过他在结婚前和哪个女人谈过恋爱。想到这里,我越发觉得她简直就是希腊神话中的美杜莎女妖那样、头顶上有无数条毒蛇在蠢蠢欲动的坏女人。

可是,我太老实了。我受到了丈夫如此不公平的待遇,却仍然不恨他。恶人并不是丈夫,而是那个女人。

然而,那个女人今后打算怎么样处理和丈夫的关系呢?也许她正等着我和丈夫离婚,好跟丈夫在一起吧?

或者干脆像护士长说的那样,到她的公寓去,给她点钱,让她跟丈夫分手。那样做或许最为痛快。

可是,那样做能解决和平息所有的问题吗?即使去责备丈夫、大声哭闹、发疯生气,我也不认为能让丈夫跟她分手,因为丈夫连房子都帮她租好了。不仅如此,他一定还会极力找借口搪塞。这样一来,反而更能煽起丈夫的外心。

如果打算追究丈夫外遇的事实,我就必须作好充分的思想准备。必要的时候,离婚也在所不惜。但是我下得了这种决心吗?

看到"离婚"这个词,省吾不由得呻吟起来。

真是的!无法相信妻子真的是考虑到离婚了。那只不过是妻子瞬间头脑发热、随便说出的一句话。

省吾这样对自己说着,接着又翻了一页。

10月17日(星期二)24:10

到厨房去拿便当的夏美,看着早晨的电视节目,隔着餐桌说道:

"啊,这个人,又结婚了,第二次了呀。"

我正好在往丈夫的碗里盛饭,扫了一眼电视画面,那是一位五十多岁的有名的日本男演员。女方是位比他小二十岁的电视剧演员。这种婚姻好像就是人们常说的"奉子成婚。"

最近慢慢变得有点大人样的夏美对这个节目好像很有兴趣,在丈夫旁边摆弄着学生服的飘带,看得津津有味。

"真了不起,跟和自己的女儿差不多大的女人结婚。"

听了夏美的话,我说:"因为男人喜欢年轻的女人,很容易上当受骗。"

"啊?上当受骗?"

"这些女孩子并不是真的喜欢那个男人,肯定都是冲着钱去的。她呀……"

我这是讽刺坐在对面的丈夫。丈夫好像也明白,眼睛盯着报纸,装出漠不关心的样子。

"无耻,不道德!我讨厌这样的婚姻!啊,该去学校了,我走了。"

年幼的女儿留下天真无邪的声音,上学去了。

"路上注意安全!"

在大门关上的同时,我斜眼看着丈夫紧绷的脸,极力装得很高兴,说:"今天傍晚,母亲要来家里。"

"呵呵……"丈夫敷衍地笑了笑，放下手里正在看的报纸，没有喝我递给他的茶就站了起来。

自从那天和深夜回来的丈夫争执了几句，丈夫的态度确实发生了变化。

除了和孩子们在一起的时候，以及有什么事情的时候，夫妻之间没有话说。即使我主动搭话，丈夫也只是含糊地重复着有气无力的回答。

听见大门口有丈夫出门的声音，我急忙去送他，但大门已经从外面关上了。

就像这样，我和丈夫的距离越来越远。

的确，那天早上看电视时，妻子和女儿有过一段关于再婚的男演员的对话。

对天真无邪的女儿说什么年轻女人为了金钱接近男人一类的话，本身就不对。那些话显然是对我的含沙射影和挖苦讽刺。我的确很生气。原来妻子也没有忘记那天早晨的事。

下面还是同一天的日记。

我一面收拾餐桌上的碗筷，一面叹着气扫了一眼丈夫没有看完的报纸，是有关围棋方面的版面。

说起来，丈夫的围棋好像下得很好，拥有段位。偶尔他也和儿子一起下棋。我从中感受到了家庭的温暖。然而这种温馨究竟能持续到何时呢？让孩子们感觉到父母之间这种冷漠的气氛，或许只是时间问题。

而且丈夫的情人也像这个电视剧演员一样，不知道什么时候会怀孕。如果她对丈夫说"我想生孩子"，那该怎么办呢?如果怀孕了……

结果,受伤的是我,还是她呢?我越想越觉得难以忍受。

在出现那种情况以前,我希望丈夫能清醒过来。

但是,如果丈夫什么都明白,就是忍不住要偷情,在外面包养情人,又该怎么办?如果还继续来往,丈夫的心情就可以归结为"我爱着她"。但反过来说,那个女人真的爱着丈夫吗?今后,如果我们真的到了要分手的地步,那个女人能完全接纳省吾以及和他有关的一切,并为守护它们而努力吗?

自从知道丈夫有外遇以来,我瘦了将近五公斤。但因为和丈夫没有亲密接触,所以,关于我的苦恼和体重的减轻等情况,丈夫是不会注意到的。

每当我嘴里说出讽刺挖苦的话语时,展现的只是一个嫉妒心强又惹人嫌的女人的形象吧?

然而,在不知不觉之中,就像电视上那个女演员一样,她或许也会怀上我丈夫的孩子。即使丈夫反对,她要想做的话,也完全有可能。

在事态发展到那一步之前,必须加以阻止。还是去那个公寓,好好地找她谈一谈……

妻子还真以为诗织想怀孕吗?

其实,这个年龄段的年轻人并不想要孩子。为此,自己还采取了避孕措施。当然,如果骗她的话,不是不可能怀孕。然而省吾认为,自己对诗织并不是仅此而已。

不管怎么说,妻子在这件事上想得太过分了。就算我给诗织付房租,也不是要跟妻子分手,跟诗织在一起。现在跟诗织交往,仅仅是想享受一下与年轻女子谈情说爱的冒险感觉。

为什么妻子不能理解一个男人的情感呢？在家庭不致破裂的前提下，干点儿风流事，这几乎是每个男人都有的愿望。

　　在这一点上，前几天高中同学聚会遇到的村濑也有同样的想法。

　　村濑开办了一家进口贸易公司，事业很成功。公司在品川附近，家也安在了那附近的御殿山。

　　聚会后，应邀去了他那宽敞的家。从他住的高层公寓俯瞰东京湾的夜景，人好像漂浮在亮闪闪的灯光之上。

　　他太太很漂亮，长得像模特一样。两个女儿长得像妈妈，也很可爱。看上去他是个事业和家庭都非常顺利、特别幸福的男人。

　　但是，从他家出来，我们两人去喝酒时，他竟说出了令人意想不到的话。

　　"上帝保佑，我工作顺利，两个孩子也很好，眼前没有什么不满足的。在普通人看来，是令人羡慕的幸福生活。说给自己听，也确实是这么回事。"

　　省吾想起了刚才看到的幸福家庭。

　　"但好像就是觉得什么地方不够，缺了点什么。"

　　村濑这时把兑了水的威士忌一口喝完，嘀咕了一句。

　　"的确，我对妻子和女儿们都很满意。她们也很感激我。但关键是作为父亲的我是否已经满足了？难道只是为了得到这些，才这么拼命地干吗？真是这样吗？"

　　省吾不由自主地点了点头，村濑又说：

　　"想寻找有刺激、能让人激动的东西。"

　　"是女人吧？"省吾问道。村濑好像就等着这句话，把桌子敲得咚咚响。

　　"就是就是，想跟漂亮的女人调调情。"

　　省吾完全理解村濑的感受。

在某种程度上,如果一个人工作顺利、家庭安定的话,那他看上去一定是个自由而幸福的人。

然而,在这种情况下,男人却不能完全满足。住在宽敞的大房子里,看着知足的妻子和孩子的同时,"难道我的愿望仅此而已吗"的疑问会油然而生。

的确,看到家里人愉快的样子,自己也很高兴。但除此之外,还想拥有华丽的类似冒险的恋爱。或许这会被说成男人的自私任性,但这就是男人的愿望、真实的心声。

"对,很理解,就是这样。"

省吾不由自主地点了点头。

"工作顺利,有了金钱和时间,接下来想要的就是女人啦。如果可能的话,想跟好女人永远恋爱下去。"

家里有模特般漂亮太太的村濑,能把话说到这儿,真是感到既不可思议又有意思。

"那么,现在跟谁交往呢?"

省吾问了以后,村濑淡淡地回答:"嗯,有一个人……"又反问道:"那你呢?"

"一样,也有一个人。"

听到这儿,村濑笑了,忽然举起酒杯,说:"干杯!"

为谁干杯呢?为了眼前两个人各自的恋情吗?

干杯后,省吾再次问道:"你太太那边,不要紧吧?"

"嘿……"村濑慢慢地点了点头,又反问,"你那边呢?"

省吾一下子想起了最近妒火旺盛的妻子,变得心情沉重。

"最近醋海翻浪,焦头烂额啊……"

"那种事情别介意。因为我们拼命地工作,妻子和孩子才有幸福可言。"

想着这本来就不是一回事,听到村濑这么一说,省吾好像有了一点勇气。

"男人的幸福是由秘密的多少决定的。"

省吾没有马上反应过来,村濑又加了一句:

"人的一辈子,如果连一点秘密都没有的话,那太没劲了。"

与村濑见面后,省吾更有勇气了。

首先,"男人的幸福是由秘密的多少决定的",说的是男人的大胆和潇洒。虽然不能拿到桌面上说,但说到点子上了。

然而,这天真的想法被打得粉碎。下面的日记写出了严酷的现实。

10月20日(星期五)13:30

昨天晚上九点多,丈夫去参加医生们的聚会,他忽然打来电话说:"现在我们要去喝酒,会回来得很晚。"

他从来都不跟家里说,这次忽然打电话来说理由,有点奇怪。

我相信自己的直觉,对孩子说"我有点事……",只在衬衣上披了件外套就出门了,直接去了代代木的公寓。

按照上次调查的路线,把汽车停到了横向的小路路口,在公寓对面的路上等着丈夫。

这儿离车站很近,尽管是晚上,路上来来往往的汽车也很多,从公寓那边应该看不见我站在马路对面的身影。

我站在那儿,一个一个地寻找六楼亮着灯的窗户。

在黑暗的夜空中,亮着灯的窗户只有三个,其中一盏灯下,那个女人在等着我丈夫的到来。

时间快到十点了,凉凉的晚风吹过面颊。穿了外套,并不感到冷,但三十分钟一直呆呆地站着,总有点凄凉的感觉。

或许,他打电话来,真的是为了喝酒?但是,那种小心而焦急的说话方式,一定是为了掩盖去诗织那里。

再等一会儿,丈夫肯定会出现的。

"今天一定要抓到证据。"我下了决心,但如果确实看到丈夫进了这栋公寓,自己该怎么办呢?穿过眼前的人行横道追上丈夫,抓住他的胳膊,又哭又叫地说"回家吧,求求你了",我会这样做吗?

这样的爱情,已经不复存在了,那为什么还要追到这里来呢?

确实,那天医生们聚会后,我去了诗织家,妻子真的看到这一幕了吗?省吾一边觉得不可思议,一边又继续浏览日记。

如果在这儿见到丈夫,当场抓住他,让他赔礼道歉的话,这件事能解决吗?相反,如果他将错就错,我们的婚姻就破裂了。

闹到这种地步是不是有点过分?不管怎么说,首先要亲眼确认丈夫走进那个女人房间的事实。

丈夫出轨的事实,一定要全部记下来。

过了快一个小时,丈夫怎么还不出现呢?难道是我想错了?一边看着表,一边觉得心里没底,又想到孩子们是不是都睡了呢?有点担心家里的情况了。

或许,丈夫改变了主意,直接回家了?如果是这样,他会联系我,但手机没有响,就说明还没有回家。

"怎么办呀……"

我刚开始来回踱脚,忽然发现一个身穿灰色西装的男人朝对面的公寓走去。他胳膊下夹着小皮包,轻快地迈着大步的样子,毫无疑问,肯定是我的丈夫。

丈夫虽然在马路对面,但也可能忽然往我这边看,发现我。想到这儿,我有点害怕,但还是直了直腰,盯着丈夫。

没有什么可怕的。我没有做什么亏心事。做了亏心事的是丈夫,感到可怕的应该是他。

比估计的时间晚了很多,但他确实在这里出现了,手里还提着从附近便利店买的东西。

我现在就冲出去,站在丈夫面前,他见到我,会说什么呢?

然而,丈夫什么也没有注意到,在防盗门前停了下来。幸好灯光很亮,丈夫的动作看得很清楚。

我想他可能要按门铃,谁知他竟从口袋里掏出了钥匙,很习惯地把钥匙插进孔里,一溜烟进去了。

那天晚上,诗织让我在附近的便利店买点东西,之后我进了公寓。这些都让等在公寓外面的妻子看到了。

连这些都知道了,搪塞不过去了。省吾为了使自己镇静下来,发了一会儿愣,然后再次看日记。

奇怪的是,亲眼看着自己的丈夫进了情人的公寓,我竟然格外冷静。

丈夫那时的情形,就我对他的了解来说,是从来没有过的。是性格所致吗?他嘴角流露出轻浮的样子,领带松弛地吊着,好像有种终于到了情人家的放心感。

但他不是那种专门去便利店买东西的男人。是那个女人让他去买的,还是他主动去买的?袋子里装的是他喜欢的香肠或啤酒吗？是为了两个人在房间痛饮吗？

想着丈夫靠在家里的沙发上翘着二郎腿，不停地对我发号施令的样子，我怎么也想象不出他白天的形象。

丈夫那个样子，是那个女人喜欢的吗？或者说，她有巧妙的操纵手段？不管怎么说，我那陌生的丈夫就在这栋公寓里。

风肆意地吹着，还夹杂着小雨，可我并不在意，还是呆呆地站在那儿，望着六楼的灯光。

在那里，我丈夫脱掉西装，换上情人为他准备的睡衣，打开了啤酒罐，甚至还跟那个女人亲吻。

不管怎么说，今晚没有白来。自己目睹了这些，心中仅存的一丝对丈夫的信任一下子荡然无存了。

像被夜晚的雨追赶着似的，我跑进停放在公寓旁边黑暗处的汽车里。

我坐在驾驶座上，握着方向盘，已不再回头看了。直接回到家，稍微收拾了一下，洗了个澡。

回到无人的客厅里，又被懊悔和凄惨笼罩，一口气喝下一杯白兰地，躺到床上睡去了。

丈夫回到家中的时间，是凌晨三点五十七分。

省吾偷看妻子的日记已经有一段时间了。但现在看着二十号的日记，对他的打击很大。

首先，最大的震惊是妻子已经去了诗织的公寓，还目击了自己进入公寓的情景。

连这些都看见了，他已没有狡辩的余地了。不管妻子说什么，他也只有低头了。无谓的顽强抵抗，只能使伤口更深。他意识到了这些，但对同一天日记中的一些话格外在意。

"丈夫出轨的事实,一定要全部记下来。"

到底是为了什么?出轨的事实一定要全部记下来,难道是要用到什么地方吗?

如果仅仅是想把每天的想法记下来,不需要想得那么多。但"一定要全部记下来"怎么解释呢?

也许,妻子的日记是为了某天给某人看,所以才这么一丝不苟、认真详细地写着每个字。

"难道……"

如果今后夫妻之间闹矛盾,妻子可以把日记拿出来让别人看,那自己的不检点行为就会被追究。

但是,省吾不认为妻子是个心术不正、精于算计的人。

这样做,单纯是为了吵架时痛斥我"你看你都做了些什么"。不就是为了这个手段吗?为了给报复提供证据,才要记下来的。

"是啊。"省吾自言自语着,心里平静不下来,"结果仅仅是这个吗?如果……"

省吾感觉有人给妻子建议,告诉她只要有问题的地方就记下来。

他有些不祥的预感,但现在不愿想得太多。不管怎么说,至少自己与妻子的关系正处在一个重大的转折点上,这是事实。

第六章　冷战爆发

省吾再一次试着扪心自问。

现在,在妻子和诗织两个人当中,自己究竟爱哪一个?谁对自己最重要?

说老实话,单纯从"爱"的角度来说,可能非诗织莫属。不在一起的时候,只要想起她就感到爱意涌动;在一起的时候,立即就想爱抚她身体的某个部分,想把她紧紧地抱在怀里。

相比之下,省吾对妻子已经没有感觉了,既感觉不到什么爱意,也感觉不到性冲动。尤其最近,由于妻子一直拒绝,两人没有什么肌肤之亲。不过,省吾也没有因此感到难过。

可是,在现实生活中,省吾和妻子有着千丝万缕的联系,他也不得不承认妻子是不可或缺的。妻子不但为他生养了两个儿女,还承担了所有的家务,在各个方面和他共同支撑着整个家庭。

话说得再明白点,现在离开了妻子,不论是家里的事还是工作上的事,都玩不转,而且有很多事情自己根本不知道。举个例子说吧,家里到底有多少存款,存在哪家银行,欠别人多少钱,贷款还剩多少,交纳的各种保险等情况,省吾是一概不知。连这些存折和各种票据证书放在什么地方都一无所知。

事实上，省吾不得不承认，妻子不论在家庭里还是在自己的工作上，都是掌管一切的中心支柱。

真的让他"在两者中取其一"，还真的难于抉择。首先，妻子是绝对需要的。话虽如此，诗织也难以割舍。正因为难以割舍任何一方，才像现在这样维持现状，两者兼得，两个人都需要。

可是，这只是省吾的一己之见。真要说出来，马上会遭到妻子的猛烈反击。不，不但是来自妻子的追击，就连社会舆论也不会放过他，说他"鱼与熊掌都想兼得，是男人的痴心妄想"。

可是，从古至今，男人们还是明知这样的事情不允许，却费尽心机拼命想同时拥有两者。

"古有丰臣秀吉，今有村濑和我……"省吾嘟囔着，不由得苦笑着自嘲。

就连伟大的丰臣秀吉都为此付出了巨大的代价，更何况自己一个小小的开业医生呢，有些麻烦也在情理之中。

想得到比平常人多的东西，比别人多辛苦些也是应该的。在现实中，男人也正是积累着这些痛苦的磨难，才成为饱经风霜、通情达理的大男人的。

现在正是这种磨难的机会，以坚忍不拔的毅力挺过去吧！省吾下定决心。

令人感到讽刺的是，妻子的日记在目击到自己进入诗织的高级公寓的地方戛然而止。

省吾很想看接下来如何发展，可是妻子没有写，也就无法看到。

妻子此后究竟是什么样的心情呢？

省吾怀着惴惴不安的心情度日如年。妻子情绪波动很大，态度也比以前更加糟糕。

比方说,有时候莫名其妙地因为一些小事乱发火,有时候无论叫她几遍也不回应。妻子也不是不理人,有时会忽然大叫起来:"不要再那样了!"或者干脆来个一百八十度大转弯,说:"随便,你爱怎样就怎样好了!"

总而言之,在这样的状态下无法待在家里,对工作也有影响。

不但如此,连孩子们也好像察觉到了夫妇间的矛盾,最近两个孩子对自己都有所疏远。但愿是自己神经过敏。

没有什么办法改变现状吗?当然最好的方法莫过于和诗织分手,却又下不了决心。这样一来,只好想办法宽慰妻子。到头来还是原地踏步,于事无补。

既然如此,就干脆打开天窗说亮话,大家把话挑明了吧。

省吾心想,到时候对妻子撂下狠话,类似"你要是有什么不满,可以搬出去!",妻子也许会老实些吧。可他也深知妻子不是省油的灯,发起飙来会做出什么事很难预料。其实,妻子真要搬出去,要面对一大堆麻烦的还是自己。

省吾一时也不知如何是好。这样六神无主,不知不觉到了十一月。有一天夜里,省吾偶尔回家比平时早,到家一看,妻子不在。

祐太一个人看家,问他妈妈到哪里去了,说是陪夏美练小提琴去了,九点钟回来。

离妻子回家还有一个小时,正是偷看日记的良机。

省吾装作找东西,潜入妻子的房间,很快就把要找的日记本拿到手里。

日记在上次结束的日期后空了八天,重新开始记录。

10月29日(星期日)24:00

我确确实实亲眼看见丈夫走进了那个女人住的高级公寓。

今天是那天之后的第二个星期天。看丈夫鬼鬼祟祟的,像是掉了魂似的,我猜想他今天大概又要出去和那个女人鬼混了吧,我的预感果然没错。

他表面上装作镇静自若,其实一边在偷偷观察我的脸色和孩子的情形,一边寻找去见那个女人的机会。这个浑蛋!如此说来,他纯粹是尽义务,没有办法才回家吧。

早饭比平时要晚些,吃完后,本来打算把梨端到桌上来吃。但一想给这个浑蛋削皮太不值得了,干脆不削了,只给他端上茶就回到厨房。我在厨房里收拾孩子们的碗筷,丈夫好像很为难地说:"那个,我出去一下。"我心中的怒火一下子迸发出来。

我把还没洗的餐具通通粗暴地丢进洗涮盆,碗碟调羹碰撞在一起发出刺耳的声响。我又把水龙头拧到最大,急速喷出的水溅得四处都是。洗涤液的泡沫像雪花一样迅速堆积,不一会儿就遮住了整个洗涤池。同时我明显地感到,眉间的皱纹也无比清晰。

"实在是欺人太甚!"

我不由得喊了一句,同时粗暴地拧上了水龙头,把没洗完的碗就那么放着,从厨房里冲出来,躲进卧室再也不出来了。

我先是坐在梳妆镜前拿起梳子,发了疯似的梳头。不论我怎么梳,怒气都没有办法平息,反而一下子涨到顶点。我无法抑制,只得把梳子用力甩到地板上。

我一动不动地蹲坐在那里,从客厅里传来丈夫清嗓子的咳嗽声。咳嗽了好几次,我知道那是丈夫在叫我。这已经是惯例了,他叫我时总是用这样的信号,可我就是不挪窝。

凭什么,我凭什么要乖乖地到那样浑蛋的丈夫身边去?

我已经不能忍受了。

这样一来,丈夫也觉察到有些不对劲,"喂——喂——"地叫了好几次,同时我听到渐渐逼近的拖鞋声,最后在卧室门前停住。

"喂,到底怎么了?我进来了啊——"

说着,丈夫用力推开卧室门,我在梳妆镜前抱着头,看也不看他一眼。

是啊,上周日妻子确实是歇斯底里地跟我大吵了一架。好在两个孩子都出门了。那样不顾脸面地大吵大闹,从我们结婚至今是第一次,可以说是史无前例。

我是不想再次回忆那次吵架的内容了,可妻子一五一十详尽地记载在日记里。

丈夫看到我在梳妆镜前抱着头一动不动,着实吃了一惊。
"你怎么了?身体哪里不舒服吗?"他问道。
对装模作样地关心我的丈夫,我直截了当地回答:"不是。"
"那是怎么了?"
"不要再装模作样了!我的忍耐是有限度的⋯⋯"我一边缓慢地挺直前屈的身体,一边用闷在嘴里含混不清的声音回答,"我既不是你的女佣,也不是你的母亲!"

丈夫很困惑地抱着胳膊,还是不敢直接看我的眼睛。
"你到底想说什么,一点也不明白。"
既然如此,就别绕弯子,直接跟他挑明了吧。
"那个叫香田的,是你包养的女人吧?"
"什么,什么呀⋯⋯胡说八道⋯⋯"

还没等丈夫说完,我打断了他。

"你到底想装到什么时候呀!别装模作样了!我清清楚楚地看见你进入那个女人的公寓了。"

"你……"

丈夫一副困惑的表情,茫然地看着我。

"你以为我什么都不知道?前些天,你说和大家去喝酒,实际上是去了代代木的高级公寓……"

"你都说些什么啊,那天我只是去取诊疗报酬明细表。"

"你还想抵赖!那你为什么又要付那个公寓的房租?你为什么非那么做不可呢?"

我说得有些过了头,但这时候可不能有半点胆怯,否则会前功尽弃,好不容易才把他逼到这一步,一定要乘胜追击。我这样想着,丈夫此时却从完全想不到的方向给我猛烈一击。

"真是长舌妇!我自己赚的钱,爱怎么花就怎么花,和你有什么关系?!"

那天因为妻子过于执拗,我的确说过这句话。

我想以此让妻子闭嘴,没承想妻子却不善罢甘休,进一步纠缠不清。吵架的经过都被她以惊人的细致描述,如实地写到日记里。

真没想到他会这么大胆无耻地承认和那个女人的关系,我惊得目瞪口呆。不过,我不会善罢甘休。

"我不是在说钱的事情,是说将金钱浪费在那种女人身上是不可原谅的。你是想把自己做的丑事都找理由正当化吧?"

丈夫盯着空中的一点,默不作声。我又对他说:

"总而言之,你赶快把那个女人从医院开除!"

"那个……"丈夫稍微停顿了一下,回答道,"那是不可能的,如果没有她,每天的诊疗报酬明细表就做不好了。"

诊疗报酬的计算之类的事,谁都能做,只要培训一下就可以了。

"诊疗报酬明细表那样简单的东西,连我也会做。"

"不可能一下子就会。"

"为什么?那么简单的事情。"

"总而言之,没有她会很为难。"

"为什么?"

丈夫有口难言,无法说出来的理由我也明白。假如他说"因为我爱她",就可以圆满地答复我了。可是,丈夫还不至于胆大无耻到说那种话。我也不想听那种浑话。

"我明白了,既然你不解雇她,那就只有我来想办法了。"

"你这话什么意思?"

丈夫口气很强硬,明显是在虚张声势。我连理都没理他,猛地站起来从他身旁走过,走向厨房。

"喂……"丈夫招呼道。我装作没听见,打开水龙头开始粗暴地洗玻璃杯。

丈夫再次叫道:"喂……"我还是装作没听到,他可能是死了心。不一会儿,听见外面的大门砰的一声被用力关上,丈夫出去了。

丈夫终于承认了自己在外面包养女人,有了婚外情。我挥舞着大刀,单刀直入,一下刺中了要害,逼他承认了事实。可到事后才发现,受到更大伤害的却是我自己。

总之,妻子是在小题大做。神经异常地过敏,变化太大,前后判若两人。

当然,看到自己的丈夫进了别的女人的公寓,不能无动于衷,生气发飙也在情理之中。

但生气发飙也得讲究方法。我做的固然见不得人,自己也知道理亏,你委婉地讽刺一句就够了。假如妻子能这样做,我也能诚恳地低下头认错。

不讲究方法,劈头盖脸地兴师问罪,不给对方留任何余地,结果只能发展成不可收拾的吵架。这种道理显而易见。

女人啊,为什么就不懂得掌握自己的情绪,把握火候呢?

10月30日(星期一)18:30

傍晚刚过五点,昼短夜长,周围已变得昏暗。

今天晚上,只有我一个人在家。女儿说是要准备校园文化节活动回来晚,儿子也说是补习班有说明会。丈夫好像是参加大学医疗部同事的聚会。

可是,即使是他和那个女人约会的借口,我也不在乎了。

自从丈夫承认了和那个女人的关系,在这个家里照顾丈夫就已变得毫无意义。

话说得再明白点,就是丈夫的事情,我已不放在心上了。

令人奇怪的是,过去的日子我是那样生气恼火、坐立不安,现在只是改变一下想法,心境就像丢掉了一个大包袱,一下子变得轻松起来。从那以后,竟能过上平静安稳的日子。

对于丈夫那件事,与其说是放任不管,不如说我已认定为无药可救。

强迫丈夫回家,使双方都感到不愉快,还不如丈夫干脆不回家,这样我倒能让情绪安定、心境平稳。丈夫假如能在那个女人那里得到所有的照顾,我也省了很多做家务的麻烦,可以说是一举两得。内衣和换洗的衣服都拿去好了。

假如丈夫选择爱那个女人,那么我就爱丈夫带回来的钱吧。

今天晚上,这个家除了我,其他人都不在,非常少见。可是今后随着孩子们的成长,这样安静的夜晚也许会越来越多。

等我们都上了年纪,家里只剩下我和丈夫的时候,我还能继续忍耐下去吗?

孩子们长大以后离开家,只剩下我们两个人……真没想到妻子竟然考虑到那么遥远的将来了。

还在考虑将来的事情,看来,在现阶段妻子还没萌生跟我离婚的想法。省吾还是不能理解妻子现在的心情,继续偷看她的日记。

11月3日(星期五)24:30

昨天是婆婆的生日,昨天晚上她来了,住在我们家。孩子们送给祖母眼镜架当生日礼物,婆婆非常高兴。

可是今天是星期五,丈夫一向会晚回来。因此和婆婆、孩子们一起先吃了晚饭。然后和婆婆面对面坐下,一边喝茶一边聊天,很长时间没有和她这样喝茶聊天了。时针已经过了十点。

"省吾每天总是这么晚回来吗?"婆婆看着电视机旁边的钟问。

"是啊,给病人做完诊断之后,好像还有许多杂务要做……"

"那孩子真是辛苦啊!"

我不能让挂心丈夫、对他没有疑心的婆婆太担心。虽然这样想着,可是另一方面,我也想看看婆婆知道自己儿子在外面乱搞会有什么反应,因此犹豫了一阵,索性试着说了出来。

"他经常凌晨才回来。"

我尽量装得很轻松地说,婆婆小小地"哎?"了一声,说道:

"光是工作,神经绷得太紧容易疲劳。每天都为病人做诊断很辛苦,所以需要在哪儿放松放松。"

听了婆婆的话,我不由得苦笑了一下。婆婆也敏锐地察觉到了,盯着我的脸问:

"志麻子,省吾有什么事让你不放心吗?"

我什么也没说,可是婆婆从我沉默不语的态度中迅速察觉到了真相。

"不用担心,过去你公公也曾迷上过陪酒的女郎。我也为此担心生气过。"

"是吗,看起来那样一本正经的公公也有过那种事吗?"

公公已经去世了,就我所知,他是一个温厚诚实的人。

"不过呀,丈夫的婚外情什么的就像夏季的台风,刮一阵子就过去了。"

我对婆婆的意见点头表示赞同,可是心里并不认为丈夫的婚外情会像刮台风一样简单收场。

假如我把现在的真实情况一五一十地全告诉婆婆,会怎么样呢?

"喂,喂。"省吾读到这里,不由得叫起来。

把丈夫的婚外情告诉婆婆,等于互相揭对方的短。妻子可能因此会心情好点。不过,那等于把自己对丈夫的驾驭能力不足的短处暴露给了婆婆。

即使婆婆替我向丈夫发出忠告,丈夫是否听得进去也值得怀疑。他一般会含糊地搪塞应付,之后再把火撒在我身上。这样一来,事态只会更加恶化。

说实话,丈夫的情人是和他在同一家医院工作的女人,这种情况对我最不利。这还不如像公公一样和俱乐部的女人搞婚外情,那样可以迅速地想出方法应对,而且分手时也一定简单利落。

可是丈夫和那个女人看起来不会那么容易分手。

首先,只要那个女人在医院工作,丈夫在一天当中和她度过的时间就远比和我在一起的时间长。特别是那个女人被委任处理申请保险金的事务,两个人单独在一起到很晚的机会就很多,关系进而会变得更亲密。另外,两人在同一个工作场所,要小心不让其他同事察觉,又能得到适度的刺激和紧张感,和平稳安定的家庭生活大不相同。

不管怎么说,这场婚外情"台风"不会像婆婆那时一样一刮而过,肯定会长期停留,并对着我持续不停地猛刮。

晚上十点半多,婆婆说要回家。我把她送到世田谷的尾山台。

大约一个多小时以后我才回家,可是丈夫还没有回来。正想泡个澡休息,忽然想起丈夫说过要去打高尔夫,于是进了丈夫的书房。

我从书桌右边的衣橱里拿出高尔夫球杆袋,本想给他装好换洗的内衣什么的,又想起不知他要到哪里打高尔夫球,是否留宿也不清楚,就决定不做那样费力不讨好的事。

顺便扫一眼书桌旁边的书架，堆放的医疗杂志里，有一本里面夹着一个白色信封。随手抽出来一看，是几张照片。其中一张是丈夫和那个女人坐在高尔夫球车上的合影。

　　照片上那个女人戴着高尔夫球帽，帽檐稍稍靠后，和丈夫偎依着坐在一起，还伸出两个手指做出胜利的V字手势。

　　日记上这一天过后，第二天是星期六，妻子和我又大闹了一场。谁能想到罪魁祸首在这张照片上呢？都怪我粗心大意，可谁又能想到妻子会检查书房里的医疗杂志？

11月4日(星期六)23：00

　　丈夫今天傍晚出发，去伊豆打高尔夫，并要在那里住一宿。说是大学的同学会组织的，还有高尔夫球赛，不能缺席，所以下午的特别出诊结束后直接从医院出发，不回来了。

　　"旅行的日程表呢？"我问道。

　　"干事只给了我一份。"丈夫找借口，不想给我。

　　"你外出旅行时，万一有什么紧急情况的话，我也好应对，给我复印一份。"

　　我不轻易放过他，紧跟上一句。

　　"日程表放在诊所里了，今天诊断结束后马上就得出发啊。"丈夫不高兴地背过脸去。

　　这时从门口传来夏美明朗的声音："我要出门了！"

　　"路上小心！"我在饭厅里高声答道。

　　这样一来，孩子们都出门了，正是跟丈夫摊牌的好时机。

　　昨天看到的丈夫和那个女人在一起愉快地打高尔夫的照片，现在还无比清晰地印在脑海里，挥之不去。

总之,我才不会袖手旁观咽下这口闷气。今天一定要趁机彻底问清楚。

我端着放有茶壶和茶杯的托盘,走到他斜对面的座位上坐下。

"那样的话,请从医院用传真把日程表发过来。"

丈夫脸上一副"真是个难缠的家伙"的表情,看着我说道:

"特别出诊日本来患者就多,哪有时间去做这样麻烦的小事。而且,真要有什么事,你直接打我的手机好了。"

和往常一样,自己理亏的时候,他就提高声音,企图用大嗓门来压人。

可是假如今天我含糊不清地放他一马,又不知道要让他逍遥到何时!今天我绝不轻易放过他!

"我不清楚你人在哪里会很麻烦。请负责接待的香田小姐往家里发个传真。"

大概是我戳到了他的痛处,丈夫沉默着把茶杯递过来。我做出很顺从的样子给他倒满茶,一边不经意地说:

"那么,是不是要我亲自给香田小姐打个电话拜托一下呀?"

现在想起来,那天妻子确实很难缠。我一直忍着怒气,差点大叫出来"别再胡搅蛮缠了",她却蹬鼻子上脸没完没了。妻子不会正在生理期吧。反正,她那种死缠烂打的方式还真是非同寻常。

我一提香田那个女人的姓,丈夫的表情明显变得僵硬,眼睛里溢满了骇人的怒气。

可是在下一瞬间,那怒气又一下子委顿下来,并避开了我的注视。

是的,丈夫并不是性格很坚强的人。虽然现在做的事情比较大胆,内心却感到恐慌不安。现在这软弱的部分就显露出来了。

"行了,我发传真就是了。"

然后,他好像逃跑似的去了洗手间,过了一会儿,又大声"喂"了一句。

我本打算装没听见,丈夫却又重复了一遍又一遍。实在让他叫得厌烦,我过去一看,他问道:"旅行用的刮胡刀放哪儿了?"

我没碰过他的刮胡刀。他正对着镜子边梳头边问。今天他特地穿上了淡粉色的衬衫和浅驼色的外套,把自己往年轻里打扮。

"真奇怪呀,应该是放在这儿的。"

这时,我故意用异常明朗的语调说:"顺道去趟二十四小时便利店买不就行了嘛!"

"你说什么……"

"我说去二十四小时便利店,对您来说驾轻就熟,您可是那里的常客了呀!"

我可是极尽挖苦讽刺之能事说的这句话,他却没有反击,说明我算是说中了。像那天夜里一样,丈夫一定是被那个女人多次差遣到二十四小时便利店购物。

丈夫继续装模作样,照旧对着镜子说:"你这个人真是莫名其妙……"

我可没有什么把柄,被人说成是莫名其妙。

"你才是莫名其妙,你究竟是和谁到那里去呢?"

丈夫逃跑一样离开洗手池,一边说:"你到底要我重复几遍才死心?"

"请你把话说清楚!"

"什么话?!"

我追在要从洗手间出去的丈夫后面,乘胜追击。

"你只要说实话不就行了嘛!"

妻子居然能把这么无聊的争执都事无巨细地记录下来。难道她这样详细地记下来,是为了将来好派什么用场吗?简直是愚蠢到家!

话虽这么说,不过日记就在眼前,想不读又心痒难耐。

丈夫收拾停当,刚想走出洗手间,我敏捷地挡在了他前面。

"傻里傻气的,快让开!"

他说着,想推开我。我干脆揭了他的老底。

"你是跟那个姓香田的女人一起去吧?"

"我不是说了嘛,你给我让开!"

"不让!"

丈夫抓住我的手腕,想使蛮力走出去。我使尽力气,两脚蹬地,就是不让。

"今天一大早就有检查!你快让开!"

"今天你要是不说实话,我就是不让!你是要和那个女人去旅行吧?"

"别再胡搅蛮缠了!"

他把我使劲推开,我自然招架不住,摔倒在地上。可他却不管不顾,径自迈开大步走向书房。不久就听到大门有声响,他马上要出门了。

我怒火中烧,这样放过他等于功败垂成。我急忙爬起来冲到大门口,对拿着鞋拔子的丈夫不依不饶地说:

"你既然要和那个女人去旅行,就不要再回这个家!你就一直住在她那里好了!"

"我知道了!既然你想让我那么做,我就那么做好了!"

丈夫使尽力气打开门,又好像要掼碎它似的砰地关上,走了出去。

"这个浑蛋!"

我被丈夫那样恶语相向,又被他使蛮力动手推倒,心头的委屈已积聚到了顶点。这时终于支持不住,一切都化作悲愤的泪水。我脚底发软,一屁股坐到地板上,放声大哭。

丈夫终于承认了,但是摆开一副死猪不怕开水烫的架势。

自从结婚以来,我还是头一次这么跟丈夫对着干。

我心想"只剩下这一招了",却没有力气去想其他办法。只有丈夫离去后的静寂无孔不入地飘荡在四周,丈夫关门的声音一直在我耳边坚硬而低沉地回响。

那天我一直等传真等到夜里,他最终也没有将旅行日程表发过来。

要说这女人的第六感真是可怕。我只说去伊豆打高尔夫,并在那里住一晚,她就马上觉察到是跟诗织在一起。跟她说是大学医疗部的聚会,她就说要拿日程表来看一看,还死揪住这一点不放。

根本就没有什么日程表,我当然拿不出来。

反正,最近妻子有些神经过敏。她把我的行动全都跟诗织联系起来考虑。

那天从一大早开始,又是检查又是诊断,忙得连喘气的工夫都没有。当然之后是跟诗织一起出去的,但并不是所有的时间都用来跟诗织约会。妻子已经不是神经过敏,大概是有点神经错乱了吧。

11月6日(星期一)22:30

他撂下狠话说不再回家,但还是回来了,而且是在凌晨回来。

令人感到奇怪的是,自从他承认了和那个女人的关系,他几点回家,我再也不放在心上。

话说回来,从他照常凌晨回家来看,昨天从伊豆回来后,一定又去了那个女人的高级公寓,两个人寻欢作乐,一同庆祝旅行愉快结束。

早上,我起床后看到客厅的饭桌上摆着三份旅行带回来的礼物。他是打算用这点小东西向家里人赎罪吗?!

七点半,我和往常一样从厨房用内线叫丈夫起床。心想这种事情已经不必再做了,不过人都有惯性,拿起电话,铃声只响了一声,他就接了。

然后,他主动跟在饭厅吃早饭的孩子们打招呼,说"早上好",把桌子上的礼物给孩子们一人分了一份。

我背对着丈夫,正在用手巾包夏美的饭盒。前天刚吵完架,他大概觉得给我买了礼物的事也难以启齿。

他随后进了洗手间,早饭也不吃,比平时提前二十分钟跟夏美一同出了门。不敢留时间跟我面对面,明摆着心里感到愧疚。

家里人都出门后,饭厅桌子上孤零零地剩下一份礼物。从包装纸上看应该是我喜欢的巧克力。但是我一点也不觉得高兴。

这事要是放在前几天,我早就一把扔到垃圾桶里了。跟那个女人一起挑的礼物,谁稀罕!可是放在现在,我连生气的心情都没有。就让它那么放在桌上,碰也不碰。谁知道是给谁的礼物呀!

最近我也有些察觉,妻子自从证实了诗织的存在,态度起了很大变化。以前是怀疑和猜测居多,现在是一种爱怎样怎样的放任不管的态度居多。这点从她的日记上也能看出来。

11月8日(星期三)23:50

最近从丈夫身上穿的到他平时爱用的各种各样的物品,我都觉得好像是陌生人的东西。丈夫用的咖啡杯、牙刷、眼镜、拖鞋等,所有的东西都感到陌生,不再熟悉和亲切。

以前我很自然地给他熨烫衣服,现在除了还给他熨熨手绢,其他的像衬衫,有点皱就有点皱吧,照样给挂在衣架上。他的内衣光看着就觉得脏,别说给他洗了,直接送到洗衣店去。

早报也一样,以前我都是为他把夹在里面的广告抽出来,再放在桌子上,现在就直接扔在那里。丈夫的书房我也是马马虎虎随便打扫一下了事。去超市买东西,不再考虑丈夫的喜好,随便买些什么冷冻食品回来凑数。家里的财政支出因此稍微多些也无所谓。

这些已经不是发泄对丈夫的不满或故意找茬。迄今为止,我为我们苦心经营多年的城堡就像在海边沙地上建造的一样,被无情的海浪冲走了,一瞬间消失得无影无踪。我感到的就是这种空虚。

每次接触丈夫带汗渍的衬衫或是用过的碗筷,都觉得比上一次更厌恶，感到完全像陌生人的东西一样冰冷。也就是说，现在我觉得自己对他来说不是妻子，而不过是被雇佣的女佣。

至今一直为了家务和养育孩子劳碌奔命，自己还错以为有丈夫的爱来支撑，所以不以为苦，反而觉得幸福。现在只剩下自欺欺人的徒劳感和今后无所事事的空虚感，并且在日益增长。

总之，丈夫既然已经承认在外面有女人，我也就没必要请侦探来调查。事实我都确认过了。

可是话说回来，留下调查内容作为婚外情的证据，也好为将来打算。不管怎么说，有必要留下记录作为最后的王牌。

就在前几天，我还曾梦到丈夫和那个女人一起嘲笑我。现在连那样的梦也不做了。我知道再充盈的泪水也有淌干流尽的时候。

妻子究竟在想些什么？

说丈夫的一切都让她感到厌烦和不快，还说觉得丈夫的内衣肮脏，不想碰，所以不给洗。

说起来，最近的早报还真是夹着广告随便扔在桌上，饭菜也多是从超市买回来的现成品，直接上了桌。

诚然，我做的事情不见得有多光彩，可是妻子也有点太神经过敏。我以为她是个胸襟更豁达的女人，真没想到她是如此敏感脆弱。我也以为她是个细心又爱干净的女人，这下好了，看看细心和爱干净的优点都用到了什么地方？！

说白了，是妻子的自尊心太强的缘故，输给了身为员工的小姑娘，心里这口气怎么也咽不下，就表现在异样的行动上。

不仅如此,让我最吃惊的是,从日记中得知她竟然想到雇佣侦探!日记中写道"已经没必要雇佣侦探",也就是说,假如没像现在这样得知真相,她还真打算花钱请侦探进行调查!

要是真的被侦探调查可就惨了。万一不小心被别人知道,岂不成了笑料?

可是,日记上写着"留下调查内容作为婚外情的证据",说明妻子还没有完全放弃雇侦探的想法。下面的"有必要留下记录作为最后的王牌"又是什么意思呢?

这种调查内容有用武之地,无非是两个人真的要分手、进行离婚诉讼的时候。此外,我想不到它们在什么地方有作为最后的王牌利用的价值。

这么说来,妻子已经将离婚预先考虑在内了。这可真是匪夷所思,太过分了!

我现在是在外面有了女人,不过从没有考虑过要和妻子离婚。妻子也应该知道这一点,她可真是一厢情愿!

怎样才能让她不要一个人胡思乱想,让她觉得自己的婚姻没问题,并安下心来呢?到底怎样做才好?

可是真实施起来却非常难。困难不在别的,在于妻子生气的理由并不是无凭无据的。我跟她说"我只是一时出轨,你不要担心",她能听得进去吗?不可能。

妻子得知我和诗织约会,就觉得我的一切都变得肮脏,不能原谅。这种厌恶是一种生理上的感觉,也许才是最大的障碍。

总之,我必须安抚妻子,使她内心的愤怒平息下来。让她稍稍平静下来,心境平和。这一点还是需要两个人多交流。看似无用的日常对话能起到放松神经的作用。

但事实是我一和妻子面对面,自己就先紧张起来,说话也不利索。这在妻子的日记里也有所记载。

11月9日(星期四)24：30

最近,丈夫照样深更半夜才回家,我却听不到一点声音。大概是因为他心虚,蹑手蹑脚、偷偷摸摸地进家门吧,或者是我懒得再管他那些闲事,能睡熟的缘故?昨天晚上他也是半夜过后凌晨回家,具体是几点我也不太清楚。

第二天早上,丈夫起床后说了声"早",一直不敢和我对视,一屁股坐在餐桌前翻看报纸,等着早饭端上桌。

我们夫妇俩用来交流的语言也几乎是些机械的事务性的对话,仅限于最小的词汇。比如,"婆婆说膝盖疼,今天要到诊所去""祐太寒假期间要去滑雪冬令营,住宿等日程的安排表和各项费用清单就放在这里"。丈夫的回答也仅限于嘟囔一句"啊",漫不经心。

而且,一旦有了不好开口的事情,就通过孩子转达,比方说"爸爸说了,明天有医生聚会,晚饭不回家吃"。他也许是想让我们夫妇间最好别再有什么激烈的冲突,可利用孩子来传达不好张嘴的事,也太狡猾了!

上午,我打算进丈夫的书房时,顺便看了一眼墙上的挂历。和过去一样,在这个月月初的几天标着记号"申请医疗保险金"。

在这三天里,借口要填写保险金申请表,和那个女人单独加班,两个人趁机寻欢作乐。已经是过去的事了,却故意在挂历上标上记号,更让人觉得是巧立名目,更让人生气。

要是心里没有鬼,明明可以堂堂正正地跟我说,却费尽心机在挂历上做记号,这个人真是卑鄙懦弱到可怜的地步。

每天早晨孩子们出门之后,会有一段属于两个人的时间。可是最近我不想坐在丈夫旁边看他吃饭,一个人躲进厨房收拾餐具。丈夫一个人一边看电视,一边吃早饭。

现在我只要看到他的脸都觉得厌烦。他偶尔打个喷嚏,我也觉得吵得慌。

孩子们一出门,只剩下我们两个人的时候,我们之间冰冷彻骨的关系也赤裸裸地暴露出来,真让人不能忍受。

第七章　正面交锋

同样是日记,有些读了获益匪浅,有些读了还不如不读。从十月中旬到十一月,妻子所记的日记明显属于后者。

前段时间,妻子对着日记倾吐自己的心声,也算是一个感情发泄的渠道。我偷看了,也能了解她一些真实的想法,有不少可借鉴的地方。

可是这近半个月的日记记载的全是妻子对我感到愤恨不满的语句,可能是因为我承认了和诗织的关系,又不打算和诗织分手。我读着妻子的日记,自己的心情也随之滑落到低谷,变得阴晦忧郁。觉得我们的婚姻也岌岌可危,如小船在暴风雨中飘摇,随时都会触到"离婚"的暗礁。

好好想想,我们的婚姻真的是如此脆弱吗?

再次叹口气,很想从日记中这种黏黏糊糊、阴暗潮湿的世界中逃出去。

值得庆幸的是,日记的记载在十一月九日这天结束。就算我想接着偷看也看不到了。

我得出的结论是,今后一段时间不再偷看妻子的日记。即使偷看了,了解了她的真实想法,我也没有相应的对策,还不如装作不知道来得轻松。当然这样一来,和妻子的关系就无法得到改善。但就目前的情况来讲,即使我做出努力想改善夫妻关系,估计也不会起到好作用。既然如此,还不如什么也不做。只是要尽量注意别刺激她,差不多地得过且过。

妻子现阶段是异样的敏感兼歇斯底里,过一段时间,情绪就会稳定下来,心境也会恢复到以前的平和状态。

这样想来,我应该对妻子采取若即若离的战略。不要上赶着装热情,显得虚伪,也不要太冷淡疏远。平淡无奇、波澜不惊地安稳度日最好。估计妻子的态度不太容易转变,对我依然会冷嘲热讽、冷淡无情。不过这些我都姑且忍耐下来。

现阶段对我们夫妻来说是暂时的冷战,这样持续下去,早晚我们俩都会感到疲劳,并希望达成和解。这是我的判断,也是我心之所愿。

十一月中旬过后的某个星期天,我在御殿场打高尔夫球,正准备回去时,诗织忽然给我发来了短信。

"今天令夫人到我住的公寓里来了。请马上跟我联系。"

"不会吧……"

妻子真的去了诗织的住处吗?我还是不敢相信,马上给诗织回了电话,她带着哭腔说道:"你快点回来吧。"

安稳和平的大地,忽然刮起了龙卷风。

妻子为什么要到诗织的公寓去?我想弄清楚。不过,从诗织只有一句"你快点回来"的哭诉当中,又很难猜测原因。

我从高尔夫球场直接到了诗织住的高级公寓。天已经完全暗下来,诗织却没有点灯,低着头呆坐在沙发上。

"到底是怎么一回事?"

我刚开始问,诗织就扑到我怀里失声痛哭。

我等她平静下来,问出缘由。说是妻子毫无征兆地突然出现,跟她说了很多难听的话。

"我不用从医院辞职吧?"

妻子说了叫她辞职的话吧。我用力抱紧诗织,安慰道:"我不会和你分开的。"但名叫"妻子"的台风在我们两个人中间久久盘桓不去。

那天为了安慰诗织,省吾没按时回家,在诗织的公寓住了一宿。

第二天早上,诗织精神恢复了些,和省吾一起出门。

两个人为了不让别人看到,提前在医院附近分头下了出租车,先后进了医院。

省吾还是头一次,既不是旅行,人也在东京,却在外面住宿。

一个人待在院长室里,省吾开始为昨天晚上没回家想借口,结果也没想到好借口,就说有急诊病人,看过后直接住在医院里了。妻子大概也不会相信,说不定会大发雷霆。

可是,现在令人担心的不是妻子,而是诗织。

找机会到事务室去了一趟,诗织看到,也只是用眼睛打了个招呼,没什么精神。大概还没有从被妻子恶语相向的打击中恢复过来。

那天晚上有制药公司的新药说明会,之后本来还有安排好的晚餐会。省吾没有参加晚餐会,又直接去了代代木的高级公寓。

诗织经过了这一天,恢复了些精神,但是离她原有的明朗活泼还差了一大截。

妻子究竟抱着什么目的去诗织的公寓大闹呢?她又说了些什么?要想知道真相,除了偷看她的日记,别无他法。

过后几天,省吾一直伺机偷看妻子的日记,却苦于没有机会。

不过,事过第三天,听说妻子傍晚要去参加祐太的滑雪冬令营说明会,省吾找理由推了医院的事,五点左右临时回了趟家。

家里一个人也没有,省吾却由于心虚,还是蹑手蹑脚地进了妻子的房间,从床垫下找出了那本已经看惯的日记本。

读了这本日记,就能明白两个女人正面交锋的情形了。省吾坐在床尾,翻开妻子的日记。

妻子大概这段时间很忙吧,或是在考虑什么事情?日记很少见地漏记了一周左右,从十一月十六日重新开始。

11月16日(星期四)24:00

下午,桥本拿着今年年末的礼品订货单前来拜访,他是日本桥一家百货店对外销售部的职员,还带来了一个面生的年轻人,看起来像是营业员。

要在往常,我一般在大门口接过订货单就把他们打发走了。可是今天他们是两个人,就把他们领到客厅,招待一杯茶。桥本刚坐下,就马上拿出选购礼品的订货单。

"夫人,每年总是承蒙您多方关照,非常感谢。这里面有各种圣诞节蛋糕和过年食品可供选择。如果您有需要,我们将和年末礼品一样为您提供送货上门服务。您只要填上送货地址后联络我们,我们将再次登门拜访。"

我们家每年年末都要给受到关照的方方面面送礼。因为礼品的数目很大,今年百货店提前来推销。

桥本将礼品订货单的内容简单地说明了一下,然后给我介绍旁边的年轻人。

"这位是我们部门负责宝石专柜的森下。"

被介绍的年轻人一副紧张的样子,慌忙从西装内袋里掏出名片,要站起来。

"请坐,不用站起来。"我连忙用手势制止他,接过名片来看。年轻人开始做自我介绍。

"我是负责宝石专柜的森下。前几天承蒙惠顾我们专柜,购买了新设计制作的戒指,非常感谢!"

说到这里,森下稍施一礼。

"不知那戒指的尺寸是否适合夫人?"

在那一瞬间,我不由得怀疑自己的耳朵是不是听错了。

我买了宝石钻戒?没有啊,我可不记得买了什么戒指。这么说是丈夫买了送给那个女人的了。

忽然,我觉得天昏地暗,自己也知道脸上一下子失去了血色,变得煞白。但是不能让他们看出有异样,要镇定!

我用力在唇边挤出一个微笑,轻轻点点头。因为愤怒,心脏怦怦地轰鸣,表情也有些僵硬。

年轻人说的戒指,一定是丈夫买给那个女人的!并且,值得专柜负责人特意到家里来表示谢意,一定是价值不菲!

"真是蠢货!"省吾不禁气得啧啧咂嘴。

这个月初,省吾是买了个宝石戒指,顺便作为稍早的圣诞礼物送给了诗织。

为了买这个戒指,他计划了很长时间。两个人交往已近两年,作为地下情人,诗织受了不少委屈,省吾早就想买点礼物送给她表示感谢。

原本打算和诗织一起去挑选,又想让她惊喜一下,最后还是决定自己事先买好。

当然在去买之前,不露痕迹地问出了她的喜好和尺寸,然后告诉店员,请店员帮忙挑了一款。这笔款项也是从医院经费中出,省吾自以为天衣无缝,做得很巧妙,神不知鬼不觉的。他压根儿没想到会露馅。

可是万万没想到,那个宝石专柜的负责人竟是这么个大傻瓜!还专门来到自己家,跟妻子说什么"戒指的尺寸"。我是说了要送礼物,但送礼物就仅限于送给妻子吗?既然是宝石专柜的负责人,怎么连这点常识都不懂!

省吾甚至想马上拿起电话训斥那个不懂事的家伙一番。但想来那个负责人也不是心怀恶意故意为之,也不好真的打电话兴师问罪。

由于百货店职员意想不到的拜访,这么快就暴露了买昂贵戒指的重大秘密。这可完全在省吾的意料之外。

省吾叹了口气,压了压不断攀升的怒气,接着偷看妻子的日记。

戒指的尺寸什么的和我没关系,我关心的是戒指的价钱。值得负责人特地赶到家里来道谢,究竟花了多少钱啊?

我一定要稳住心神,不能让他们看出来,自然巧妙地问出戒指的价钱。

"戒指的尺寸正合适,我想问一下那枚戒指花了多少钱呢?我们家川岛只是说'价值不菲',怎么也不告诉我。"

年轻人嘴角浮起有礼貌的微笑,回答道:

"九十七万日元。"

我倒吸一口凉气,就像被点了穴一样,全身石化成雕像。

九十七万!不就是近一百万吗!那样昂贵的戒指,他从来没给我买过!

年轻人没有察觉到我的怒气,进而说明:

"这个月末,在帝国酒店召开圣诞节专卖会。如果您时间方便的话,请和您先生务必赏光。"

对着没有收到戒指的妻子,大谈戒指的价钱,这也是宝石专柜负责人要做的工作吗?

"混账王八蛋!"

省吾又一次骂道,眼睛紧追着妻子的日记,急着要知道妻子的反应。

营业员将写着"圣诞节请柬"的信封放在桌子上推过来,我假装镇定地接下。

"谢谢!如果丈夫有空的话,我们一定出席。"

我尽力挤出笑脸,不失礼貌地送两位百货店对外销售部的职员出门,然后立即奔到寝室,从梳妆台的抽屉里拿出那个女人的履历书复印件,是我以前从护士长那里得到的。履历书的右上角贴着她的小照片,照片中的她微微笑着。

就是这个女人夺走了我的一百万!!

现在想起来,我在结婚十周年纪念日得到的手表也没有那枚戒指贵。那块手表与其说是得到的礼物,不如说是逼着丈夫买给我的。那一天,他根本就忘记了是结婚纪念日,我求他说,因为是十周年,给我买块表吧。

对我如此薄情,对那个女人,却自己颠颠地主动跑去买了戒指当礼物!

不但如此,一百万可不是什么小数目。为了那个女人,他已经在支付高级公寓的房租了,还要给她买高价的戒指!

或许,那个女人收到戒指后,会悄悄吐出红舌头偷笑呢。被那个女人当猴耍的丈夫真是可怜又可笑!

丈夫已经被那个狐狸精给迷住了。我也只能那么想。

现实情况是孩子们马上要面临上高中、上大学,教育开支越来越大。

作为一家医院的经营者,他责任重大,下边那么多职员要养家糊口,要是有供养那个女人的闲钱,首先应该毫不犹豫地存起来。

今天我要是闭上眼睛装作不知道放过他们,在不久的将来,我们家的基本生活都可能受到威胁。

不过,就算我跟丈夫摊牌也没有用。鬼迷心窍的丈夫一定不思悔改。

我已经无法忍耐,我已经忍耐到了极限!这样下去也找不到解决办法!

好吧,就让我去会会那个女人!把话跟她挑明!除非我自己出头,没有别的办法!

"终于动真格的了!"省吾闭上了眼睛。
看来妻子是在这一天做出决定,要自己去见诗织。
往后正是最最精彩的高潮部分,很想快点看看将要发生什么事情。心里又有些害怕。可是,还是想看。
接下来的一天,妻子可能是情绪激动,写日记的时候忘了记录时间。

11月19日(星期日)

我知道丈夫送给那个女人戒指,价钱贵得令人咋舌。

可是丈夫还不知道我已经知晓这件事。他不知道我为这件事气得七窍生烟。今天一大早,他还用鼻子哼着小调,吱吱地刮着胡子,然后兴高采烈地早早出门去打高尔夫。

他去的是御殿场的俱乐部。今天高尔夫球赛是医师会组织的,有往返明信片寄到家里,想来不会有诈。

真有活动的时候,他也不特别找什么借口,所以我立刻能判断出真假。

丈夫出门后,我将昨晚考虑好的计划在脑子里细细地过了一遍。

星期天,丈夫去打高尔夫,那个女人应该待在公寓里。我要是去得太晚,她可能会出门,我还是中午时分就出发吧。

打完高尔夫,丈夫可能要到那个女人那里去。就算他再着急,到达那里也得傍晚时分。

那段时间,那个女人一定会一个人待在公寓里等丈夫过去。我过去时,即使她临时出门不在家,离傍晚也还有好长时间,我可以等她回来。

就这么定了,去那个女人住的公寓直接跟她对话。今天是头一次,也是最后一次。

见了她,我都说些什么呢?

首先,我要问她跟丈夫交往的理由是什么,单纯是为了金钱,还是真的为了爱情?要是怀孕了怎么办?真的敢生下来吗?这些都有心理准备吗?有没有要结婚的想法?要是丈夫真的向她求婚,她有什么打算?

不对,我首先要说的是"快点从医院辞职",她和丈夫的工作牵扯在一起,是我最不能忍受的。不要再继续刺激我的神经了!

可是,即使她真的辞了职,丈夫已经被迷住心窍,大概也不会跟她断绝关系。会不会因为她辞职,这事反而成了催情剂,两个人的关系更加升温?

读到这里,省吾已经明白了妻子闯入诗织公寓的理由。

我倒觉得事情没有严重到那种地步。不过,也许是女人的天性使然,原本可以模棱两可的地方,非要分个是非黑白。

我如此费尽心思,其实那个女人不过是一只小飞虫,我随便吹一口气,她就会被吹得不见踪影。

是的,她就是一只寄生在丈夫身上的寄生虫!在黑暗当中像吉丁虫一样飞舞,卖弄她像彩虹一样绚丽多彩的翅膀,来迷惑我的丈夫。

今天,我要剪掉她那让人望而生厌的翅膀,看她还怎样得意忘形地来回飞舞!我要用高跟鞋的后跟踩扁和粉碎她那浅薄的痴心妄想,看她还敢做不切实际的白日梦!

那个小丫头片子没什么可怕的。就在今天,我跟她说个清清楚楚,好吐出长期堵在胸口的一口恶气,除掉长久以来遮住我心灵的阴霾。

上午,我在梳妆镜前开始化妆。

我往脸上扑粉,扑了一层又一层,却无法遮挡岁月在脸上留下的痕迹。随着年龄增长的皱纹,就像干涸缺水而龟裂的大地一样赫然醒目。偏偏这时,那个女人年轻美丽的脸,嘲弄似的在我眼前一闪而过。怎能不让人愤怒!

她拥有而我没有的,比我拥有而她却没有的要多得多。而且,那些东西我也曾经拥有过,只是在不经意间丢掉了。

青春转眼即逝,空留余恨!几乎所有的中年女人都有这种体验,但她不可能了解。她现在肆意挥霍青春,可是这青春对她来说同样是转瞬即逝,仅靠年轻又能得意多久?

我打开寝室里的衣橱,对着等身的穿衣镜,挑选同那个女人见面时穿的衣服。

我是去那个女人的公寓跟她摊牌,让她有自知之明,打扮得艳丽时髦显然不合适。就穿端庄的黑色毛衣和西裤去吧。纯羊毛的高领毛衣配同色西裤,显得成熟而干练。

上面再套上香奈儿的双排扣系腰带的短皮衣,是我上次冲动购物时买的。照着镜子一看,简练利落,符合大都市女性高雅的品位。

和充满憧憬的甜蜜的浅色比较起来,我选择深色,尤其是黑色——现实、无情、所向无敌。就用这冷酷无情的黑色,粉碎那个女人矫饰纯情的脆弱的美丽吧。

是的,振作精神,和她正面交锋,今天正是决斗之时!

女人都是这样深思熟虑地制订作战计划,闯入敌人阵地的吗?
省吾在这一刻甚至忘记这个女人是自己的妻子,被这个女人决一死战的气势压倒了。

豪华的首饰和标新立异的服装不适合年轻女性,但是我们中年女性与首饰耀眼的光辉以及优质小羊皮却相得益彰。柔软的丝巾发出高雅的光泽,和全身的服装搭配得完美无缺、天衣无缝。

换句话说,只有质地优良的服饰才能掩盖无法阻挡的衰老和疲惫。

但是,今天的服装有些矜持,因此宝石饰物更不可缺少。

根据我的调查,丈夫送给那个女人的戒指上镶嵌的是粉钻。宝石蕴含着各种各样的意义。我上网查了一下,得知粉钻的含义后目瞪口呆。

"永远温柔可爱……"

平时我一直对他冷嘲热讽,大概他认为我既不温柔也不可爱。这不是在讽刺我吗?

既然如此,我就戴上美丽坚强的宝石——钻石,用它宝石女王的炫目光辉来迎接挑战!

只有钻石的光辉才不输于丈夫给她买的粉钻。我在无名指上戴上钻石戒指,在胸口别上钻石胸针,再一次对自己说,只有钻石才是宝石中的女王,而且所向披靡,永远无敌。

时间已经过了十二点,我该出发了。

我开着车驶向代代木,车窗外,染成黄色的银杏树不断后退,我用力握住方向盘的手指关节发白。

一个月前,我曾追踪丈夫来过这里。那时候看到丈夫抱着二十四小时便利店的购物袋,感到滑稽可笑。现在这种感觉已经消失殆尽,取而代之的是对那个让丈夫买了价值一百万的戒指的女人的厌恶和憎恨。

下午一点前,我在她所住公寓附近的停车场停车,直接走向敌营。

大概是因为星期天,四周很安静。我走到公寓入口,抬头看了一眼最高层。然后走向门口的几阶台阶,在公寓门厅前站住,深吸一口气,给自己打气似的挺直脊背,指尖用力按下房间号码"603",并按响通话器。

妻子就要闯入诗织的公寓了,对我来说应该是最大的危机,但不知为什么我觉得有些迫不及待,想观看下面激烈的决斗场面。

"你还有工夫考虑这些吗?你的妻子马上就要闯入你情人的公寓。两个人马上就会正面交锋!"我提醒自己端正态度,又翻开下一页日记。

女人就是容易大脑发热,采取过激行动。换位思考,如果妻子和其他男人有了不正当关系,我大概就没有勇气闯入那个男人的公寓和他对峙。

可是妻子们就能做到。经常听到丈夫在外面乱搞,被妻子当场抓到的花边新闻。

我认识的一个旅馆经理就说过,如果有点年纪的男人和年轻的女人开房,就要提高警惕。小心别发生什么捉奸事件,影响不好。外面打进来的电话也要慎重对待。对于看起来特别可疑的客人,在登记入住后,试着轻声叫一下所登记的名字,客人如果不马上回头,更得加强警戒。

那位经理当时还说过,几乎没有发生过丈夫为了捉奸闯入妻子出轨现场的事件。因此,并不是我一个人没有勇气,到了关键时刻,几乎所有的丈夫都是缩头乌龟。

不过,妻子果敢地闯入诗织的公寓,并且是瞅准我不在的时机去的,比那些去旅馆捉奸的要和平得多。省吾对自己说,还点了点头,继续看下面的日记。

我按下通话器时心想,对方肯定会问:"是哪位啊?"

可是,还没等我发声,就忽然传来"啊,是夫人……"的女声,我倒有些着慌了。

看来这幢公寓的通话器附带影像功能,按键的同时,门口的摄影机就开始工作,将客人的图像传输到房间。到底是最新的高级公寓!给老婆孩子住的地方,通话器还是老式的传声式,给情人住的公寓就是最新的可视式!

我可不能被那个小女人小看,马上稳下心神,用温柔的声音说:

"香田小姐,很抱歉突然拜访,我可以进去吗?"

"是的,夫人,您请进!"

她没有戒备的声音让我感到有些扫兴。这时,公寓大门的蜂鸣器响了,我像被吸盘吸进去一样,推开门走了进去。

妻子果真闯入了诗织的公寓,两个人将面对面地展开较量。省吾知道这是已经发生的事实,不过在日记里,一场较量马上就要展开,心里不由得跟着紧张。

公寓门厅里摆着接待客人用的简单桌椅和绿色观叶植物。我从旁边经过,直接走到电梯,上了六楼。

下了电梯左右一看,判断出应往右拐。走了二十米左右,看到了"603"的门牌。门上挂着姓名牌,横写着"S·KODA"。

连姓名牌都很可爱,又时髦,对我来说是那么可恨。

我又深吸了一口气,横下心按响门铃。

正按着门铃,里面传来明朗的应答声"来了——",门在眼前打开,她从里面伸出头。

可能是我突然袭击,她没来得及化妆,上身穿件蓝色的T恤衫,下身穿牛仔裤。胸口露出雪白的肌肤。

"请进!"

她用一只手为我撑住门,脸上挂着沉静友好的微笑。我处心积虑制造的剑拔弩张的气氛像气球撒气一样被缓解了不少。

可是在下一秒,没有任何预兆,那个宝石戒指映入我的眼帘。就在她那只撑着沉重的门的手上,无名指上赫然戴着那枚时髦的戒指。

就是它!

那戒指正是丈夫买给她的那枚,没错!

还有,她竟敢把戒指戴在左手无名指上!那是结婚戒指的位置。多么胆大妄为、厚颜无耻!我不由得皱紧了眉头。

这时,她指着脚下说:"请!"我顺着她手指的方向看过去,粉红色的脚垫上摆着一双绣花拖鞋。

"谢谢!"

我习惯性地点头道谢。到现在为止,她都不问我突然拜访的理由,大概我要说什么,她心里已经有准备了吧。

她这种泰然自若的态度也让人生气!

我一边跟在她身后穿过长长的走廊,一边不无讽刺地说道:"这公寓真漂亮啊!"她只是低声嘟囔了一句"没什么"。

我刚跟着她走进客厅,就闻到一股若有若无的高雅的香气,是白檀的香气!

妻子终于进入了诗织的公寓,并且第一时间判断出白檀的香气。那时候,诗织是多么心惊胆战、忐忑不安啊!省吾只是在一味地担心诗织,并没有将妻子的心情放在心上。

我讽刺地问:"你点的香是白檀吧?"

"不是,是 Sandalwood 的芳香精油。"她说着,朝桌子上放的小壶状的蜡烛看了一眼。

果然是白檀!不过是将白檀用英语重说了一遍而已。可是,点的不是线香,而是芳香精油,从这里也能感觉到我和她之间的年龄差距。

现在想起来,结婚不久,我每天在丈夫回家前都要点上一支白檀线香。可是不久孩子出生,考虑到烟雾对新生婴儿的健康有害,不知不觉就戒掉了这个习惯。

丈夫在这间公寓里闻着白檀的香气,回想起我们的新婚时期了吗?

客厅的面积大概有八叠大小,地上铺着明亮的浅驼色地毯,窗户上挂着苔绿色的窗帘。

我移动着视线将房间里里外外观察了一番。桌子上架着熨衣板,旁边堆着洗好晾干的衣物。

"啊,对不起。太乱了。"随着我的眼光,她迅速察觉到衣物的存在,慌忙开始收拾。我对着她的背影说:"别麻烦了,没关系!"

大概现今的年轻女子,只是一周熨烫一次衣物,而且是攒到星期天来做吧。

我忽然想到刚才那堆衣物里面说不定有丈夫的内衣。

在这里,有另外一个女人为同一个男人做我每天做的事。这样一想,忽然生出一种不可思议的感觉,就好像自己唯一的贵重物品在和陌生人互相借贷一样。倒不是对这个借走贵重物品的女人感到忌妒和厌恶,而是一种恶心的感觉,就好像自己的私有物品被别人玷污了。

我知道丈夫在外面乱搞,连他要洗的内衣都不想碰。这个女人强行借走了别人的最贵重的东西,却能够心安理得、优哉游哉地过日子?!

这个一直以来作为"我丈夫"的人,忽然变得很陌生,让我捉摸不透。

诗织不论做什么事,都会引起妻子的不快吧。省吾一行行地读着日记,觉得自己快要窒息了。

星期天,我没通知她就直接闯上门,突然造访,她有些慌手慌脚也在情理之中。我继续观察房间里的摆设。

"我可以借用一下洗手间吗?"

"当然,那个,在那边……"

她指着走廊靠近入口处的一扇门。

我点点头站起身,走过去打开门一看,正对着一个粉红色的陶瓷洗脸台。

我走过去,拧开水龙头,看到右边摆着两只牙刷,一支是红色,一支是绿色,肩并肩摆在那里。

其中一支一定是丈夫用的。一想到这儿,冲动地想拿起来摔在地上。

洗脸台的右边挂着刺绣毛巾,上面绣着一只可爱的小兔子。往上放一瞅,半透明的玻璃橱架上摆着丈夫爱用的发胶。

没错!丈夫在这间公寓里——丈夫的痕迹无处不在。

我清楚地知道这里是丈夫的爱巢,他经常出入这里也是理所当然。以前封存起来的事实,一下子全拥到我面前。丈夫在这里生活的痕迹历历在目,让人不得不信。

我感到一阵让人窒息的眩晕,双手按住额头,闭上双眼。

"没关系,你一定挺得住!"我多次给自己打气。

回到客厅,她殷勤地让座,我就势坐在沙发上。

刚才还堆在那里的衣物已经收拾干净。取而代之的是米老鼠和米妮的毛绒玩具,肩并肩地摆在带褶边的心形抱枕前边。在这种甜腻的气氛中,丈夫坐在这儿感到很是受用吧。

比起我们家来,这间客厅要窄小得多,家具和日用品也不多。可是这里有谢绝第三个人进入的浓情蜜意,塞得整个房间没有一点空隙,让人透不过气来。

所有的一切都像是在向我这个弃妇示威。我好像是不应该闯入的入侵者,粗暴地惊扰了两个人的秘密世界。我一刻也不想多待。

过了一会儿,她用托盘端着红茶从客厅尽头的厨房出来。

她为我端过茶杯,说:"请用茶。"她手指上那枚宝石戒指不见了。

妻子贸然闯入诗织的住处,又用妒忌恶毒的目光四处巡视。

诗织一个人面对神经质的妻子,是多么的无助。省吾想到这里,恨不得现在立刻跑到诗织的身边,抱紧她,安抚她。

她在我对面的小椅子上坐下,我们中间隔着桌子。

"你收拾得很干净啊!"

"哪里。"她避开我的目光,嘴角略微浮现微笑。这张脸还非常年轻,眼珠黑白分明,圆圆的,又大又亮,像法国洋娃娃。

即使从女人的角度来看,她也是个不折不扣的美人儿。我虽然有些不甘心,但也得承认了解了一点丈夫迷恋她的原因。

不过,为什么我要跟这样年轻的小姑娘去争一个男人?这难道不可笑吗?这难道不可悲吗?

我也实在很难想象,丈夫和这样年轻的女人除了工作有什么共同语言?不会是为了迎合她的兴趣,一起观看低俗的搞笑节目吧。

话说回来,丈夫既然肯花费那么多钱为这个女人买戒指,就说明不仅仅迷恋她的青春。这里虽然是单身女性的公寓,但家用电器和家具都是上等货,看起来更像新婚夫妇的住宅。

当然,这些东西一定都是丈夫掏的腰包。因此,这里不但是她自己的住所,更是她和丈夫的爱巢。

我观察到这里,端起茶杯抿了一口红茶,开始进攻。

"川岛跟你交往的事,我很早以前就知道了。这间公寓的房租也是我丈夫在支付吧?"

我故意在"我丈夫"一词上加重语气。她不承认也不否认,还是一味地沉默。

沉默就等于承认我说的是事实。

"让他这么做,你不觉得丢脸吗?"

我紧跟上一句,她抬起脸,轻轻晃了晃脑袋。

是吗?妻子原来是这样对诗织步步紧逼的。

可是,把没有任何过错的诗织说成以金钱为目的的勾引男人的坏女人,真是太过分了。

我要是在场的话,一定会大喝一声"闭嘴",呵止妻子。

她用沉静的语调有些不服气地说道:

"不是的,夫人,这间公寓的房租不是我要求他付的。省吾——不,院长他——"

一瞬间,她慌忙改口。

她口中的"省吾",是多么令人怀念的称呼啊。在夏美出生之前,我也是那样称呼丈夫的。现在,眼前这个女人竟然也叫他"省吾"!

虽然她慌忙改称"院长",也为时已晚。

是吗,这个女人是用这样的爱称来称呼丈夫,与他调情的!我不由得握紧拳头,继续说道:

"不过,香田小姐,不管我丈夫多么想付房租,你如果觉得不合适的话,拒绝不就行了吗?"

"话是那么说,但我的工资住不起那么高级的公寓……"

这话听起来跟从丈夫那里捞钱没什么两样。

我忽然有一种冲动,想对她怒斥:"你太不自量力了!"

身为一名被雇佣的普通员工,竟让院长为自己付房租。撒娇撒到如此程度,真是人不可貌相,实在太厚颜无耻了!

可是,我也不能世俗地光盯着钱不放,下面我要改换心情,从另一个方向进攻。

"香田小姐,我并不是光说钱的事情。你现在就是我丈夫包养的情人,你父母会怎么想呢?"

她有点困惑的样子,不一会儿,说了一句:"我父母住在埼玉县,还什么都不知道……"

她语调还很轻松,我更加恼火了。

"要是你父母知道了,会很伤心的。你过着这样见不得人的日子,不觉得羞耻吗?"

我一边瞄准,给她致命猛击,一边等着她受伤倒地。

有必要这么对待诗织吗?

就像诗织说的,她是无辜的。搬出父母来打击她,妻子的做法太卑鄙了。

她低头不语,我于是乘胜追击。

"你将来总要跟人结婚吧。你未来的丈夫要是知道你现在的事,会怎么想呢? 过着这样寄生虫一样的日子,你不觉得可耻吗?"

我把话说到如此地步,她也该知道羞耻了吧。可没想到她稍微歪着头,说了下面这句话。

"没……我还没考虑到将来的事情……"

跟这个女人讲正经体面或社会伦理的常识,等于对牛弹琴。她的态度简直就像在讨论别人的事情一样,说话根本不负责任。我好不容易控制住的怒火又一下子高涨起来。

"你要是没想过,现在就好好想想吧。"我更进一步严厉地对她说,"你自己不觉得害羞吗?"

我话说得这么直白,想必她也承受不住。这时,她慢慢地抬起头,瞥了我一眼,回答道:

"我……我只是服从院长的安排而已。院长要是打算跟我分手,我马上就跟他分手。我从没想过给夫人添麻烦……"

真没见过这样顽固的女人,表面上像洋娃娃一样可爱温顺,实际上顽固不化,没有丝毫低头认错的迹象。

非但如此,她竟然敢把矛头指向我。她把所有责任都推卸到丈夫身上,自己落得一身轻。这种卑劣的逃避手段,我坚决不容许!

"香田小姐,你说不给我添麻烦,可是我已经感觉很麻烦了,因为你做的事情违背社会常理,是不被容许的。"

看来,即使对这个年轻女人说教,也是对牛弹琴。她这种旁若无人的态度正是乳臭未干、思想不成熟造成的。

不过,可能是我紧锣密鼓的进攻奏了效,她将两手放在膝头,低着头不再吭声了。

可是我能看出来,她只是表面上像是在反省,实际上是在做无言的抵抗。这从她低着头、摆弄着涂着指甲油的指甲的动作中也可以推测。

如何才能彻底打倒这个外表看起来柔弱、实际上内心很倔强的女人呢？我有些着急,搜肠刮肚地寻找接下来的话。

这是血淋淋的女人和女人决斗的场面。
坦白地说,男人们不会把话说到这种决然的地步。但是妻子的——女人的语言,是残酷无情的。

我深呼吸了一下,重新追问下去。
"你的目的到底是什么？"
"目的？"
这个女人到现在还装作满脸天真地反问,可以说到了令人生厌的地步。我断然猛击：
"你如果需要大笔的钱,我可以想法筹措,多少都可以。"
话音刚落,那个女人抬起头,迅速地回答：
"什么？我不求钱财之类。"
"你说你不要钱,可实际上我们的钱已经被你花了不少,从这间公寓的房租,到你身上穿戴的各种各样的东西……"
我故意盯着她刚才还戴着戒指的左手无名指,继续说道：
"我们也只是看起来挺富裕的,实际上哪有闲钱来供你花销？请你搞清楚这一点。"
接连不断的攻击有点奏效了吧。她垂下目光,不敢抬头看我。这时我再给她致命一击。
"只要你同意从医院辞职,你可以到巴黎或其他地方去。所需要的费用全部由我来准备。"
我放出这么大的香饵,一般的年轻姑娘都会上钩。可是这个女人给了我意想不到的答案。

"我,不要钱。我只是……"

她被逼到绝境,也许会说出那句话。与其从她口里说出,还不如我先发制人地说出来。

"你不会是要说爱着我丈夫什么的吧。即使你说了,我也不会像我丈夫那么傻,我不会轻易上当的。"

不管怎么说,这一连串的交手,妻子太不人道。利用对方是地位比自己低的工作人员的优势,来彻底打倒对方。

像后宫里的老女人欺负年轻姑娘的手段一样,钝刀子割肉,毫不留情。诗织太可怜了。

"钱财什么的"这种轻视金钱的说法,证明这种人还完全不明世相,就像青涩的瓜果,明显带有期待他人关爱的幼稚思想。

可是,若不是为了钱,那就是为了爱情吗?对我丈夫的爱就等于一切吗?

这个小丫头还不知道爱情是随时可以消失的。爱情里常有的轻声细语和疯狂激情会在漫长的婚姻生活中消失殆尽,不留一丝痕迹。这个冷酷的事实,我得告诉这个丫头,让她不要试图编织绚丽的爱情玫瑰梦了。

"你听着,香田小姐,我来告诉你,喜欢啦讨厌啦,这些都是一时的恋情。你如果被它左右的话,你的人生将一塌糊涂。你应该在事态没有变得不可收拾的时候悬崖勒马。"

说话的时候,我忽然发现左边的陈列架上摆着几台精巧的汽车模型。

丈夫原本就喜欢汽车,年轻的时候曾说过想当赛车手。

后来，可能是因为没当上赛车手，转而收集汽车模型。不过，在家里没有摆设这些收集品，可能是怕我或者孩子们笑话，只有一些汽车图片和月刊杂志。

可是这里竟然摆着他说过的那些汽车模型。是丈夫拿过来的，还是他们两个一起收集的？光想想就让人怒火难抑。

这么说，丈夫完完全全是过着同时拥有妻子和情人的双重生活。我是为了督促她早日认清事实才来这里的，来了以后却真正认清了这个事实。对丈夫来说，这间公寓无疑比自己家要舒服。在这里他只是一个纯粹的男人，既不是医院的经营者，也不是一家之主，没有任何过多的责任。也许这才是能让他在精神上彻底放松的场所。

丈夫拥有另外一个新天地，这个天地是我和孩子都无法介入的。在这个天地里，丈夫和他的情人再一次重温甜蜜的新婚生活。只有在这间屋子里，她和丈夫才是真正的一对，相亲相爱，相濡以沫。

我对丈夫来说，已经成了没用的废物。我被这种遭到排挤的孤独和绝望紧紧包围。

妻子闯入诗织的公寓，亲眼看到我和诗织一起甜蜜生活的痕迹，心里感到不快，进而情绪跌至低谷。这些都可以理解，毕竟那都是我亲手造成的。

既然如此，为什么还要去？不去不就行了吗？强行闯入，结果搞得两败俱伤。

而且，就像妻子受到伤害一样，诗织的心灵也受到重创，就连我也不能幸免。

省吾不由得仰头长叹。

现在,残酷的事实摆在眼前。与做丈夫情人的小丫头片子相比,作为妻子的我要悲惨可怜得多。

不过,我是他明媒正娶的妻子,不能就这么在见不得光的地下情人面前退却。现在我如果不将这个女人打败,让她有自知之明,我作为妻子又有什么意义?

"香田小姐,你为什么非缠着川岛不可?"

我再一次问她。

"像你这样既年轻又可爱,优秀的单身男人想找多少就有多少。为什么偏偏接近大你二十多岁并且又有家小的男人?"

实际上,我想说"为什么是我丈夫"。我丈夫正是掉进了这个姓香田的女人设下的甜蜜陷阱里。

对这个瘟神,我再一次说道:

"我说得再明白一点。你现在做的事情,是不被社会容许的,是被众人指责的,是犯罪。你知道吗?"

可是她不回答。不好回答的时候,就装哑巴。我知道这是她惯用的伎俩。我再瞅她一眼,发现她睫毛上挂着泪珠。

我刚才说的"犯罪"这个词终于奏效了吗?从她眼角溢出的泪珠,顺着脸颊不断往下滴落。

这时她要是敢还嘴的话,我准备破口大骂:"当第三者还不知廉耻!"不过,既然她不还嘴,我也只好咽下准备要说的话。

你想哭就尽情地哭吧。我至今为止咽到肚子里的苦水都泛滥得快要溢出来。你也该好好尝尝这苦涩的滋味。

我心里的怨恨,她也许了解,也许不了解。她吸着鼻子啜泣着,眼泪如断了线的珠子般不断滑落。

可能是因为身材苗条的缘故,她低着头痛哭的样子还真有些梨花带雨。她这种可怜无助的姿态,旁人还真是想装也装不出来。

假如我是个怜香惜玉的男人,也一定会伸出手来,把她搂在怀里安慰吧。

诗织终于哭了,不,是被妻子弄哭的。
所以那天才哭着打电话来,一看到我,就扑进我怀里痛哭。当时那一瞬间的不舍和怜惜,到现在还记忆犹新。

她还在哭,她用手绢捂着眼睛,一个劲儿地哭。她以为只要张开嘴哭,自己做的一切就可以被原谅吗?

别再装模作样了,我心里想。同时,又有些羡慕她能这样无所顾忌地让眼泪飞溅。

不过,我可不能被她那几滴眼泪打动。我振作最后的精神,对她说道:

"我再说一遍,为了你的将来,像一般的姑娘那样正常生活吧。这么做可以吧?不管我丈夫说什么,请你辞掉医院的工作。"

我掷地有声地说完最后几句话,站起身来。

可是她依旧低着头,用手绢捂着眼睛。

"那我就告辞了……"

不等她回答,我就拿起手提包,离开了客厅,穿过长长的走廊走向门口。放拖鞋的地方有一双像是丈夫穿的蓝色大码拖鞋。我有种冲动想把它一脚踢飞,但还是忍住了,穿上鞋离开。

她可能还在哭,没有跟过来。

好吧,你继续哭好了。那是插足他人的第三者唯一的抵抗手段。

我关上门出来,快步走向电梯间,乘电梯下到一楼,离开了公寓。

外面好像刚下过小雨,气温有些下降,路面湿漉漉的。一阵深秋的冷风迎面吹来,我不由得缩了缩脖子。

和她见面前的怒气就像被这秋风刮掉了一样,激动的情绪逐渐平定,人也恢复了冷静,连我自己都觉得有些吃惊。同时,寂寞和空虚也从内心的某个角落一点点扩散开来。

我也曾经像她一样,对丈夫一往情深吗?

我好像也不曾体验过"非君莫嫁、非卿莫娶"那样炽热的爱情,浑浑噩噩地度日,不知不觉就人到中年。

回到车上坐下来的一瞬间,一直紧绷的神经一下子松弛下来,我无力地趴在方向盘上。

那一天我赶到诗织的公寓,她冲进我怀里,抱住我时说过:"我不用从医院辞职吧?"她说这句话的原因,我现在终于明白了。

当然,妻子要求诗织辞职,诗织根本没有必要听从。辞不辞职这种事,妻子根本就没有权利干预。

可是妻子好像也有点反省,她也在检讨夫妇之间的感情联系薄弱,自己对丈夫的爱不够深厚。那么我是怎样的呢?我对妻子的爱是怎样的呢?好像也说不清道不明。

我一边开车一边考虑。

我虽然把话说到那种地步,她大概也不会跟丈夫分手。

不但如此,现在这会儿她一定是一边哭着一边给丈夫打电话。就像跟我说话时一样,把自己扮作可怜的受害者。接电话的丈夫大概正手足无措吧。

而且,丈夫这会儿正在向她那里飞奔,今天一定会到凌晨才回家。不,也许今天晚上根本就回不了家,会为了安慰她,和她一起过夜。

也许我和那个女人见面,非但没能让他们分开,反而更促成了他们在一起。

现今我们夫妻的关系就像这萧瑟的秋天一样,细小的枝头上附着的黄叶正一枚一枚飘落。这些落叶又被人践踏,碾碎在脚下,化作泥土。秋风猛烈地吹着,树枝上尚未飘落的叶子拼命地揪住树枝,不让自己被吹落。可是它依赖的小树枝是那么脆弱,在秋风里摇曳动荡,不久连树枝都会被秋风一起刮落在地。

我今天第一次认清了一个事实:我迄今为了守护家庭而倾注的热情都是没有结果的,是白费劲,只是我自欺欺人的自我满足罢了。

我猛地摇晃脑袋,哭着想让自己认清这个事实,可是一切都为时已晚。丈夫大概在认识那个女人之前,心里就已经不把我当女人来看了。所以他在外面追求年轻女人,沉浸在对私欲的满足之中。

而我作为他的妻子,被人尊称为夫人,表面上保持着地位,受人尊敬。实际上只是照顾孩子和丈夫、负责家务的比较体面的女佣罢了。

我开着车往家赶,透过车子的前挡风玻璃,可以看到通红的夕阳落在楼宇中间,又大又红,让人不敢相信。

第八章　心灰意懒

果然,妻子决意前去拜访诗织,就像是一场狂风暴雨,这场暴风雨使诗织的心悲痛得四分五裂。

不过,在暴风雨过后,应该是令人难以置信的万里晴空才对,但那仅仅指的是天空。倒塌的房屋和树木在晴空之下暴露出惨不忍睹的景象,并不是那么容易恢复的。

这就如同诗织现在的心情,被妻子苛责的一字一句并不会那么容易忘记。她仿佛在想什么,抽抽搭搭地小声嘟囔着"我受够了这样的事情""我或许最好辞去工作"……这时,省吾就像为灾后修缮忙得不可开交的工程负责人一样,拼命地安慰着诗织,怜香惜玉,努力取悦诗织。

"不要把我妻子的话放在心里""那只是一时的冲动,并不是怀恨在心""不管我老婆说了什么,我是绝对不会离开你的""医院是我的,我是不会让你辞职的""我最爱的人是你"……或许是省吾说尽了好话,一个劲儿地道歉产生了效果,诗织的心情好像平静下来。

毋庸置疑,还要许诺给她买冬天的外套和长筒靴,权当是台风过后的修理费用了。

总之,既然要治疗暴风雨后的创伤,两人在两点上达成了共识,那就是"不辞去医院的工作"和"无视妻子的态度"。

从今以后,不管妻子说什么,一切都要在表面上诚恳地答应,但实际上一概不接受。一句话,要始终贯彻"表面恭维、内心瞧不起"的原则。

省吾惊讶于自己会对妻子采取如此的态度,可是无论如何也不想离开诗织。诗织对自己居然如此重要,自己对诗织的爱意之浓也让省吾再次惊讶,深深地叹了一口气。

说起家里,当然也不是那么一帆风顺。不过还保持着台风刚过时表面上的平静。可是,与其说是要补救如今这个局面,还不如说是在保持着毁坏的状态下,仅仅交流生活上不得不说的话题。妻子在想什么、在思考什么,对关系非常冷淡的夫妻来说,也没必要了解了。

话说回来,这件事之后,妻子到底在想些什么,会采取什么行动,省吾非常担心,但从表面上又很难探寻到。说白了,那天和诗织过了一夜回家时,也曾担心过:"如果妻子把门锁上,不让自己进去该如何是好?"可是,门一下子毫不费劲地打开了,进去的时候妻子还打招呼说"你回来了"。省吾简单地答应了一声。读报纸的时候,妻子已经把晚饭摆在桌上。从表面上很难捉摸妻子是依然非常生气,还是把想说的话都说了、心情非常舒畅。两人话很少,只是交流了最少的话语,就结束了晚饭。

不管怎样,现在是稍微安下心来了,可是夫妻关系并不会就这样变得风平浪静。确切地说,表面上是平静下来了,但是妻子的态度比以前更加冷淡,交流的话语都是义务性的,极为冷漠。

但可以推测,妻子对省吾的行为惊讶到极点,与其说把他当作自己的丈夫和孩子的父亲,不如说单纯看作支付生活费的男人。

日子就在这样冷漠的、令人心里发毛的安静中一点一点流逝。

此前总是过着不断争吵、隐藏、被追问、心灵得不到休息的紧张生活,所以省吾想,这样的安静生活难道不好吗?可转眼又想到这种安静是有意识地营造出来的,反而不能安下心来。特别是此后有圣诞晚会、医院的新年晚会和新年祝词会等,如果和妻子保持着冷战的状态,在各个方面都很难办。

妻子在那件事之后到底是怎么考虑的?今后是怎样打算的呢?

要探知妻子的真实想法,还必须看那本日记。只有读了日记,才知道妻子要做什么,对于她的行为才能想出对策来。

省吾窥伺时机,可是随着年末的临近,医院的工作越发变得忙碌,周末要去上班的时候也多了,并不是那么容易抓到机会的。

就这样心神不定地度过每一天,十二月某个星期天的下午,妻子好像是因为祐太班级的新年会,出门去了。

机会终于来了,省吾偷偷溜进寂静无声的妻子的房间。刚进去的瞬间,心里不由得"呀"了一声。

室内比平时要杂乱多了。床单就像刚刚起床时的样子,满是褶皱,枕头周围乱七八糟,上面放着好像是挑选出来但没戴的白底上掺杂着金银丝线的围巾。另外,桌上杂乱无章地放着便笺纸和各种书籍。

妻子原本是很喜欢干净的,可眼前到底是怎么回事?这种随随便便的态度,是不是和妻子现在的心理状态有关系?

上一次,读到一半时正赶上妻子回家,便急急忙忙地把刚打开的日记给合上了。可是这次很难得,上午就写好了。

11月20日(星期一)8:30

昨天,我闯进那个女人的住处后,非常担心丈夫从她那里得知这些情况后会采取怎样的行动,一颗心老是那么悬着。

过了十二点丈夫也没有回来,即便这样,我还是继续等着。可是,接近天亮时睡着了。

早上醒来穿戴整齐后,像以前一样去门口取报纸时一看,没有发现丈夫的鞋子。门口地毯上整整齐齐地摆放着他的拖鞋。

我心里想"难道……",将耳朵贴近丈夫卧室的门,可是根本没有那原本在走廊里都听得到的鼾声。于是,我干脆扭开门把手向里面一看,床收拾得整整齐齐的,根本没有人。

昨晚,丈夫没回来。一瞬间,我感到很可怕,但马上就想到丈夫住在了那个女人那里。

我腋下夹着报纸,坐在床边,抚摸着枕边叠好的丈夫的睡衣。"或许……"就好像是我的预感应验了一样,丈夫果然没有回家。而且事先一点联系也没有。

可事到如今,即使丈夫像以前一样住在那个女人那里,我也不会感到狼狈了。只是没有丈夫的床,周围越发变得冷冰冰的,笼罩着没有人的空虚。在弥漫着空虚与孤寂的空气中,我孤零零地嘟囔着:"为什么会到这种地步……"

丈夫现在一定在流动着早晨清新空气的房间里,和那个女人依偎在一起睡觉吧。

这种情景一瞬间掠过脑海,我立即站起来向厨房走去,希望能马上从脑海中驱除这些胡思乱想。

日记中,妻子担心的样子生动地呈现出来。读到这里,省吾再次觉得自己真是有点过分,但那天晚上他只能住在那里。如果就那样回家的话,诗织或许会悲痛欲绝地跳楼。这样做是对不起妻子,但也不能置诗织于不顾啊。

就这样,我故意把自己置于早晨忙碌的生活中,想完全忘记丈夫的事。可是不管拿着菜刀的手如何灵活地动,脑海里总是在想丈夫的事情。

过了一个小时,丈夫那儿仍然没有任何消息。像这样忽然间擅自在外留宿,是我们结婚以来第一次。我心情无比黯淡地准备完早饭后,去把孩子们叫醒。

"哎,爸爸还在睡觉吗?"女儿奇怪地问道。我慌忙说:"今天早上忽然来了个急诊患者,爸爸已经出门了。"

女儿在内心深处一直很尊敬父亲,在这个多愁善感的时期,如果知道父亲住在别的女人家里,一定会深受打击,立即失去对父亲的信任感。

虽然是这样,丈夫也一定会惊讶于我昨天的行为,感到十分震怒吧。

这样擅自在外过夜,也含有某种威胁的意义:"今后,你不准再靠近诗织。如果再靠近诗织,我就不回家。"如果真是这样,那丈夫到底是在保护谁,又是站在谁的立场上呢?

脑海中一片混乱,我始终想不明白。只有一点好不容易弄明白了,那就是丈夫的爱不在我这里的事实。他一定是被那个女人用可爱的双眸凝视着,用甜甜的妩媚声调苦苦哀求:"我害怕你的妻子,今晚不要回去了。"

因为到丈夫的医院,比起广尾自己的家,那个女人在代代木的房子要近得多,他不会从此一直住在那个女人身边吧。

而且如果不管不顾,意气用事地继续下去……正想着这些,"分居"这个想法忽然掠过了我的脑海。

如果真变成那样,该怎么办好呢?分居会使我以前辛辛苦苦创造的一切都变成泡影。

是啊,虽说昨天晚上忽然间在外留宿,可我觉得丈夫还没有把事情做到这种地步的勇气。

省吾现在非常了解妻子动摇不定的心理。妻子甚至都考虑到了"分居"这最糟糕的情况,好像被强烈的不安情绪所支配。

可是,省吾丝毫没有想过要分居。诗织是可爱,自己离不开她,但是也不打算和妻子分开。他十分清楚自己的任性自私,可是也希望妻子能再忍让一些,静观事态发展。

下面写的日记和上一篇是同样的日期,好像是在夜里写的。

11月20日(星期一)

丈夫比平时稍早一些回来了。在门打开的瞬间,我好像忽然放松了,放下心来。

本想马上到门口迎接他,又怕让他觉得自己是在苦苦等待他,默认他擅自在外过夜的行为。这无异于更加纵容他的花心。

总之,从现在开始,丈夫打算对我说的理由,我只当听听而已。

就这样不理不睬的,他一个人换完了衣服出现在客厅里的时候,我姑且先说了声"你回来了"。丈夫仍然像往常一样冷淡地"啊"了一声,低垂着眼睛,让人感到一丝奇怪。是对留宿在那个女人家心怀罪恶感,还是对硬闯入那个女人家的我心存怨恨呢?两个人都闭口不谈,也没有要说话的想法,只有沉重压抑的空气在其间流动。

不一会儿,丈夫就好像什么事都没有发生过一样读起了报纸。关于昨晚擅自在外过夜,我很难在这个场合下责问他。如果追问起来,丈夫或许会将错就错下去,马上再到那个女人那里去。或者做得更过分,从分居到离婚,把最后的王牌也亮出来。这样做虽然能让我彻底死心,但现在我只希望避免这最坏的事态发生。

我把饭菜摆在桌子上,说了声"做好了",丈夫立即站起来,打开电视后坐到桌子旁。

马上,吵吵嚷嚷的声音从电视中传来。与此同时,紧张的情绪也得到了缓解。丈夫一边盯着电视一边吃饭。

今晚的菜是牛肉炖牛蒡、蒸鸡蛋羹、萝卜和苹果沙拉,还有松蘑拌饭和一品汤。不管哪一个菜都需要花费功夫,都是用海带和木鱼花熬出的汤汁做的家常菜,全都是那个女人不管怎样努力都做不出来的饭菜。

妻子本来就很擅长烹饪,这样的家常菜是诗织无论如何都做不出来的。省吾并不是想说诗织不行,而是说连烹饪方面妻子都存着比个高低的想法,她的脾气就是这样。

就这样,丈夫对在外住宿的原因和那个女人的事情一概闭口不谈,洗完澡就钻进了自己的卧室。

当然,他是不可能来取悦我的。可是从他不大声斥责这一点来看,我闯进那个女人家里的事情,他也有一定的反省。从某种程度上讲,这也是无可奈何的吧。

之后,大家都睡觉了,鸦雀无声的家里只有我一个人走向浴室。我正要把衣服放进洗衣机里的时候,不禁怀疑起自己的眼睛。

放在洗衣筐里的男式内裤不是丈夫原来的!是一条别的品牌、有公司名字标志的黑色内裤。

以前丈夫的内裤一直是白色的，所以一看就知道不是我买的。或许是那个女人买的，可是丈夫为什么会毫不在乎地脱下来让我洗呢？对于这种迟钝的反应，我的忍耐也是有限度的！

不对，或许丈夫今天晚上故意把这条内裤穿回来的，是因为"你闯进她的家里大吵大嚷，作为惩罚，把这个洗一下"，才故作姿态吧。

这不是玩笑。我不能在默认他的情人存在之后，还要洗这样的内裤。这样一想，一种肮脏的感觉不由得从心底涌上来，我拿起一双长筷夹住那条内裤，直接扔进了垃圾箱。

我走回客厅，从阳台向外望去。秋高气爽的平静天空上，今夜星星仍然闪耀着光芒。在这静谧的夜空下，我们在进行多么令人作呕的斗争啊！

好不容易被追求着结了婚，可是所谓的婚姻到底是什么？难道不是互相爱恋、互相信任、共同抚养教育孩子、建立一个幸福的家庭吗？

时至今日，这些……不，他一定会说"我难道不是这样做的吗？"。

可是现实与这种理想已经相距甚远。的确是建造了一所房子，但丈夫还拥有另外一所房子。如今的状态不应该是理想的婚姻，不应该是梦想的生活。

不管怎么想，这都是不正常的。

"离婚吧……"我不由得念叨着这个词。

省吾摇起了头，妻子怎么会考虑到"离婚"这种让人不安的事情呢。他对着日记本说道"冷静一下吧"，又嘟囔着"不用想得那么严重吧"。可是重要的对方并不在现场。

日记就这样一下子进入了十二月。

12月4日(星期一)22:00

晚饭时,我在丈夫面前放了一双新筷子,他却忽然心情很不痛快似的喷喷咂嘴,将新筷子狠狠地摔到桌子上。我回过头一看,丈夫毫无礼貌地走到厨房,打开装筷子的抽屉,找他平时用的那双筷子。若是在平时,他一定让我去拿,但如今他好像不想再和我说话了。

"那双筷子是夏美去镰仓旅行时给你买的礼物",我告诉他原因,他也一言不发地狠狠将抽屉关上,开始用那双新筷子了。

多么让人不愉快、多么傲慢无礼的态度啊!如果是我买来的筷子,他一定不会使用吧。

从那天开始,我们夫妻之间就好像各自抱着炸弹,却表面上都假装相安无事。空气中充斥着炸弹随时都会爆炸的紧张情绪。

丈夫比以前更加明显地冷淡了,没有改变的是星期五或星期六就到那个女人那里,第二天早上才回家。特别是最近,反而把不再询问他为什么早上才回来当成了好事,更加堂而皇之地住到了那个女人那里。

这种冷战一直在持续,我现在觉得自己仿佛被追得走投无路似的,精神上常有恍惚的感觉。

总之,一直在忍让的我觉得自己悲惨极了。这种境况难道就没有解决的办法吗?想来想去,我决定给一起在大学图书馆工作过的前辈清水智津子打电话。我和她不常见面,但她的父亲是民事诉讼律师,而且她也曾离过婚,没有孩子,或许多多少少容易交流一些。

晚上十点一过,我拨了电话,简单地说了一下事情的经过。她开口第一句话就说:"不管怎样,你还是再稍微忍耐一下吧!"

果然,这位前辈是要我和丈夫保持不即不离的态度。

"志麻子,我理解你现在的痛苦。可是如果离婚,遭受损失的可是你啊!你根本不了解离婚的女人有多难!"

省吾根本没有料到妻子会跟朋友谈到离婚这么严重的问题。她是真心的吗?他忽然不安起来。

当然,智津子作为过来人是有说服力的,但如果仅凭刚才说的这一点,我很难认同。

"我并不是要说离婚会吃亏还是占便宜,而是我现在对那个人感到厌倦了,讨厌就是讨厌。"

"我再也不想看到丈夫了",是我现在最真实的想法。可她仿佛只是在听一个不懂人情世故的女人胡言乱语。

"那么,你离婚后打算住在哪儿?"

"我可以租个公寓什么的。何况我手上还有点积蓄,可以用上一段时间……"

"你不知道,要租公寓的话,也需要担保人的。如果没有男性担保人,根本住不进去。你明白吗?你或许认为到社会上怎么都行,但实际上,女人要一个人生存下去,问题实在是太严峻了。这种现实状况,你或许还不了解吧?"

诚然,我以前一直都是在温室中长大的。可是对极为自私任性的丈夫的行为，我不能就这样袖手旁观、坐以待毙。我绝对不允许被人小看成那种没有骨气、只会忍气吞声的人。

"不过，如果是对方单方面搞婚外情，不是会拿到赔偿费吗？"

"不管你丈夫的过错有多大，赔偿费也不会有多少。虽然说要根据丈夫的年收入来计算，但在一般的工薪家庭，专职家庭主妇大概也只能得到三百万，每个孩子的抚养费也只有七万左右。像你这样的，你丈夫的年收入即使是普通水平的三倍左右，抚养费也最多在此基础上增加两三万。"

如此之少！我不禁反问"为什么"。

"为什么？这就是日本的现实。和美国有极大的不同。听说是因为对家庭主妇的社会评价极低。"

或许是从当律师的父亲那里听到的，智津子的答复毫不含糊。

"志麻子，我不会说对你不利的话。你最好不要那么仓促行事。再重新好好想一想吧。"

我越听，心情越沮丧。

妻子这个朋友说的话是冷静而客观的。有这样一位朋友在，妻子不会因一时冲动鲁莽行事了吧。省吾稍微觉得安心了些。可是妻子好像喋喋不休地说了很长时间。

智津子用她一贯的冷静声音问："如果分开了，孩子们你打算怎么办？"

"如果可以，我想一起住，所以想得到抚养权。不过考虑到经济方面，孩子的监护权还属于他。"

"志麻子,你知道里面真正的含义吗?如果你放弃了监护权,你丈夫想怎样都行,比如说可以不让他们和母亲见面……更何况你很难取得抚养权。"

为什么这样不讲理的事会横行于世?我根本想不通。

"总之,你先忍一忍。你丈夫是个聪明人,用不了多久他就会对那个女人感到厌倦而回头的。而且就算是他,今后做那事的精力和体力也会慢慢消退……"

"以前我一直在等他回心转意,心里感到很痛苦。况且,我们之间早已没有了爱情,剩下的只是常年住在一起产生的惰性了。"

"夫妻还不都是一样,你的情况还不算特别糟糕。大家都在为孩子、父母、房子的贷款等事情奔波着,一点一点渡过生活的难关。"

"如果改变看法,掩饰家里的丑事,不再纠缠下去就好吗?如果需要一生都去忍受这种事情的话,我不需要这样的人生!"

我刚觉得是不是说得有点过分,电话那边就传来智津子冷冰冰的声音。

"你现在是怎么想你丈夫的?"

"怎么想?我不想再看到他,讨厌至极。"

"你仅仅是生气的话,说明你那边没有问题。你还爱着他。"

"绝对不会!"我不禁叫出声来。

"是的,会的。如果真的没有感情了,你丈夫去那个女人家里,你应该感到高兴才对啊!"

我小声嘟囔着"是这样吗",智津子马上干脆地说:"不要服输!志麻子,加油!"

听了她积极乐观的话,我不禁点了点头,说了声"谢谢!"就挂了电话。

的确,妻子这位朋友是相当聪明的。
"还在埋怨、憎恨着丈夫,就是还存在感情,仍然爱着对方的证据。"
省吾自己觉得妻子碍眼、唠叨、让人感到厌倦。特别是因为过于忌妒,竟随随便便地闯入诗织的家里,让人不能原谅。
可是如此的生气与憎恨,也超出了对与错的标准,不也是对妻子还有感情的证明吗?只要有这份感情存在,夫妻之间就有重归于好的可能。
既然接受了那位朋友的忠告,妻子或许多少会安下心来吧。
可是下一篇日记,情况完全发生了变化。

12月5日(星期二)22:30

最近,丈夫晚上几点回来,我都丝毫不在乎,也不想知道。
总之,我是把自己想说的话说了,之后只有看对方的态度了。
可令人奇怪的是,闹出了点小乱子,丈夫对这件事什么也没有说。或许他也受着良心的苛责,一句怨言也没有。比以前更加冷漠的日常生活周而复始。
关于目前这种状况,那个女人是怎么想的呢?她不想辞去医院的工作吗?也不想和丈夫分手吗?
不过,从丈夫什么也不说的情形看,他仍然保持和那个女人的关系,一定是他让她继续在医院工作的。显而易见,现在他们保持着沉默,借此拖延时间,想重新恢复到以前的状态。

可是,如果我是那个女人,会克制自己的感情,让男人回到他的家庭中去吗?原本就是借来的东西,返还回去也是应该的。

丈夫回家一向不会提前。不仅如此,因为我的闯入,他将错就错,越发回来晚了。甚至在他汽车仪表板上都放着那个女人的CD,汽车坐垫上也散发出某种香水的味道。对了,就是那个金沙飞舞樱花牌香水的香味。

都已经被责骂到这种程度,仍然打算和我丈夫继续交往下去,不能不说这是个不折不扣的厚颜无耻的家伙。

现在,妻子的心情使省吾也感到了切肤之痛。

妻子表面上虽然还是很淡漠,心里却极为愤怒,好像还在期待诗织能主动从自己身边离开。

只有一点让省吾感到左右为难——如果让诗织离开,去医院的乐趣和工作的热情都会失去。

省吾想,正因为有这样的干劲,才让妻子和孩子过着富足有余的生活,希望妻子不要忘记。

不知是什么原因,日记中少了四天的生活记录。

12月10日(星期日)21:30

星期六丈夫又去了她那里留宿,今天是星期天,他还是没有回来。女儿正在收拾参加中学合唱比赛穿的衣服,儿子正投入地玩着好久没玩的电子游戏。

丈夫在外留宿的理由,在孩子的面前是很容易掩饰过去的。知道真正原因的我心里格外苦涩沉重。

中午,算是消愁解闷,准备给孩子们做红薯点心,女儿高兴地说:"红薯点心还是妈妈做的最好吃。"

夏美从很小的时候起,就非常喜欢这种肉桂的味道。一说起这件事,夏美就说"如果我也当了妈妈,也想给我的孩子做这样好吃的东西"。

"夏美将来结婚了,也想要小孩吗?"我问道。

夏美一副大人的样子,说:"总有一天想要的。而且,小婴儿多可爱啊!如果是自己的孩子,更会喜欢得不得了。"

这个孩子好像只看到了有孩子的母亲的幸福。对于女儿的天真,我露出一丝苦笑,接着说:"不过,即使结婚生了小孩,也要继续工作啊!女人最好有自己的经济基础。"

说到一半,女儿说:"妈妈说的,就是不要成为像您这样的家庭主妇吗?"我点了点头,女儿却不高兴地说,"我如果结婚了,还是想像妈妈一样,做好吃的饭菜等着丈夫和孩子回来。"

还是中学生的女儿,好像只看到了我们夫妻外在的形式,根本不了解在这貌似和平的气氛深处,却潜伏着冰冷的、寒意彻骨的空虚。儿子也和女儿一样。

省吾烦躁地想"不会吧……",如果让一无所知的孩子了解到夫妻间的冲突和矛盾,那就麻烦了。

孩子们对未来充满了梦想,如果他们的母亲说出真相,把这些梦想都撕成碎片的话,那真是做母亲的失败。不管怎么说,省吾现在很担心,没想到妻子说了这么多。

女儿小时候一直想当小提琴家和电视主持人之类的,我对她那一时的兴趣也听之任之。可是最近,女儿忽然用很现实的口吻说:"我也许不想像爸爸那样成为医生,想做个有钱人……"

不管她选择哪一个,我在心里都强烈地盼望,希望她不要当专职的家庭主妇,而是能拥有自己的一份事业。

"家庭主妇并不像你想象的那样轻松自在。总是在家里等待丈夫回来,实在需要容忍和耐性。"

我不由得将孩子们当作谈话的对象,发泄出一直积攒在心中的郁闷。

"那么,妈妈曾经想做什么工作?"

"是啊",我想了一下,含糊其词地说,"妈妈也有过梦想的。"

如果谈起过去的梦想,那就等于再次暴露丈夫有外遇后,自己身处的悲惨处境。

总之,和孩子们围在桌旁聊天时,丈夫那个空着的座位总是浮现在面前。

现在那个人已经从这个空间中溜走,正和那个女人在一起。一想到这儿,我不由得悲从中来,今后这个世界里只剩下我和孩子们了,我们被抛弃了!

如果我再强大一些,就可以将离婚协议书摆在丈夫的面前,带着孩子们离开这里。可是如今……

"对不起,妈妈太无能了。你们要明白,不管发生什么事,一个人能吃上饭就是强大。"

忽然之间,我为什么会说出这些话呢?刚一想到"真是失败",眼泪就肆无忌惮地涌了上来。不想让孩子们看到我这副样子,但被丈夫抛弃的那种孤寂一股脑地向我袭来。

也许太突然了吧,女儿慌里慌张地给我拿来了纸巾盒,儿子则目瞪口呆地一直盯着我看。

那时,时间就仿佛停滞了一样,寂静中唯有我一个人在哭泣。

"真糟糕……"省吾抱着头。

妻子怎么能让孩子看到哭泣的样子呢!孩子们不一定清楚理由,但现在是敏感的年龄阶段,一定会察觉出点什么。还是在某些地方补救一下和妻子的关系吧……他边想边继续读下去。

12月14日(星期四)24:00

岁末得到的礼物逐年增加。除了从门诊患者和来做健康检查的人那里得到礼物,还会从区里医师会和制药公司等地方得到礼物,这样算起来,这两三年变得格外多了。因此,送货人员要经常出入我们家,我也不能随心所欲地外出了。

最近,丈夫的医院经营状况很好,顺应这种需要,他想再增加一名医师,况且患者人数也的确增加了很多。特别是他还被选上了医师会的干事,今年又被提名当附近小学的校医之类的。他现在已到中年,就好像是得到了生存的原动力似的,每天精力充沛地工作。

可是,再看看我们的家庭,每天只是交流生活上不得不说的最少的话语。除此之外,夫妻间的交流几乎没有,更别说笑容了,那些早已绝迹,只有那无法和谐相处的紧张情绪压抑着我们。

这种冷漠确实是由于我闯入了那个女人家里引发的。我也很清楚,丈夫迁怒于我为何会做出这样的事情。

可是,丈夫也不面对面地把话说清楚。其实是因为不能说才保持沉默吧。那样的话,不是有点太懦弱了吗?我为什么这么说呢?很明显,丈夫沉默的用意就是想继续保持沉默,好把这件事敷衍过去。

丈夫一定会对那个女人花言巧语地说"没关系,不要把我妻子的话放在心上"。他一定在想,如今要想方设法挽留住那个女人,只要能满足自己的欲望,怎样都行。

这样的丈夫,我该怎样去对待他呢?

此前,我一直支撑着这个家庭,为照顾丈夫和孩子的生活竭尽全力。可是,现在我不禁怀疑起来,我真的加固了家庭的基础吗?唉……不仅没有加固,还日甚一日地对这种家庭生活感到失望,正袖手等待它彻底崩溃。

妻子还是那么敏感。连他对妻子闯进诗织的住处毫无责备之意,沉默着想敷衍了事的心理都能揣摩出来。

当然,妻子做的事情对省吾和诗织来说,是一次重大的打击。诗织说过再也不想见到他,想辞去工作也在情理之中了。

但是多亏省吾花言巧语的劝解,诗织的情绪终于稳定下来。事情到了这个地步,省吾也承认,自己说过"不管我妻子说什么,你权当没听见。医院始终都是我的"。而且作为补偿,不得不额外拿出钱给她买芬迪牌大衣和长筒靴。虽然还没有到坏事变好事的地步,但诗织也答应了继续留在医院工作。日记的后半部分仿佛把目前这种状况都看透了一般。

说实话,丈夫的事先另当别论,我还真羡慕男人。男人即使结婚了,除了工作以外,离开家的自由时间也特别多。

借口工作去寻花问柳，也只会轻松地搪塞自己只是有点花心，不会遭到舆论多大的谴责。

不仅如此，如果和一个女人陷入恋情，他们立即会充满活力，对工作产生极大的热情。

事实上，像丈夫这样的人，不管到了多大岁数都能和年轻女人谈恋爱。可是刚过四十的我面对镜子，却真实地感受到自己的衰老，也只得放弃。

如果现在我能爱上丈夫之外的某个人，也会找到生存的活力吧！

可是如今，自己是个"女人"的想法已经很模糊了，也更加没有把心放在外面的勇气和自信了。

在这之前，抑或从此之后，我只能是川岛的妻子、夏美和祐太的母亲，此外就什么也不是了。就像是结婚后，没有人再用"志麻子"称呼我一样，作为"女人"的我已经不复存在。

丈夫在外面包养女人，已经完全丧失了对家庭的热情。如今，我眼前展现出来的只是一段低缓的下坡路。而且，未来的路途上只有无法改变的衰老在等着我。

这种焦虑和心灰意冷在我内心深处交织在一起，对丈夫又生出新的怨恨，在我的心中日渐膨胀起来。

妻子作为专职家庭主妇，仅仅是丈夫的太太，孩子们的母亲的不满，省吾是非常理解的。但这只是妻子的看法，在其他主妇中，也有对现状非常满意的人啊！

更为严重的是，日记中竟然写着家务活空虚乏味，对丈夫又开始生出新的怨恨。省吾不由得担心起来。他真想对妻子说"冷静一点"。日记写到这儿就结束了。看着后边的空白页，省吾陷入了沉思。

这种状态就这样放着不管吗？唉，实在没有好办法。如果仍然和妻子保持着矛盾重重的关系，外人的闲言碎语难免给孩子们带来恶劣的影响。

最近要想点什么办法和妻子和解。可是现实中怎么办才好呢？

直截了当地对妻子说"我错了"来请求她原谅，当然是最上策。但那时妻子一定会要求我和诗织分手。

省吾想，不管如何道歉，也不能全面投降。那到底该怎么办才好呢？重新再想办法。可就算是穷思竭虑，也想不出个好办法来。他不由得深深叹了口气。

如果妻子再心胸开阔一些，再不计前嫌一些就好了。男人的花心，就当他得了一场热伤风，只在表面上摆摆架子就行了。把事情弄到如今这种局面，真是过于神经质，想得太严重了些。

可那是生来就有的性格，就算说要改，真改起来或许也很难。

总之，一段时间内先不表明态度，观察观察情况再说。

结果，省吾没有找到解决的办法，也担心这样下去根本不行，浑浑噩噩地度过了一天。

日子一晃，年关马上就要到了。某个星期六，妻子好像要买年货之类的，出门去了。在这拉锯般的冷战状态下，妻子在想些什么呢？省吾再次偷偷溜进妻子的房间，找寻那本熟悉的日记。

省吾也觉得又留恋又害怕，但不读那本日记的话，又总是忐忑不安。

虽然一直是这样做的，但每当翻开日记本，就觉得很兴奋。好像是进入一个神秘的未知世界，完全被兴奋紧张的情绪控制。

省吾也知道，偷看别人的日记时心里会充满罪恶感，但只有这样才能了解妻子的真实想法，同时也鞭挞了自己。或许可以说，里面掺杂着一种施虐与受虐的复杂情感，才使情绪出奇地高涨。

12月18日(星期一)23:30

　　最近,常在报纸上看到"新年晚会"的字眼。我忽然意识到,今年还没有收到医院新年晚会的邀请函呢。每年腊月过半,医院就会租用宴会厅召开新年晚会,我和孩子们都要去参加。可是唯独今年还没有从丈夫那里得到邀请函。

　　丈夫大概因为那个女人的关系,正在犹豫应不应该让我去。这种心情我不是不理解,但是和医院里的工作人员召开联欢会,一年也只有这么一次。作为经营者妻子的我不出席,难道不觉得很奇怪吗?如果真不出席的话,丈夫又会怎样向大家解释我不参加的原因呢?更进一步说,那将在已经开始怀疑丈夫和那个女人关系的工作人员中埋下谣言的祸根。

　　事情如果真到了那种地步,最头疼的应该是身为经营者的丈夫吧。

　　丈夫很难得地在自己家吃完了晚饭,正坐在客厅里看电视。

　　"那个,你们今年的新年晚会在哪儿召开?"

　　或许是冷不防地被人一问,丈夫稍作了一下停顿,说:"希尔顿酒店的宴会厅。"

　　"不过,我还没有收到邀请函呢。"

　　丈夫只是"啊、啊"了几声,下面的话好像被什么东西噎住了。

　　"今年什么时候?"

　　"本周三……"

　　果然不出所料,日程早就安排好了。

　　"本周三的话,这不马上就要到了?怎么办好呢?"

　　就像是问了别人的事情,丈夫慌张地回答:"嗯,去吧。"

省吾的确一直很担心新年晚会的事情。

和往年一样,如果妻子去了,碰上诗织会造成麻烦的。省吾想两人倒不至于在大家面前打起架来,但或许会有人饶有兴趣地看着她们。为了避免这个不必要的麻烦,他希望其中一个人不参加。当然,可以的话,他还是希望妻子不去参加。

可是正如日记所写,如果妻子没有参加,怀疑的人反而会更多。省吾真是为这事犹豫着,日记连这一点也敏锐地察觉到了。

如果是这周三的话,就只剩下两天了。

当我问到"为什么不早点告诉我",丈夫一边貌似在看电视,一边说:"我没想到你要去……"

我干脆说:"以前我有过不参加的时候吗?如果你说可以不参加,那也行。从今年开始,我再也不去了。"

"不是,不是……"丈夫慌忙摇着头说,"可以的话,我当然希望你参加。"

"如果是这样,请给我邀请函。"

"我知道了,明天就拿给你。"

我对他意外的痛快答复感到非常泄气。或许,丈夫是因为我一再追问新年晚会的事,反而放下心来,还是因为我不出席的话,他在工作人员和来宾面前很难装模作样呢?

总之,和那个女人没有关系,我要像以前一样列席参加。

自不必说,我也要在那个夺去丈夫的女人面前显示正室的身份。而且,这也是作为经营者的妻子,帮助丈夫更加顺利地开展工作的需要。

话虽如此,那个女人打算怎么做呢?她仍然留在医院里工作,当然会作为普通员工前去参加了。

如果碰到了，我就当没看到。我想没有必要和工作人员中最底层的人物打招呼。更何况需要我前去寒暄的人还有很多。

虽然那个女人骗取了丈夫的心，但是我要让她知道，这些在正式场合里毫无价值。

妻子好像是要全力以赴地参加新年晚会。因为一年只有一次，当然会见到所有与医院有关系的人，但武断地说诗织"在正式场合毫无价值"，实在太过分了。

12月20日(星期三)23:40

新年晚会将于晚上七点在希尔顿酒店的小宴会厅举行。我决定带孩子一同出席。

丈夫要从医院直接去，所以我们约好在会场见面。我稍微提前了一点来到会场，里面已经来了很多职员。大家聚在各处谈笑风生，非常热闹。

我远远望过去，就看到了会场里穿着深藏青色西装的丈夫。也许是好久没有在外面见到他了，今天看起来格外新鲜。他好像比平时显得庄重一些，正在和从两年前开始接受他检查的收费老人院的理事长说话。他看到我们，立即走过来。

"来得正好！马上就要开始了。"

我一边逐个接受职员的点头致意，一边和孩子们一起跟随在丈夫身后向会场走去。刚一上台，主持人就宣布晚会开始。

站在丈夫的身旁，从稍高一点的位置环视会场，可以看到夹杂在职员中间的孩子们。

这是个充满家庭气氛的晚会，我们全家都能来到，真是太好了。

在台上,丈夫正以"今年一年,承蒙各位的鼎力支持……"为主题开始致辞,我面带微笑站在一旁。如果从现在这个情景来看,任何人都会认为我们是一对夫唱妇随的模范夫妻。但现实和理想实在相差甚远,又有谁会想到这是一对冷漠的假面夫妻呢?

总之,我们只能这样,为了一点点面子齐心合力地扮演着模范夫妻。我不禁苦笑:这也是夫唱妇随吗?

可是不管在表面上如何伪装,没有实质的东西总会在某些地方露出马脚。我们不得不拿出十二分的精神来应付这件事。

不过……我环视了一下会场,却没有看到那个漂亮的女人。

在新年晚会的会场中,与妻子并排站在那里的一瞬间,省吾完全忘记了自己和妻子的不和,可是妻子好像没有忘记啊!

这个敏感的妻子果然早就觉察出诗织没有来。事先对诗织说"最好不要去",是明智的选择吗?

那个女人今晚会不会来呢?

等区里医师会会长和老人院理事长的致辞大体结束,共同干杯之后,大家就迫不及待地围到了桌子旁。

护士长一手拿着盘子,向我走来。攀谈了一会儿,我问她:"那个女孩今晚不来了吗?"

我仅仅说了那个女孩,护士长好像就明白了,马上压低声音说:"是啊,今天早上忽然说今晚不凑巧,不能参加。我想还不是因为有夫人出席的正式场合,她不方便露脸嘛。"

如果真是那样，就太好了。我点点头，再次和会场中的人寒暄问候。大概过去了三十分钟，我找了个合适的借口告诉丈夫要回去了。丈夫大概也不希望和我一起待那么长时间，让别人看出我们不和的破绽。而且这个时候告辞，大家也会觉得我是个"识大体的贤惠妻子"。这岂不是一举两得。于是我带着孩子们早早地离开了会场。

之后，那个女人是否出现在会场，我并不知道。问一下护士长马上就能清楚，但我也没有想问的念头。

就这样，一年很快过去了。

说快又挺慢的，说慢又挺快的。如果说最近让我最难忘的事，就是发现了丈夫的婚外情，并且彻底查出对方，闯进她的住处，面对面地和她展开了较量。

我没有想到自己会有这种勇气，也没有想到会把那么强烈的怨恨和愤怒发泄到那个女人身上。

结果的胜与负，我既不想问，也不想去思考。我只知道身体中所有的热情、爱恨以及精力，在那一瞬间都丧失殆尽了。

省吾觉得，看来不让诗织参加新年晚会是明智的。妻子虽然嘴上说诗织在不在都无所谓，但事实上如果两个人碰见了会发生什么事，省吾根本就猜不出来。

即使妻子可以对诗织视若无睹，但看那时妻子的态度和诗织的反应，医院的职员也会说些流言蜚语吧。

多亏新年晚会顺利地结束了，可是还有圣诞平安夜让人担心。那天的事，省吾一直很担心，可事实正如所担心的那样，他和妻子发生了强烈的冲突。日记中一丝不苟地记录着那几天的事情。

12月21日(星期四)24：00

当这个城市都为圣诞节装饰一新的时候,我总要想起一件事。那还是孩子们小时候相信"圣诞老人真的存在"时的事。丈夫每年为了让孩子们高兴,都会半夜穿上圣诞老人的衣服,抱着装有礼物的袋子出现在客厅。

让孩子们悄悄地透过门缝向外望去,总是可以看到他们兴奋地把眼睛睁得圆圆的吃惊的样子。

我至今还在怀念,那时我们是多么心灵相通啊。

如今,孩子们当然知道了曾经的圣诞老人就是父亲。可是丈夫吃完晚饭正在轻松休息的时候,孩子们像是事先商量好了,一起来到了客厅。

缠着爸爸要礼物是他们的真实目的。先是儿子说想要最近发行的电子游戏,夏美则机灵地坐到丈夫的身边,央求着:"我想要一把新的小提琴。"丈夫问她:"你现在不是有一把正在用的吗?"夏美不高兴地说:"现在那把是面向初级者,音色很不好……"丈夫绷着脸问夏美价钱。夏美一边给丈夫满上啤酒,一边说:"三十万左右。"丈夫一副惊呆了的表情,说:"怎么需要这么多钱?"但好像最终还是输给了女儿,说了一声"真是没有办法。你要好好爱护它啊"。女儿高兴地举起双手欢呼"太棒了",还不放心地又确认了一下:"那平安夜一定要送来啊!"

说到一半时,丈夫说:"爸爸二十四号有点事情,二十五号再送给你吧。"

果然,平安夜要出去!和我想的一样,完全猜中了。

的确,圣诞平安夜发生的冲突,是以要给孩子送礼物为起因的。

本来还是一团和气的家庭气氛,因为妻子的一句话一下变得很扫兴。

我觉得把婆婆作为借口也实在是不好意思,但平安夜不是应该留在家里吗?

"今年二十四号正好是星期天,我想把妈妈叫来,大家一起好好过过。"而且,虽然在孩子们面前,我还是直截了当地问他,"平安夜你有其他什么事情?"

丈夫厌倦地紧蹙着双眉,说:"总之是不行。还是二十五号吧。"说完就趿拉着拖鞋向浴室走去。

这次又是想含糊其词、模棱两可地在圣诞平安夜出去吧。他这种行为也让孩子充分了解了他的自私和任性,可是他仍然打算敷衍了事地逃出去,对他这种懦弱的做法,我心里的怒火总是不能平息。

如果我再次闯入那个女人的家里,把他带回来会怎么样呢?事情真的到了这种地步,一定会激怒他,或许就会下"离婚"的最后通牒。想到这儿,我的确没有做到这种程度的勇气。

可是丈夫执意要前去的话,我仍然要按照事先想好的那样,二十四号把婆婆喊到家里一起过圣诞平安夜。说我冷酷也好,说我独断专行也好,对于舍弃家人、选择和那个女人一起过圣诞节的丈夫,我已经毫无顾虑了。

12月23日(星期六)23:30

今天要给孩子们买圣诞礼物和预约年夜饭,我去了一趟商店。商店门口和卖场里面到处都装饰着彩灯,一派圣诞节前的欢快气氛。可是我不管怎么看,心里也很难愉快起来。

名牌商品的柜台前,有一对情侣模样的人手拉着手、毫无顾忌地依偎在一起。丈夫也像这样和那个女人在买礼物吗?

我想起来了,去年的平安夜,丈夫说要和朋友一起去喝酒,也把时间拖延到了二十五号。如今想想,一定是为了和那个女人一起度过而找的借口吧。

去年的平安夜的确是和诗织一起度过的。省吾想,妻子怎么现在才发觉呢!可是今年还不仅如此,省吾必须这样做,要向诗织证明自己是爱她的。当然这件事并不想让妻子知道。

12月24日(星期天)22:30

丈夫吃完午饭就躲进了书房,我以为他会待到傍晚,可是三点刚过,他就忽然出现在客厅里。

我着实让他吓了一跳。藏蓝色的长外套,白色的围巾从两肩垂下去,简直就是超恶心的老年时装杂志上的推荐装束。我看了不禁苦笑了一下。他或许觉得这样很时髦,但因为过于刻意地追求时髦,反而显得很不合体。

丈夫这身打扮站在那里,拿起放在桌子上大盘子里的圣诞节用的零食。

"这是我们的。你不是有豪华晚宴在等着你吗?不要动手。"我压抑着想揍他的心情。丈夫把一块零食塞到了正在看电视的儿子的嘴里。

丈夫越是对家里人这样,我越能感受到剩下的我们被抛弃的悲惨命运,心里气愤极了。

"那么,我要走了。"

这就仿佛说,他对孩子的关心已经完成了。

"咦?爸爸要出去吗?"

以前孩子们就算问了,他好像也不会认真回答。这一次,他就像是要从儿子的追问中逃走似的,一言不发地向门口走去。察觉到这一点,我马上从厨房里跑到走廊里,追问他:"你要去哪儿?六点妈妈就要来了呀!"

"啊,我会在适当的时间回来的。"

我挡在想从旁边钻过去的丈夫面前,他用可怕的眼神盯着我。

"你走了,孩子们不可怜吗?"

"所以,我说拖到二十五号,已经可以了吧?"

他仍然没有改变主意,又重复一次说"真的可以了吧!讨厌!",一下子撞开了我的肩膀,朝门口走去。

今年的平安夜,省吾觉得妻子格外纠缠不休。找了个"妈妈来了,孩子们会更高兴"的借口,不想让他离开家。

也不是基督教徒,为什么那么重视平安夜呢?她是佛教徒,本来就不该理会异教徒的习惯。

那么热衷没有什么实质的节日,在家里庆祝圣诞节,简直荒唐可笑。

在门口被忽然撞了一下,我险些摔倒。即使这样做,丈夫还是想出去吧。

不经意一看,在我面前弯着腰穿鞋的丈夫,大衣肩口露出了一段白线头。在健硕魁梧的丈夫的右肩处,那段线头虽然只有几厘米的长度,却呈现出一个柔缓的S形。也许因为是藏蓝色的大衣,白色的线头显得格外刺眼。

大概养成了习惯,我不由自主地把手伸过去,可是又生生地给拽了回来。没必要帮正要出去约会的丈夫把线头拿下来。我对自己说:"不要管它!"

"我懂了。比起和家里人在一起,你还是要选择和香田约会,对吧?"

一瞬间,丈夫把鞋拔子扔到地板上,叫道:"讨厌!"

我对着打开门离去的丈夫的背影,极尽挖苦地说:"圣诞节快乐!走好啊!"

那一瞬间,我分明感受到丈夫的肩膀有一丝颤动。与此同时,那条白线头像一只虫子一样,微微地扭动着身体。

那么想来,那条看起来像英文大写字母S的虫子,应该是吸附在丈夫身上不想离开的诗织名字的首字母了。或者说,是只知道守护家庭的我的首字母了。

再过不久,那条白线头是不是会渐渐缠绕住丈夫的身体,变成一条白色大蟒蛇绕住丈夫的脖子,绕了一圈又一圈呢?

一瞬间,一股冷风从门口吹进来,我忽然清醒过来,立即把门关上。丈夫已经从眼前消失了。

不是基督教徒的丈夫如此重视平安夜,不管不顾地要奔向那个女人身边,看来现在丈夫已经完全为情痴狂了。

关于平安夜,妻子喋喋不休地写了那么多怨气话,但说实话,省吾并不完全是那么想的。

平安夜前两天,诗织忽然向护士长提出辞呈。

的确出人意料,但省吾想,诗织不会瞒着自己去做这种事。可是,护士长拿来的千真万确就是诗织亲笔写的辞职信。

"请允许我考虑到自身的情况,准予我年末辞职。请多关照。"好像是问过谁,完全按照正式的格式写的。

当问到"为什么"时,护士长垂着脑袋一言不发,像是要说不知道。和妻子关系很好的护士长一定知道理由。

十一月中旬,妻子闯进诗织的家里,严厉苛责过诗织。那个时候,诗织就说过要辞去医院的工作。后来在省吾的安慰下,总算是平静下来。这次是不是还是那件事留下的影响?

省吾接着追问护士长:"她说过辞职以后,打算怎么办了吗?"

"说是想回埼玉县老家。"

她是打算抛开这里的房子,从我身边离开吗?对诗织的爱意一下子变得强烈起来,省吾不由得喊出声:"我不会让她这么做的。不行。你去对她说,我不接受辞职。"

护士长点了一下头就出去了。整整一天,省吾都心不在焉的,都没法做正常的检查了。

省吾说什么都想不通,为何诗织对自己什么也不说,就随随便便地提出辞职。

在医院内虽然不方便,但如果诗织说晚上有事要说,省吾不管怎样都能去见她。明明知道可以,但还是一个人作了这个重大的决定。

虽然事后诗织解释说,如果和省吾商量,就没法提辞职了,省吾还是觉得很郁闷。他一直坚信两个人的关系已经非常亲密了,所以这次遭受的打击特别大。

不管怎样,省吾死乞白赖地央求诗织:"不管是工作还是我个人,都离不开你。如果你不在我身旁,我会很痛苦的。"最后在省吾的百般哀求下,诗织终于答应继续留在医院里工作。

所以,即将来临的圣诞节让省吾根本没有时间考虑家人,满脑子都是诗织一个人。

第九章 峰回路转

从年末到年初这段日子里,什么事情也没发生,平平安安地过去了。但这仅仅是表面上的风平浪静,水面下却暗藏着各种各样的矛盾和纠纷。

其中最大的问题是,除夕之夜怎么过。

以前每年的元旦,诗织都要回埼玉县的老家过年。但是,今年在年末的最后一个工作日,诗织忽然说:"明年元旦第一天日出,我们一起去看吧!"

她说一起去看元旦清晨的日出,该怎么理解呢?是指前一天晚上,也就是除夕之夜要在一起度过,还是打算元旦一大早从埼玉县的老家过来呢?一问她才知道,"当然是想在一起过年守岁了"。

诗织的老家在埼玉县大宫市。父亲在一家和建筑有关的公司上班,好像还有一个哥哥。省吾故意问她,在你们家里,要全家团圆一起迎接新年,你作为家中唯一的女儿,不在家没关系吗?诗织一听就解释说:"我只要说和朋友一起参加新年音乐会,家里人就不反对了。"诗织打算瞒着父母和省吾一起过年,对她来说这当然很快乐,可是省吾一想到自己的状况,顿时觉得不知所措。

就在不久前,省吾为了和诗织一起过圣诞节,已经引起一次巨大的风波。这次,如果除夕之夜仍然不在家,结果又会怎样呢?可以预料到,妻子定然会把孩子拉入她的阵营,一同反对自己。搞不好妻子也许会再次闯到诗织家去。

当然,如果和诗织一起度过除夕之夜,然后一同去看新年第一次日出,再一起到神社参拜,想必会度过最愉快的一年。但归根结底,省吾根本没有做到这种地步的勇气。

"虽然很难得,不过要看日出的话,半夜里就得起来,时间太早了。还是大年三十我们在一起过。晚上我回去,等过完年后,我们再从从容容地一起去参拜神社吧?"省吾提出了这个折中的方案,诗织也只好点头同意了。

诗织虽然嘴上同意了,但从她的表情看,好像有点失望,像是在说"到底是有家庭的男人,还是不行啊……"。这让省吾不安起来。

这种情况,如果自己是独身,省吾肯定毫不犹豫地答应。从年末到新的一年年初,就这样拥抱着她、碰触着她年轻的肌肤、耳鬓厮磨地一起度过,该会带来多大的满足感啊!新的一年里也会更加干劲十足。而现在,省吾却不得不眼睁睁地放弃。

虽说有些遗憾,但也只能这么想。这就是一个结了婚、有老婆孩子的男人注定的命运。省吾就这样说服自己,除夕之夜回到家里,陪着母亲一起吃了顿年夜饭。但心里还一直惦记着诗织,总是有点魂不守舍的。

过完新年后,一月五号开始上班。早上九点,医院的全体职员集中在一起,省吾在大家面前进行了新年致词。

接着,省吾像往常一样,开始坐诊检查。下午五点多,在医院附近的西餐厅举行了简单的新年茶话会。这一次,没有特意把妻子叫来。

可是,听护士长说,下午妻子来过一次。说是参加完插花艺术学习,回家途中顺便送来了插着孔雀羽毛的鲜花。幸好在那之前,省吾让诗织去了趟保险事务所,所以她们俩并没有撞见。

这些私人的事情暂且不谈,医院经营的外部环境可是一年比一年严峻。如何在这种状况下克服困难,继续生存下去呢?从新年伊始,连区里的医师会都决定邀请经营顾问,召开学习研讨会。考虑到这种情形,妻子应该不会再为诗织这样那样的芝麻绿豆小事,没完没了地找碴了吧!

省吾也曾经想过,应该和妻子面对面地好好谈一谈,又担心说得不好反而引起更大的麻烦。总之,"不捅马蜂窝,蜂也不来蛰",只是在这种不即不离的状态下继续生活下去。

随着新年的到来,省吾还产生了一个想法,就是从今往后,不要再去偷看妻子的日记了。

此前由于很偶然的机会,省吾发现了妻子的日记本,从中了解到了妻子的真实想法。虽然有些时候让人不愉快,感到很生气,却也了解了妻子——一个女人的心思。

但知道得太多,也不是什么好事。不仅如此,如果过于了解,就会导致思虑过重、极端反感,反而会把问题扩大化。

省吾寻思着,应该从那本日记本中毕业了吧。他一直在这样想,但是过完年十天、二十天之后,不读又觉得心里不踏实,无法平静下来。自己好像患上了"偷读瘾"。这种病也没有什么特效药,看来只能继续偷看了。

总之,妻子的日记就摆在眼前,不看白不看。在这种思想的支配下,一月中旬过后的某个星期天,确认家里没人,省吾再次打开了日记本。

12月31日(星期日)23:30

刚过中午,我正在厨房里检查年夜饭煮黑豆的火候,眼角忽然瞄到丈夫出现在厨房里。他说:"我出去一下,有个文件忘在医院里了,现在要去拿。"我继续看着锅的火候,应了一声"知道了"。

我根本没有问他要去干什么,他却故意向我说明去医院的理由,真是不打自招。我立即明白了,他肯定是去见那个女人。

大年的三十了还要去见那个女人,看来她并没有回老家,仍然留在公寓里吧。莫非丈夫这一次也打算像圣诞节一样,出去后住在她那里,和她一起迎接新年吗?

可是,今天晚上婆婆也要来,全家人要围在一起吃年夜饭的,这个日子非常重要。这个时候,我坚决不允许丈夫有这种任性自私的行为。

我马上关掉了锅下的煤气,走到门口。果不其然,丈夫已经换上了一件我从没有见过的白衬衫,刚从书房里出来。

"麻烦你从医院回来的途中,顺便去接一下妈妈吧。"我正在为此刻能灵机一动想出这样的苦肉计而自鸣得意,丈夫扭过头瞪着我说:"知道了。"

这么爽快地答应下来,完全出乎我的意料。难道一开始就打算今晚回家吗?可是,我装作叮嘱的样子,又问他:"你几点能到尾山台接妈妈?我好事先告诉妈妈一声。"

一瞬间,丈夫对我递过去的鞋拔子置之不理,粗暴地将脚往鞋里挤着,冒出了一句"不知道,大概傍晚吧",就出门了。

门口墙壁上挂的梅森陶制挂钟的指针,正指向下午一点。

丈夫就连大年三十都不回家,选择了和那个女人去调情,去卿卿我我,缠缠绵绵。

我重新点燃了灶火,可是今年的黑豆能否煮得好吃,已经无所谓了,我已经彻底没有心情了。

除夕那天下午,我确实是出去见诗织了。我也知道早就被妻子察觉了。妻子那样不高兴,那样狂妄自大,那样死搅蛮缠,自己再看不出来,不是脑子有病了嘛。

可是,话尽管这么说,过去的这一年净是和妻子明争暗斗,两人的关系越发疏远。今年无论如何也要对她好点,如果能回到和睦相处的状态就太好了。

从那开始,日记大概有四五页的空白页,大大地写着"二〇〇七年、正月"。

1月5日(星期五)23:30

今天是新年后医院开始营业的第一天。

下午,我瞅准医院的患者不太多的当口,在从插花艺术班上完课回去的路上,顺便给医院送了花。我好久没有给医院送花了。

为了不引起别人的注意,我从后门来到候诊室。在接待处没有看到那个女人,另外一名职员坐在那里。我想可能是到了午饭时间吧。但一闪念,内心有一丝期待:她是不是辞去医院的工作了?

我一边想着,一边把花瓶放在窗户旁边。我把孔雀羽毛铺展在洋兰和寿松的后面,正在整理插画的造型时,护士长过来了。我们彼此问候了一下。

"夫人,新年好!"护士长说完之后,接着说,"孔雀羽毛可是很少见啊!"

我向她说明这种羽毛有驱邪镇恶的作用。在佩服得频频点头的护士长面前,我一边整理插花的造型,一边假装无意地问:"护士长,那个女孩……"

"是香田吗?"护士长确认了一下,继续说道,"她说追加保险明细单,要出去一下,下午到保险事务所去了。"

刹那间,我的期待化作了一声叹息。

那个女人,仍然在丈夫手下工作。不仅如此,或许因为今天早上通知了护士长,说我会来医院,为了不和我撞见才故意躲出去的;或者是丈夫为了不让我见到她,特意找个借口安排她出去的呢?

我正想着这些,护士长说:"有件事,我想跟您先说一下。"接着告诉我,"那个姑娘去年年末说是要辞职,把辞职信都交上来了。"

五号那天妻子要来医院的事,省吾是从护士长那里得知的,为了不让两个人见面,事先就让诗织去保险事务所了。多亏这样,才没有发生什么冲突。可是知道了诗织提交过辞职信,妻子好像很吃惊。不对,大概是很激动吧。那些日子里,她复杂的心情都记在日记上。

她为什么想辞职?听护士长说,"她是想回埼玉县的父母家住,这样的话,就离医院太远,没法到这里来上班了"。

不过,仅凭这一点就递交了辞职信,这种理由也说不过去啊!据推测,可能和我上次去她家也不是一点关系也没有。不对,也许她对现状感到厌倦了,才想辞职吧!

如果是那样,为何至今还留在医院里呢?我还是没能控制住急躁的心情,急着问护士长:"后来怎么样了呢?"护士长好像早就猜出我会这么问,立即回答道:"那封辞职信,我马上就拿给院长看了……"

"那么,我丈夫怎样说的?"

"院长看了,大吃一惊。还说现在就让她辞职的话,工作会很麻烦。那封信让我先代为保管。还叮嘱我说,自己要去说服她,所以这件事千万不要往外说。"

这是什么指示啊!那个女人主动提出辞职了,这难道不是把她辞退的最好机会吗?

"后来还发生什么没有?"我问。护士长慢慢地摇着头说:"就这些了。她今年还接着上班呢。"

没错,一定是丈夫说服她了,让她不要辞职的。

我眼前浮现出身为院长的丈夫,不断地向那个小丫头鞠躬请求的样子。

总之,是丈夫离不开那个女人的。他死死抱住两人之间的关系。恋恋不舍、无法割断的,并不是那个女人,而是我的丈夫。

要是那样的话,我真不明白为什么要去那个女人的公寓。我还以为此举能使两个人的关系彻底破裂。谁知反而促发了丈夫的固执,让他紧紧地抓住对方不放。

"回家!"我真是没必要拿着花来到这种地方。这种肮脏污秽的地方,我再也不会来了。

省吾把诗织的辞职信给搁置起来的事,妻子好像都知道了。他现在非常清楚,妻子会因此变得更加愤怒,更加憎恨自己。

省吾本来想从新年开始,迈出与妻子和解的第一步,但实际上不仅不会如此,还将陷入更糟糕的事态。

到底该怎么办好呢?省吾想,必须要认真考虑了。可是一夜过去,等天一亮,他又为别的生活杂事忙得不可开交,头天晚上考虑好的事情都撂到脑后去了。

1月7日(星期日)24:00

近来,我经常把车停到公寓的地下停车场后,就一个人在车里呆呆地坐着。

孩子们现在放寒假,一直都在家,所以只有车里是没人打扰、能够放松心情的休息场所。我愿意这样一直躲在自己的小天地里,哪怕变成贝壳也可以。

不知我现在的心情,丈夫是否了解。两天前,丈夫忽然提议说:"我们去滑雪怎么样?"

是啊,去年全家还到一个有温泉的滑雪场去了,并且约好今年还去那儿。丈夫或许想起了这件事,觉得放心不下吧。

如果是以前,一听到这个提议,我也许会马上积极响应,但这一次却冷冷地答道:"祐太要参加寒假补习班,夏美学校有滑雪冬令营活动的计划……"

丈夫只好无可奈何地向孩子们望去,希望能得到响应。可是,他们俩只是盯着电视中的电影画面,假装不知道的样子。

现在,孩子们好像感受到了我们之间冰冷的气氛,并和我保持步调统一。

这样一来,我好像把孩子们当成了人质,从丈夫的手里抢夺过来作为后盾,来捍卫自己的家庭地位。虽然觉得很悲哀,但现在我面临着丈夫随时会提出离婚的危险。在这种情况下,我应该尽量将孩子拽到自己身边来。

另外,丈夫既然怜香惜玉,愿意继续将情人留在身边,就不应该再让他享受家庭的温暖和惬意的生活。

实际上,丈夫即使被大家排斥在外,也不会感到寂寞。想和那个女人去滑雪的话,还不是随时都能去。

我们夫妻冷战至今,丈夫拥有经济上的优势,我则将培养孩子的家庭作为"阵地",互相意气用事,誓死保卫各自的领地。这到底算是怎么回事?

省吾知道,妻子越来越冷淡了,像冰一样凝固成块了。如果想要融化它,我都该做些什么呢?总之,这样下去绝对不行。可是绞尽脑汁也想不出妙计来。

尽管那样,大家还住在一起,丈夫与妻子的心怎么会离得如此之远?所谓的同一个屋檐下的夫妻是什么?而且,婚姻是什么?这一切,省吾越来越糊涂了。

1月12日(星期五)

下午四点刚过,祐太就回来了。

"我回来了。"也许是心理作用,他好像没有什么精神,背着书包,一屁股坐进了沙发里。

"回来了。哎,你的书包……"我想让他把书包放在房间里,可是他一点也没有要起来的意思。

"快点,否则晚上的补习班就来不及了。"我一边说着,一边仔细地看了他一眼,发现他眼圈微微发黑,脸色也很不好。

"哪儿不舒服吗?"我摸了摸他的额头,也没发烧啊。儿子说了声"我累了",把书包向远处一扔,就躺在沙发上,闭上了眼睛。

星期五,连大人也会感觉很疲劳的一天。而且儿子放学后还要进行足球训练,结束后,还必须参加补习班的学习和完成作业。

我正在准备晚饭的时候,女儿回来了,说:"妈妈,祐太竟然在那里睡觉。"

现在必须赶快吃完晚饭,然后送祐太去补习班。"再让他睡一会儿吧。"我刚说完,女儿带着责备的口吻说:"祐太昨天晚上一直到十二点多还没睡呢,好可怜,对吧!"

"说什么呀!你在迎考的时候,不也这样辛苦吗?"我说。

"才不是呢!"她一听马上回嘴说,"妈妈,我备考时,你可不是像现在这样的说教型妈妈。最近,妈妈张口闭口净是些'快去学习''快去练习小提琴'之类的话。'在学校过得好不好呢?'这样的话,一点也不问我们。难道不是吗?"

被说成"说教型妈妈",这一句话警醒我了。在此之前,我想都没有想过,自己竟然变成了那种令孩子讨厌的母亲。

为了掩饰这种困惑,我低下头摆放着盘子。女儿依然不依不饶,接着说:"最近,妈妈很奇怪啊!"

夫妻之间的裂痕,已经开始给孩子们的生活造成影响了吗?完全没预料到妻子和女儿竟有这样的争论,省吾屏住呼吸,接着读下去。

所谓的"妈妈很奇怪",到底是什么意思?我瞪着女儿看。女儿一副绝不服输的严厉表情,顶嘴道:"祐太现在知道学习是为自己,所以在拼命地学习。可是,他早晚会觉醒,认识到并不是这样。"

女儿抱着胳膊,十足傲慢地继续说道:"说什么是为了孩子的将来,其实都是为了父母的面子吧。你们一直希望我们中的一个能继承父业继续当医生吧！那是做父母的自私想法。"

"你闭嘴。妈妈哪怕有一次说过想让祐太或者你去当医生吗？"

没想到招来女儿这么强烈的反驳，我刻不容缓地大喝一声。一瞬间，女儿身体好像僵硬了，可是马上露出一丝微微的嘲笑，一转身跑出了厨房。

"夏美，站住……"

大概是这个声音把祐太吵醒了。他看了一下钟，喊了句"啊，糟了"，站起身就说"妈妈，我要吃晚饭了"，立即跑到自己的房间把书包放下。

为了在残酷的考试竞争中胜出，虽然觉得孩子很可怜，家长们也只好硬着心肠，逼孩子们去学习。另外，孩子们也为了不辜负家长的期望，完全不懂什么是学习的快乐，只是一味地将知识硬塞到头脑中。

即使有人告诉我们学历社会将会消失，家长们也不会相信。不仅如此，随着考试竞争的低龄化，竞争越发变得激烈。因此，其中孕育着扭曲亲子关系的危险性，会使家长与孩子的关系一步一步走向畸形。

在社会潮流的影响下，或许正如女儿说的那样，我不知不觉中变成那种"说教型妈妈"了。

我决心对丈夫的一切不闻不问后，时间也快过去三个月了。

为了将这深不见底的空虚填满，我的日程表中净是孩子们的模拟测验啦，成绩发表啦。我是不是无形之中把这些当作挡箭牌，逼着孩子像机器人一样，"快点、快点""学习、学习"唠叨个没完，变成了只知道一味说教的母亲了呢？

我一边看着狼吞虎咽吃晚饭的儿子，一边想对孩子们说:"对不起。"

妻子如果把孩子当作不满的发泄口,那将是严重的问题。妻子就不能再冷静、镇定一些考虑问题吗?

幸好,妻子被女儿说了一通后,好像开始反省自己了。但说不好哪天又会对儿子乱发脾气。

省吾也曾经想过,应该装作无意,提醒一下妻子。可是万一话不投机,反而会被极力顶撞。

如果被妻子说"这个那个,都是你的错""就是因为你在外面花心,包养情人,不顾家,才会搞成这样的",省吾可是无言以对。

总之,省吾现在不管做什么,妻子都会拿出"都是丈夫的责任"的王牌,什么都不用担心。

实际上,妻子的态度中常常透出一丝批判和冷漠,仿佛在说"你和年轻女人搞婚外情,还想怎么样呢"。

可是,和年轻女人搞婚外情也并不是那么轻松。的确有抱住一具年轻的身体带来的兴奋,但现实生活中也有很多让人劳心费神的事。比如说,不论是平时的交流,还是欣赏的音乐,自己都不得不迎合她的爱好。同时也必须对服装潮流保持关注,等等。

如果住在一起,也有很多困惑。前几天就是这样,省吾进了房间脱掉上衣,随手一扔,就一屁股坐到沙发上了。如果是妻子的话,会马上过来帮他把衣服挂到衣架上;发现衣服上有线头之类的,也会帮着拿掉。可是诗织就不行了,她根本就不会察觉到这些。当然,明确地开口,具体地指示她,她也会去做,但不说的话,她完全意识不到。

还有,如果忽然到诗织家里,要不就是没收拾,要不就把一些零零碎碎的东西放在墙角边。这时候,很难像对待妻子那样说:"赶快打扫。"虽然房租由省吾来交,但终究是别人的房间,丝毫没有在家的感觉。

另外,在医院里,有什么事要求她去做时,也很难用命令的语气,而是低声下气地对她说:"能不能帮我做一下?"她有时还会撒娇般地说:"做不了。"

总之,她现在开始任性起来了。这种倾向好像是从去年年末省吾恳求她放弃辞职的时候开始的,现在越来越明显。

反正要和外面的诗织交往,也是件劳心费神的事。

可是,如果把这些都告诉妻子,她也顶多一句"那就分手吧"。省吾在空无一人的家里,陷入了沉思。

相比其他的,孩子是最重要的。其次,妻子快要成为"说教型妈妈"的事,也许应该提醒她才对。

不管怎样,能不能让妻子到外面散散心,别老是钻牛角尖呢?现在,妻子好像时不时去插花艺术班学习。但除此之外,就不能再找找什么喜欢的事情做吗?

省吾读完日记之后,由于担心,想了很多。但一到医院,脑袋又被繁忙的工作完全占据,把事情忘得一干二净了。等回到家里,也会再次想起这件事,但有时实在太累,倒下就睡着了。

在这种状态中反反复复,一月份也接近月末了。

本来计划好要和诗织一起去滑雪,可是,省吾总是惦记着日记中那一行"他要是想滑雪的话,和那个女人随时都能去",着实犹豫不决。

也许是心理作用,最近妻子的态度多少有点好转了。是终于适应了目前的状态,想开了吗?

期待中的某个周日的下午,省吾再次打开了妻子的日记。

1月23日(星期二)

我再也不愿意去想丈夫的事了。即使现在把已经完全是吃里爬外的丈夫喊回来,紧紧逼问,也毫无作用了。这又何必呢！而且，自尊心也不允许我做诸如向那个女人发出挑战之类的事。

纵然现在下了决心这样做，可是一回到现实，不管做什么，我总是提不起精神、闷闷不乐的。空闲时间开始的插花学习和烹饪班，也经常旷课不去，每天都是在浑浑噩噩中度过。

不过昨天晚上，很久没有联络的大学时代的朋友藤野绘里忽然打来电话。

和她只是偶尔联系一下，在电话里诉说彼此的近况。可能担心我总是这样闷闷不乐吧，她就约我中午一起去吃饭，说是想让我到外面走一走。我们约好去西麻布的一家意大利餐厅。到了那里一看，是一栋具有威尼斯民居风格的旧式红砖房。坐在二楼靠窗的座位上抬头一看，小小的彩色玻璃在冬天柔和阳光的照耀下，发出温柔的亮光。看得我都入迷了，心情也渐渐得到了释放。

妻子应该调整一下心情。有这样一位朋友在，把她带出去，心灵多多少少会得到休息吧。省吾径自点点头，目光仍然追寻着日记。

绘里现在独身，有过婚史，有一个儿子，现在已经上中学了。现在她为了发挥留过学的的特长，正在做英语会话老师。

以前，我在电话里跟她说过丈夫移情别恋的苦恼，所以今天也不需要装样子，可以放松。

正当我望着彩色玻璃的时候，身后传来了明朗的招呼声："让你久等了！"随后就看到了她。

和绘里有半年时间没见了，她今天穿着一条白色的西装裤，保持着和学生时代一样的修长匀称的身材。她原本是个鼻梁挺直、眉清目秀、气质高雅的大美人,所以从学生时代起就有很多男生倾心于她,温情脉脉的话都听得厌倦了。现在一定还是很受男人欢迎吧。

她落座后很快就抓起一块比萨吃着,一边打开了话匣子,说起自己的近况。可是,话题还是自然而然地转到了我身上。

事到如今,也没有什么可以隐瞒的了,我简短地说了一些丈夫的事,她呆呆地说:"是吗,你真不容易啊!"

听到朋友那恳切的话语,我不由得想哭出来。绘里早就觉察到我的情绪了,她探过身子来说:"志麻子,现在就放弃还为时过早啊。"

什么为时过早?她也不说透,就接着说下去。

"如果你一直这样操心你丈夫的事情,会不知不觉变成老太婆的。"

我真想反驳她,说我是老太婆也太过分了吧!不过最近照镜子,还真的深切地感受到自己上了年纪。

"趁着这个机会,你也试着搞搞婚外恋。丈夫包养情人的事,你马上就会忘掉的……"

让我也搞婚外恋,时刻不要忘记自己是个女人?实在太不合逻辑了,我被这个始料不及的话题惊呆了。

绘里一本正经地说:"如果他现在正移情别恋,这可是千载难逢的好机会。你就没有什么好顾忌的了。"

原来她是这么想的,我听了恍然大悟,重新凝视着绘里。

省吾本以为这位朋友是来鼓励安慰闷闷不乐的妻子,没想到她会建议妻子忘掉丈夫,红杏出墙,搞婚外恋,着实吓了一跳。妻子不会真的接受这个建议吧,省吾开始忐忑不安。

"婚外恋"……说实话,我从没想过这个问题。我说:"开玩笑吧?!"绘里却摇着头说:"不,我是认真的。你还很漂亮,而且也不显老。除了家庭之外,你应该学会享受人生才对啊。"

的确,也许应该有这样的想法。虽然如此,我还是叹了一口气,"可是……"

之后还有很多话想说。首先呢,目前我还没有勇气去做不顾忌别人看法的事,而且觉得自己已经这么大年纪了,又有谁会把这样的中年妇女当作恋爱对象呢?

对很久以前就独立生存的绘里来说,我的彷徨和犹豫听起来让人着急。绘里已经离婚了,没有必须担心的事情。而且,像她那样拥有美貌和才能的女人,即使从现在开始恋爱,也会找到心爱的男人。可是我,还是错过了时机。

像我这样的专职家庭主妇,明知道丈夫移情别恋,还拼命地守护着这个小家庭,彼此的立场实在是大相径庭啊。

"你当然可以了。"我不由得嘟囔了一句。她好像早就察觉出了我的犹豫,啜了一口红茶,接着教导我说:"我这么说可能是缺少说服力,可是你现在也不能下决心离婚吧?"

说得也对,虽然"离婚"这个词经常出现在脑海中,但我还没有下决心离婚的勇气。我微微地点了点头。绘里就好像期待已久似的,接着说:"那么,你不认为这是一种办法吗?"

去爱一个不是自己丈夫的男人,这果真能成为让我平静生活下去的方法吗?

"总之,你最好还是心胸开阔地想一想。"

她这么说,还让我考虑一下,使我如坠迷雾之中,更不知道怎么办才好。

省吾想都没有想到,竟然有劝妻子移情别恋的朋友。幸好,妻子好像没有被她的话引诱,但什么时候改变主意了也不好说啊。这个当口,看来应该更加留意妻子的日记了。

1月24日(星期三)22:30

整整一上午,我一边清扫客厅,一边想着绘里的话。她虽然那么说了,但我是不会去和丈夫以外的男人谈情说爱的。

我不禁小声嘟囔着:"现在开始重新恋爱……"

总之,丈夫的事我考虑得够多了。因此,还有一些不需要思考的时间,就成了我现在最大的问题。与其考虑谈恋爱,不如投入到自己的兴趣中去,或者再提高自己的生活技能,也许这样就能忘记丈夫的花心。

我关掉吸尘器,想着想着,忽然想起上大学期间曾发表过有关《源氏物语》的论文。很久以前就在考虑,如果有机会的话,想重新学习一次。

下午干完家务活后,我开始在电脑上寻找开设源氏物语课的文化中心。

屏幕上立即就出现了《大家读源氏物语》等三个讲座,其中有一个是以"源氏和漂亮的女人们"为题的讲座。看到讲师名字的时候,我不由得屏住了呼吸。

是清原光彦老师。多么让人怀念的名字啊!

他是我大学时代的外聘代课讲师,写论文的时候还得到过他的指导。屏幕上写着"城南大学文学部教授"的头衔,看来已经飞黄腾达了。他的年龄应该比我大一轮,现在大概是五十刚出头吧。

我还是学生的时候,老师就结婚了。可是因为端正清秀的长相,他在女学生中很有人气。我怀着发现熟人的喜悦,立即拨通了有乐町那个文化中心的电话。事务员回答我说:"可以中途参加,但现在只剩下很少的名额,可能比较仓促,您能从本周五就开始参加吗?"

当然可以。放下电话,二十年前的事重新浮现在眼前。那时候的老师现在会变成什么样呢?只是想象一下,我的心情就非常兴奋,不知为何,红晕也爬上了面庞。

要见学生时代的老师,为什么会害羞呢?或许,妻子曾经对这位老师抱有好感。可那已经是二十年前的事了。老师现在上了年纪,不会像以前那样年轻潇洒了吧。总之,妻子转换一下心情到外面去,也不是不好。

1月26日(星期五)23:30

从今天开始,每周五上午都要去有乐町的文化中心听讲座。

幸好,周五是平常的日子,没有特别的事,不会影响外出。教室在有乐町车站附近的一幢七层大楼里。我进去一看,听讲的学生全是女性,环视一下周围,净是一些比我年龄大的人。

和清原老师有将近二十年没见了,他还记得我吗?不安和期待在我的思绪中交错。我坐在教室的角落里,期待着课程开始。

不久教室的门开了,老师走进来。他直接走上了讲台,大略看了一眼大家,当发现我时,露出了"呀"的吃惊表情,随后微微地笑了笑。

老师还记得我,我顿时放下心了。而且,我悠长而空白的岁月一瞬间消失在这种温柔的微笑里。

老师应该已经过了五十岁吧。可是,他优雅气质下的温柔毫无变化。他虽然还是戴着眼镜,发中掺有银丝,但反而增添了成熟和老练,看起来稳重踏实。

整整一个半小时的讲座,我听着老师温和的声音,仿佛自己也回到了学生时代,心情无比兴奋。

下课后,我来到讲台重新向老师问好,老师问我:"真的是伊藤吧?"

"老师还记得我,我真的觉得很荣幸。"

"怎么会不记得呢,那时因为你的毕业论文,我们还真的打过不少交道。"

老师说话时爽朗的笑,和二十年前一模一样。

老师看了一下手表,对我说:"如果没事的话,一起去喝杯茶之类的,怎么样?"

省吾想,重逢第一天就马上邀请,看来这个教授真是不能小看。时隔二十年没见,仅仅只有怀念吗?大概还多少对妻子抱有好奇心。可是不管怎么说,妻子已经结婚了,还有两个孩子,这一点他应该清楚吧。对别人的妻子,不会从内心深处真的抱有好感的,所以也没有必要在意这些。省吾自言自语地说道,目光仍然停留在日记上。

文化中心旁边的大楼,一楼就有一家很舒适的西餐厅,老师把我带到了那里。

上午的讲座总是在快到吃午饭的时候结束,所以老师好像经常来这里。他向收银台的女店员轻轻地抬了抬手,就径直走到最里面靠窗的位置坐下。

午饭是自助餐形式的,我们各自拿了个盘子。老师不断向我推荐"这个好吃啊",于是,我拿了些烤鱼和意大利面之类的就走回了座位。老师问我:"喝点什么?啤酒怎么样?"我反问他:"中午就开始喝啤酒,行吗?""没事,没事!"他独断地决定,要了两瓶啤酒。

啤酒送来后,我们就干了一杯,顿时身体就像燃烧起来。

"不管怎么样,要常来听我的讲座啊!"

"我在电脑上查看的时候,一看到老师的名字就立即决定了。"

不过,我还是把担心自己不会被注意到的事告诉了老师。老师说:"我怎么会忘记呢。你当时可是三大美女之一啊!"我听了特别高兴。他向我列举着"伊藤""藤野""江口"三个人的名字。说得一点没错,藤野绘里那个时候就已经是个大美女,超出大家一大截。

"我和藤野现在也时常见面。"

这次参加老师在文化中心的讲座,也是源于绘里"到外面去,试着搞搞婚外恋什么的"的劝告。当然,这件事我不能说,只是说了绘里现在在当英语老师。

老师问:"你当然也结婚了吧?"

我轻轻地点了点头,接着又被问到了家庭,都如实地告诉了老师,比如我有两个孩子,丈夫是医生自己经营等。老师使劲点点头,说:"太好了,很幸福啊!"

省吾简直想象不出,妻子和某个男人在一起吃饭会是什么样子,但感觉妻子很愉快。哎,如果就到此为止,倒也没什么,但再深入发展的话,就会出现问题。

聪明的妻子不会做出那种事的。总归是担心,但省吾有可以偷看日记的底牌,倒也安心了。

身为私人医院经营者的妻子,有两个孩子,这种事不管谁听到,都会很自然地想,真是一个幸福的妻子啊。而且,说到住在广尾,听到的人更会羡慕地说:"真是个好地方啊!"

或许,丈夫也会认为我是名人的妻子,但实际情况并不是这样。每天都在烦恼丈夫在外面包养情人,心情无比沮丧,还不断体味着悲惨与凄凉,没精打采的——这就是现在我的真实写照。虽然在经济上没有可烦恼的,但没有自立能力,每天需要看着丈夫的脸色过日子。这种痛苦又有谁会理解?

对于今天刚刚重逢的老师,我不能说出这些话,在这里,我要尽全力表现得很开朗。

不管怎么说,这是我结婚以来第一次和丈夫以外的男人在一起吃饭。我从来没有想过丈夫以外的男人,直到现在才知道,我把丈夫看成了生活的全部。

老师站起来想再拿点东西,我却没有去拿的勇气。

刚才在老师的邀请下,我不由自主地站了起来,可是忽然变得胆怯,惶恐不安地想,会不会被别人看到呢?明明知道这里不仅离广尾,而且离医院所在的新宿都比较远,但总有些担心。

虽然是和老师一起吃午饭,但我没有任何内疚的感觉。

我在心里暗暗给自己打气,向外望去。恍然间,从白色浮云中仿佛传来了绘里的声音:"志麻子,加油!"

我自言自语着"是啊,我只要问心无愧就行啊",然后就跟在老师的后面去拿吃的了。

我和老师慢悠悠地一边吃饭一边聊天,大约过了一个小时,我们就道了别各自回去了。在这短短的一个小时里,我忽然觉得自己成长起来,不由得苦笑了一下。

后来会发生什么呢?日记写到这儿就结束了,就这样煎熬着省吾,牵住他的心。

可是,如果事情就到这里,倒也不会有问题。妻子是第一次和省吾之外的男人单独在一起吃饭,但好像并没有交谈得太投机,彼此也没有产生好感,没有想继续发展下去的意思。

不过,也不能疏忽大意。虽说只是刚刚见到,但以前是学生和老师的关系,不能说不会发展下去。特别是从现在开始,每周都会定期见面,就真的要注意了。她或许还会以此为开端,对省吾以外的男人开始抱有兴趣,随意交往。

妻子以前身材窈窕,虽称不上美女,但她的气质很好。现在呢,虽然上了点年纪,但身材也没有变得臃肿,气质仍然和以前一样。只是最近几年,她经常显露出一直隐藏起来的倔强,摆出一副严厉的样子。

总之,妻子如果温柔地、笑意灿烂地与人交往,也许会有很多男人对她抱有好感。

省吾不由得开始反省自己。在这之前,他从来没有想过这么多关于妻子的事,是不是只希望妻子能理解自己,并按照自己说的去做呢?进一步说,是不是只考虑了妻子对自己表示怀疑的时候,会不会感到很不愉快呢?省吾开始担心起来。

省吾想,妻子和别的男人见面,会说些什么,又会怎样看待对方呢?今后一定要留意一下,探听探听。

这样想还算男人吗?完全一副娘娘腔。

他心想,别再为这种事担心,别再烦恼了。

就像日记中写的那样,妻子比任何人都清楚自己的立场,应该懂得守卫什么和如何守卫。省吾相信这一点,并关注事情的进展。

一旦这样决定了,每隔一周或是半个月,就要来查看日记的内容。

今后,和文化中心老师的关系会如何发展?会不会交新朋友?已经一发不可收拾的"偷读瘾",再次在省吾头脑中占了上风。

第十章　骤然巨变

虽然刚到二月中旬,可气温还是太高了。最近连续几天,白天都有十五六度。

这样说来,滑雪场有可能雪量不足,或许不去滑雪是对的。

即便如此,省吾还是有些无法释怀。

本来这个周末预定要去上越滑雪。可是诗织忽然说有朋友邀请她去冲绳,被迫取消了。连饭店都定了呢。省吾有些不高兴。可诗织说中学时最要好的三个朋友能够凑到一起,很不容易,所以一定要去。省吾只好勉强同意。不过这样的情况还是第一次。

如果是以前,只要省吾约她,哪怕有天大的事,她都会欣然同意,可是这次却选择朋友而拒绝自己,这是为什么?省吾不禁问了一句:"都是女的?""当然了。"诗织说。她回答得如此干脆,省吾也放心了。但诗织没有把和自己一起去旅行的事放在心上,让他有点不舒服。

是不是以前黏在一起的时间太长了?白天在医院自不用说。晚上也一起过,再加上周末又在一起,当然可能有些厌倦。

这样说来,和年龄相仿的同性朋友去旅行可能也不坏。虽说这样说给自己听,可还是有些想不通。

"不久我也会厌倦吧……"

省吾忽然这样想,但并不是看到什么苗头。只是有时在诊所要求她干什么,她会说"不行"。虽说有些事情的确无法做到,可是以前她从来没有这样直来直去地违逆自己。

这些都是因为在一起时间太长,变得任性了吧。他漫无边际地胡思乱想,看了一下窗外,午后的阳光明媚耀眼。

省吾想到在这种阳光下,诗织正在冲绳畅游,而自己却被孤零零地留下来,这份寂寞无法言表。

百无聊赖地来到客厅,孩子们已经出门了,桌子上有一张"我去阿佐谷了"的留言条。妻子的母亲住在阿佐谷,昨天晚上好像提过这件事。不过妻子最近常常只给他留个字条就出门。

"真是个薄情的家伙。"省吾愤愤地说了一句,像是在发泄,又确认了一下确实没有人在,便溜进了妻子的房间。

上次写到要和文化中心教室的老师一起去吃饭,不知道后来怎么样了。

一边是诗织的事,一边是妻子的动向,两边都放心不下啊。

1月28日(星期日)22:30

从老师那来了第一封邮件。

"前天,在相隔二十年后又能遇到你,真是太高兴了。你比学生时代成熟了许多,充满了成熟女性的魅力,非常期待能再见到你。"老师这样写道,最后画了一个笑脸。

真没想到老师会给我发邮件,我高兴得有些手舞足蹈。

我立刻给老师回了邮件。"上次多谢老师的款待。能和您见面,我也非常高兴,让我想起了学生时代那段美好的时光,真是令人怀念。期待下次还能见面。"

不过邮件发出去后,就立刻想起老师应该是有妻子的,多少有些担心,不知会不会被他太太发现,并怀疑起老师来呢?但这样的内容不应该有什么问题吧?我只能说给自己听,让自己放心。不过,我还是第一次给异性发这样的邮件。

如果这封邮件被丈夫看到了会怎么样?这样的担心一瞬间从脑中掠过。但丈夫发给女朋友的邮件用词要肉麻得多,和这个可是无法相比的。他哪有资格说我呢。

2月2日(星期五)24:00

今天又和老师一起去吃饭了。提前用邮件约定之后,直接去了上次去过的餐厅,老师已经先到了,在窗边的座位上等我。

我们看到对方,互相做了个手势。老师很高兴地说"太好了",脸上露出了满意的笑容。

这是第二次见面,所以各自点了自己喜欢的菜,吃饭的话题自然进入了《源氏物语》。

老师问我:"在这本小说里,你最欣赏的女人是谁?"

"应该是六条御息所。"我回答说,"她是名门闺秀,也有教养,从外表看来也是最漂亮的,不过源氏为什么没有倾心于她呢?"

对于我的问题,老师轻轻地点了一下头,回答说:"应该还是床笫之间不和谐吧……"

"床笫之间不和谐"。这个教授作为学者,竟然能说出这种下流的话。而且竟然还是对刚来听他课的有夫之妇……

妻子是什么反应呢?我又产生了兴趣。

"不过,因为那种事就……"

我不假思索地嘀咕了一句,又问道:"那样说来,源氏不就是个好色之徒了吗?所以他会为夕颜那样身份低下的女人神魂颠倒,对吧?"

老师赶忙否定:"不是不是,也不仅如此。一般来说男性都有'下方志向'。"

"下方志向?"我还是第一次听到这个词,多少有些困惑不解。老师解释给我听。

"一般来说,比起有教养、自尊心太强、在一起有压力的女性,男性更会被温顺、直率、在一起轻松的女性吸引。"

听了老师的话,我不由得想起丈夫的事。丈夫一直不肯对诗织放手,是不是就是因为床第间的百转回肠,而且也因为她一直尊敬我丈夫,对我丈夫很温顺吧。

即使如此,床第间和谐与否竟会决定爱情的深浅,这再一次让我感到惊讶。

这样说来,我们夫妻之间的爱情难道就无法复苏了吗?

我茫然若失地看着窗外,老师又问:"你不欣赏紫上吗?"

"当然,紫上也是非常优秀的,不过……"

的确,源氏好像是爱着紫上,可是同时他还和其他女人有关系。想到这些,就让人无法理解。

"源氏真的爱紫上吗?好像有点不太现实……"

"为什么?"老师反问道。

"源氏是从紫上小的时候就开始花时间培养她,终于把她培养成一位理想的女性了。不过看到源氏对那么多女人见异思迁,不禁让人觉得他已渐渐对她厌倦,只是因为惰性才和她在一起的……"

我一边回答,一边又想到了丈夫,老师却立即否定:"不是。"

一边说源氏的见异思迁,一边想起丈夫,真不愧是我妻子。不过自己被比作源氏,还挺让人受用。

对于我的"源氏最终还是对紫上感到厌倦了吧"这个结论,老师明确地不同意。

"无论源氏如何见异思迁,他都没有减少过对紫上的爱。虽说不会像刚开始时那样轰轰烈烈,那么充满激情,可是他自始至终都保持着对紫上那份深深的情感。因为对他来说,紫上是唯一的、没有人可代替的情人。"

"唯一的、没有人可替代的",这对于老师来说是指他的爱人吧。正想着,老师继续说道:"证据就是紫上去世以后,源氏一下子老了很多,形同行尸走肉。从这里我们就可以知道源氏是比谁都爱紫上了吧。"

"可是为什么源氏有这样的佳人在身边,还会到外面四处寻花问柳呢?"

嘴里说着《源氏物语》的事,脑子里却把我和丈夫的事重叠在一起。老师听了我的提问,苦笑了一下。

"这个……只是因为源氏是个男人吧。"老师轻轻地搪塞着,"听上去或许有点像借口,但男人是一种对新鲜事物抱有好奇心的生物,无论怎么深爱着一位女子,还是会对新人感到好奇。"

丈夫对那个女人的感情也是这样吧。

"那可就太自私了。"我一不小心抬高了声调。老师忙做了个手势,示意我别着急,听他继续说下去。

"话是这样说,可这是男人的本能啊。"老师又接着说,"实际上我也爱着我的妻子,而且信赖她。不过出于本能,有时还是会对梦幻般的女子动心。"

"老师喜欢的是像夕颜那样年轻可爱的女人吗?"我问道。

"不是,是空蝉。"老师回答说。

我记得空蝉好像是一位贤淑守贞、自尊心很强的女人,她一直固执地拒绝源氏的追求。正这么想着,老师看着我的脸说:"因为你是一位美丽的有夫之妇。"

"老师您净说怪话。她其实并不漂亮哦。"

老师立刻说"是吗,被你戳穿了",还挠着头。两个人同时笑起来。

老师虽然身材魁梧,却有淘气可爱的一面。

用《源氏物语》来解释男人在感情上的喜新厌旧,这可真是一位风流教授。

可是说"喜欢身为有夫之妇的空蝉",然后提到有夫之妇,这不是在勾引我妻子吗?妻子还那样开心地笑,有些太得意忘形了。

2月3日(星期六)23:00

自从上回和老师见面之后,不自觉地经常注意看邮件。以前可从来没有这样挂心过,一直把手机放在一边,可是现在有空就会打开手机看看是否来了邮件。

当然老师一天也就发一封,多的时候也只有两封,可是我一看到邮件提醒,就会慌张地跳起来。

"现在,大学的课刚刚上完,正在办公室里悠闲地休息呢。什么时候方便,来这儿玩吧。"

"现在和大学时的朋友在麻布喝酒呢,非常雅致的酒吧,相信你也会喜欢。"

"已经过十二点了,论文的事告一段落,现在要休息了,会在梦中想着你。晚安。"

老师的每一封邮件都温柔而浪漫。

我也给他回信:"真的吗?可以去大学拜访您吗?""相信一定是家不错的酒吧。""您工作很辛苦啊,晚安。"多少有些生硬。

不过一直在心中思念老师,不,说思念可能有些过分。只是看到老师的邮件时有些心动,这样说才正确。

即使如此,我还是头一次有这种感觉。

以前从来没有想过和丈夫以外的异性互发邮件,真是太难以置信了。仿佛是在做梦。

绘里好像察觉到我的变化,晚上,给我来了个电话。

"怎么样,还在苦恼吗?"

对于这个问题,我想也没想就摇了摇头,说:"哪里啊!"

"那么,有什么好事吗?"绘里问我。我告诉她自己开始在文化中心重新学习《源氏物语》了,但老师是大学时教过我们的清原老师的事,没有跟她提。

怎么也没想到妻子和教授会有这么亲密的关系,千万不能掉以轻心。妻子本来是个很认真的不太爱玩的人。但正因如此,一旦喜欢上了,就有一点一点地陷进去的危险。

从现在开始,我要更加频繁地读她的日记,注意观察她。

2月9日(星期五)22:00

今天又和老师一起去了以前去过的地方吃饭。

这是第三次,上完课两个人一起共进晚餐,好像已经成了惯例。

渐渐地,我也放松起来,像"老师您非常爱您夫人吧"这样的私人问题,我也提了。

"当然了。"老师一本正经地回答。

"您夫人一定很优秀吧。"追问了一句。

"虽然比不上《源氏物语》里描写的理想型妻子,也可以说得上互相体谅,不即不离吧。"

老师进一步提到《雨夜品评》中,左马头在选择人生伴侣时,标准不是身份,也不是容貌,只要是性格不怪癖、专心一意、表里如一的女人就好。用现在的话说,就是"中产阶层的女性中有好女人"。总而言之,比起有名的人来,有点名的人更好。

"我可不喜欢这种'有点名的人'的说法。"我实话实说。

"选择妻子的标准,从古至今没有变过。出身上流社会的女人,任性又爱乱花钱的多,根本不理想。如果光是脸蛋长得漂亮,却给父母和家人带来矛盾,招惹麻烦的女人也不行。所以,可以放心让她管家理财的,还是中等家庭出身的女人比较好。应该说就是这样吧。"老师作了一番说明。

老师又进一步谈到驭夫术:"就算是为什么事情生了气,也不要闹得太激烈。要和颜悦色地说,让丈夫自己意识到。这样丈夫也会态度温和,更疼爱妻子。但是,如果不想让丈夫太得意忘形、随心所欲的话,要像系在岸边的船一样,一边让他漂荡,一边又不时地拉紧缆绳,这是最好的。"

老师这样又给我解释了一遍《源氏物语》,这比学生时代理解的要深刻许多。

"一旦船离开了岸,还会回来吗?"

我直截了当地问,老师笑着点了点头,说:"当然了,因为船的归处只有岸。"

"你也不要太想不开了。注意保持笑容是很重要的。"老师告诫我。

这个教授虽然是个花花公子,不过也有文雅的一面。

"丈夫要像系在岸边的船,一边让他漂荡,一边又不时地拉紧缆绳最好",这句话可以说是名言。

以前从早到晚盯得很紧,就自然想稍微分开一下,自己漂一下。关于这一点,妻子好像有些察觉了。

但现在的问题是妻子有要漂出去的倾向。应该如何操纵,我这边也得好好想想了。

2月10日(星期六)23:20

今天没有课,可是和老师约定直接去他的大学,他给我看《源氏物语》的资料。

虽说是星期六,老师说在大学等我,我就答应了。

"只是去看文献。"我几次说给自己听,可是不知为何有些忐忑不安,无法平静。早上带着这种心情吹头发的时候,女儿突然进盥洗室问我:"妈妈,早上洗头真稀罕呀。今天要去哪儿吗?"

女儿应该是要出门参加兴趣班。我回答她说:"百货公司的美术展览今天是最后一天,我想去看看。不过夏美,今天好像有些冷,把毛开衫套上再出门。"我岔开了话题。

然后,我边从镜子里看在作准备的女儿边想,孩子有孩子的生活,丈夫也有丈夫的生活,那么我呢?和老师见面后,对丈夫出轨行为已经不会像以前那样,一件一件地严加监视,让自己焦虑不安了。

每个人都牺牲一点,退让一步,作为家庭成员分担家庭的职责,共同生活在一起。这样想,就感觉家庭作为一种单位的集合体,远比想象中随便得多,充满自私和任性。

和往常一样送走了丈夫和孩子,打扫了一遍房间后,在梳妆台前坐下,开始化妆。虽说没有做任何可以让人怀疑的事,可是如果在丈夫面前仔细认真地化妆,肯定会引起他不必要的猜疑,那就不好了。

收到老师的邮件时,我正在门厅要往肩上披披肩。就在这一瞬间,我看到"等着你"这句话,忽然莫名其妙地有些热血沸腾。

"给你看有关《源氏物语》的资料",这是一位多么好色的教授的借口啊。

就这样轻易地上当、出了门,妻子也有错。以为她是一个沉着的女人,可是这个时候,妻子有些轻浮了。

城南大学在世田谷这个交通方便的地方。进入校园,这个季节掉了叶子的银杏树光秃秃地连成一排。我凭着老师传真给我的地图指南,很快就找到了南馆。

是星期六下午的原因吧,几乎没有学生的身影。我从正门进入,来到七层文学部教授办公室。

在一间办公室的一侧,见到写着"清原"的名牌,我稍微迟疑了一下,就下决心按响了门铃。

老师好像一直在等我,铃声刚落,门立刻就开了。"噢,欢迎,欢迎。"老师笑着迎接我。

我进门一看,房间里面的窗户旁摆有桌子和椅子。以此为中心,四面墙边都摆满了书架,上面各式各样的书排得满满当当。

老师说"请坐",我就在跟前的会客用的桌椅一边坐了下来,老师坐在了正对面。

"真是安静又令人心平气和的地方啊。"我感慨道。

"还可以吧。哦,喝这个行吗?"老师从书架下的冰箱里拿出一瓶乌龙茶,给我倒在玻璃杯里。

"不好意思,今天是星期六,谁也不在。"

这样说来,平时是有女秘书之类的人在,给他倒茶或咖啡。我好像有点忌妒那个从没见过面的人。

我们先聊了一下老师来这所大学的经过,然后,老师指着书架的方向说:"有一本书想让你看一下。"

"来这边看一下,"我跟着老师来到书架前,"这本书怎么样?我年轻的时候读过,感到受益匪浅。"老师把书递给我。

书名是"源氏和紫上——有关现代夫妻实态的思考"。

不用说,《源氏物语》是一千年以前的作品,可是当时的男性和女性,包括夫妻关系都和现在区别不大。应该可以这样说。

"好像挺有意思。"我接过书的时候,老师的胳膊轻轻擦过我的肩,两人的手一瞬间碰到了一起。

无论如何,在教授办公室那样的封闭空间里,两个人单独在一起太危险了。真想说"快点回来",可是对着日记说也是白搭。

拿着老师借给我的书回到座位,又看了一眼书架。

从坐着的位置看过去,右手边的书架上放着老师和几个同学的合影。好像是在校园的中庭拍的,照片上大家笑得很开心。

"老师的身边一直都被年轻女性包围着,所以看上去一直很年轻。"

我一边看着照片一边说,老师有些不太好意思,轻轻把手放在头上,说:"不行了,如果有近三十岁的年龄差距,彼此就很难沟通了。在她们眼中,我已经是老头了。"

听了这话,我又不由得想起丈夫和他那个女人的事。的确,丈夫也到了那个女人觉得他是老头的年龄了,可是为什么还这么执着?

一不留神叹了口气,听到老师淡淡地说:

"比起她们,我对你更感兴趣。"

老师在说什么呀,我不由自主地低下头,感觉老师好像在盯着我的脸看。

"你真的很不错呀。"

让我怎么回答呢?我不想让老师看到自己尴尬的表情,轻轻地把脸转开。"老师别拿我开心了。"我抗议着。

老师好像也觉得说得有点过分了。他拿紫上和明石君为例,来证明《源氏物语》中出现的女性,大多是年龄偏大的被描写得更有魅力。

我有点高兴,虽然也有点不可思议,可是得到了很大安慰。到这时,该是告辞的时间了。

"我该告辞了,"我跟老师说道,"不好意思,谢谢您借给我书。"又鞠了一躬。

老师说"别着急,再多待一会儿吧",但是我还是站起身来。"太遗憾了。"老师边说边伸出双手。在我把手提包和书放到左手时,老师的大手包住了我的右手。

那一瞬间,我感到全身的血液都在往头上涌,我后退了一步,可是老师仿佛追着我一样,脸贴近了我,并直接用双臂抱紧了我。

我想说"不行",可是发不出声音来。我奋力扭动了一下身体,从他的胳膊下钻过去,径自把门打开,快步跑了出去。

在干什么啊,教授竟然把有夫之妇约出来拥抱。

"放肆!"我控制不住自己,大声叫了起来。可是当时我不在场,愤怒无处可发。

还是让我预想到了,这个男人开始现出本性了。这明显是性骚扰。唯一的解救办法就是妻子全力反抗,从这个男人的屋子里逃出来。

不愧是妻子,贞操观念很强呀。我点头称是,可是不知道她到底是有多可靠。

我不知道是从哪儿,又是怎样跑出来的,好不容易找到了停车场,坐到了驾驶室里,心情才平静一点点。

心脏还在怦怦地跳,脸上的潮红也没有褪去,赶紧深呼吸,不知不觉开始回想刚才那一幕。

老实说,从没想过会发生这样的事。因为老师只是说"我有关于《源氏物语》的很有趣的资料,过来取吧",所以我才去的。

尽管如此,还是没想到会被握手,甚至还被索吻。或许老师是误以为我期待着这样才去的吧。

怎么可能呢?我可不是那样的女人。我重新对着内倒车镜弄好头发,补了一下妆,发动了车。

慢慢地开着车,回头看了一下老师所在的那幢楼,感觉好像做了什么失礼的事。

确实,冷不丁地被他一下子抱到怀里吓死人了。但说不定他不是出于恶意那样做的。上次,他提到喜欢有夫之妇空蝉,今天又说"你真的很不错呀"。之后,因为我忽然提出要回家,老师才会着急吧。想和我握手,在伸出手的时候,忽然又想到拥抱的吧?

那样做确实是有些过分,但即便如此,也不应该以那种方式逃跑。

做出那种反应,简直像个根本没见过世面的无知少女。

我已经四十了,孩子也有两个了,那样慌张地出逃,实在是太没出息了。应该像成年女性那样,接受对方的好意,然后再沉稳地走出来。

回家后,给老师发一封道歉的邮件吧?一路上胡思乱想,花了将近一个小时才回到家。

妻子拒绝教授逃了出来,的确做得非常好。真想赞美她。不过之后又反省,说什么"那样慌张地出逃不好",这到底是怎么回事?

妻子这个好人要做到什么程度,不,应该说,她怎么还对那个教授抱有好感呢!

"喂,要挺住!"省吾禁不住对着日记本叫起来。

2月11日(星期日)22:45

我一直在意昨天跟老师那么尴尬的分别,正在犹豫要不要给老师发邮件的时候,老师的邮件先来了。

"昨天很抱歉。因为你实在太美了。与你在一起的时候,不知不觉兴奋起来,我正在反省自己呢。下个星期六的晚上,你有时间吗?为了昨天的事向你道歉,想请你去芝町一家宾馆的餐厅共进晚餐,期待你的应允。"

老师并不像想象中那么不高兴。不仅如此,还邀请我吃晚饭。

所幸星期六的晚上我有时间,丈夫和平时一样,还不知道几点钟回来,正好方便不过。虽说得到了邀请,可是立刻就接受的话,会不会认为是轻浮的女人呢?

深思熟虑一番,我决定首先向老师道歉"昨天失礼了",然后煞有介事地说"星期六有点事,不过我试着调整一下",给老师回了信。

说实话,虽然昨天是以那样的方式道别的,可我还是很想再见到他,还有点想体味与异性单独在一起时的那种紧张感。但是一不小心,这样下去很容易被老师的步调拖着走。

"不过……"我想起了丈夫的事。和那个人做的事比起来,我做得还太幼稚。仅仅是和丈夫以外的男人共进一次晚餐的小事,还不至于受惩罚吧。

虽说如此,和以前相比,我可变得相当胆大了。直到最近,和丈夫以外的男人去吃饭都是无法想象的事呢。现在居然成了事实,一想就兴奋起来。

如果真是星期六去,什么样的打扮好呢? 怎样才能不有损招待我的老师的面子呢? 高雅优美的行吗? 光考虑这些就兴奋起来,感到全身的血液都沸腾了。

从教授那儿逃出来,以为受了教训,却因为被邀请共进晚餐而兴奋。以前一直以为她是正派又无法变通的女人,可是现在这么简单就改变了想法,没有比女人更难琢磨的了。

不管怎样,我都必须严格监视。

2月12日(星期一)23:10

近来,做什么事都会想起老师。在厨房洗洗刷刷的时候,叠着洗干净的衣服的时候,多年来已经习惯了简单劳动,无需思考,手就会自然地动,但脑子里完全在考虑其他的事情。

"现在,老师在哪儿呢?""又被女学生围着,上讨论课吧?"一边想一边确认手机的邮件。

邀请我吃晚饭,因为我说有点事,老师会等待我的邮件吗? 那样的话,还是提前明确地回答比较礼貌。

因此,下午我发了邮件:"星期六的晚餐,我可以去。请多多关照。"

好像一直在等着我一样,老师立刻给我回信:"可能稍微有点早,不过六点钟怎样? 在酒店的正门处等你。"

这次是酒店最顶层,法式餐厅。去那样的地方不要紧吗?

其实只为了谈上次借的书的感想。特别是之后我查了一下,发现在《百人一首》的和歌集中有紫式部的一首"邂逅相逢不相识,夜半云影月藏中"。隔了好久见面,却没有辨别出你,就急忙地回来了,仿佛隐藏在云里的月亮。是这个意思吗?

关于这首优雅而充满梦幻的和歌,我要当面向老师请教。

想到这儿,心情就逐渐兴奋起来。

星期六的晚上,与教授两个人吃饭,这和恋人有什么不同?

"你给我适可而止!"

如果她在眼前,我会立刻大声斥责她,遗憾的是妻子现在出门了,不在家。

2月13日(星期二)23:20

百货商店的橱窗里,象征新年的装饰被撤换下来了,红色的心形装饰物到处可见。

明天就是情人节了。虽说不是周末,可到处都是选购巧克力的女人,大街上熙熙攘攘的。从年轻姑娘到中年妇女,大家都在购买送给男人的巧克力吧。哦,要说中年妇女,我也是其中一个。

老实说,直到去年为止,我还在这里购买送给丈夫的巧克力,从来没有丝毫犹豫。

本来,打结婚那年起,我每年就一直精心设计并亲手制作送给丈夫的巧克力。但孩子出生后,为了方便,送给丈夫的巧克力就改在百货商店里购买。

最近,"作为女儿和我两个人送给亲爱的爸爸的礼物",决定送贝蒂的松露巧克力。

但清楚地说,今年送给丈夫的巧克力除了"礼节性"以外,别的意思一点都没有了。

反正丈夫会从各种女人那儿得到,特别是真情巧克力,从那个女人那儿得到就行了。

现在我来这里挑选的,是送给老师的巧克力。凝视着装在玻璃盒子中的可爱心形装饰,我的心也荡漾起来。

好多年没有这样的心情了。本来仅仅是想感谢老师,现在变成想坦白爱慕之心的少女般的心情,连自己都感到惊讶万分。

犹豫来犹豫去,最终选中了产自比利时的蜜饯柑皮夹心巧克力软糖。稳重的酱紫色包装带着成年人的成熟和洗练。

在里面放上什么样的卡片好呢?想表达我心情的语句——"非常喜欢您""爱着您"都有点可笑。想来想去,末了写了一句"请永远当一位好老师"。

把卡片放进盒中,用上门收件的快递送了出去,明天可以送到老师家。我祈祷着在老师收到的巧克力中,我的最显眼。

给教授的巧克力是真情,对丈夫的那个是礼节,不是太过分了吗?

想说"怎么说也不能这样写吧",但这是日记,记下的都是真实想法吧。省吾把日记本抛到一边,叹了口气。

不管怎样,这里记下的都不是一般的小事。如果人世间的丈夫们站在同样的立场读到这些,谁都会怒发冲冠、义愤填膺吧。

的确,自己作为丈夫,现在跟妻子以外的女人鬼混,包养情人,同时也知道这使妻子很痛苦,丝毫没有理由为自己开脱。

可是,自己从没有想过要因为这个与妻子分手。为了让妻子和孩子们过着无忧无虑的幸福生活,自己可是在拼命地工作。

就算丈夫偶然间与个把女人调情,做了点偷鸡摸狗的事,妻子也不应用红杏出墙来对抗吧。因此就"以牙还牙",这和黑道人物打架斗殴没两样啊。哪怕不高兴,做妻子的就不能再稍微忍耐一下吗?

如果与丈夫一样,妻子也红杏出墙,整个家庭就会崩溃。妻子在为人妻的同时,又是孩子的母亲。身为母亲就应该在家守护好家庭。

这种说法可能有些陈旧,不过自己就是在这样的环境中成长和受教育的。

当然,妻子那位看上去有点自大的朋友肯定反对这个说法,像那个叫绘里的女人,竟然在怂恿妻子红杏出墙,说什么"如果丈夫在外面做包养情人之类的事情,那对你来讲,现在可就是天赐良机"。

没想到妻子竟然会被那样愚蠢的邀请蒙骗,我还一直以为妻子是有思想的女人呢。

想喊一声"愚蠢的家伙",但只有声音在空空的房间中飘荡。

省吾无法平静下来,抱着胳膊环顾四周,在书架右边放着妻子送的巧克力,还没有拆包装。

"这就是那个礼节性的巧克力?"省吾不禁拿起来,一气之下扔进了垃圾桶。尽管如此,还是不解气。

他急不可待地给快从冲绳回来的诗织打电话,却是留言状态。

人倒霉时,喝口凉水都塞牙。"真是的……"省吾嘟哝着,再次打开了日记本。

2月14日(星期三)23:50

收到巧克力,老师立刻发来邮件表示感谢。

"谢谢这么好吃的巧克力。我还是第一次收到如此豪华的巧克力。没让妻子看到,不过还是很想炫耀一下。今后每天吃一颗,一边想你,一边品尝。"

老师能这么高兴,真是太好了。不过老师竟然会写想向妻子炫耀那样危险的事,与巧克力相比,这封邮件被发现了怎么办?让人既担心又高兴。

对于老师的夫人来说,我能成为她忌妒的对象吗?到现在为止,我只站在过忌妒别人的立场上,这种心情既新鲜又令人恐惧。

从现在开始每天一颗,一边想我一边吃。老师真是太会说话了。读着这样的邮件,有一种仿佛真的被老师含在嘴里的错觉。

有这样风骚的想法,还是第一次。

再加上邮件的最后,写着"期待星期六一起共度一个美好的夜晚"。

共度美好的夜晚是怎么回事?不管怎样,要好好地打扮一番再出门。坐在沙发上,想起了被老师握着手时温暖的感觉。

2月15日(星期四)22:00

上午,在丈夫的书房里用吸尘器吸地,忽然看到一个放在床头柜上面的小木盒。手心大小,旁边放着红色丝带,好像是很小心地折叠起来的。

偷偷地打开木盒的盖儿,甜甜的可可香味飘散出来,看起来软软的心形纯巧克力可爱地排列着。我敢肯定是他那个女人送的情人节巧克力。

可能昨天晚上,丈夫也是一边品尝这个巧克力,一边进入和她一起的甜美梦乡吧?

但是,现在的我,已经不像以前那样愤怒和忌妒了。

的确,床头柜上放的是诗织送给我的巧克力。正如妻子所说,睡觉前吃了一颗,早上起来也没放好就出来了,一直担心是不是会被妻子看到瞎猜测。

但是发现了来自她的东西,却不愤怒和忌妒。

好像有什么在一点点改变。

2月17日(星期六)23:30

今晚第一次和老师吃晚饭。

我不在时,请母亲过来帮我照看,当母亲按响我家公寓门铃的时候,时间刚过下午四点。

我正在冲淋浴,一听门铃响,慌忙披上浴袍就跑去开门。母亲诧异地看着我,说:"哎,你怎么这个样子就跑出来了?"

我用毛巾一边擦着头发一边说"对不起,因为要马上出去",急忙回到盥洗室。下意识说出"对不起",是因为要去见丈夫以外的男人吗?

急忙弄干头发,在壁橱中挑选今晚要穿的衣服。不知为什么,眼睛总看着黑色和深茶色那样有点暗的衣服。这也代表了我不想太显眼的心情吧?

我仰望着天花板做了个深呼吸,对自己说:

"不必忌惮众人的目光,可以堂堂正正地去。是呀,没有关系。"

终于下决心,穿上酒红色的真丝罩衫和带有亮晶晶的装饰物的银色荷叶裙。

因为服装有些华丽,就没有戴什么首饰。从珠宝盒中拿出白金手表戴在手腕上。这是丈夫送给我的结婚十周年纪念礼物。想到这个,一瞬间,丈夫的脸浮现出来。我赶紧取了下来。

好像察觉到了什么,母亲忽然走进来问:"今晚和谁一起去?"

"噢,清原老师,上大学参加研讨会时给我很多关照的那位老教授。你记得吧?就是与他一起吃饭。"

我刚说完,母亲有点不悦地说:"只有两个人?"

"讨厌,妈妈,怎么可能就两个人。还有文化中心的朋友也一起去哟。"我赶紧补充道。

"你告诉省吾了吗?"

到底是志麻子的母亲,真是贤明。

对要在夜间外出的女儿说:"首先要对丈夫说,得到许可之后再出门。"

她是这样好的母亲培育出的女儿,我才放心和她结婚。可是她怎么可以为了外出,大言不惭地跟母亲撒谎呢?

妻子从何时起开始沉迷了呢?

对于母亲的质问,我避开她的视线点了一下头,母亲低着头,沉默地从衣帽间出去了。

母亲对我说这样的话,还是第一次,不管怎样总算蒙混过去了。但好像全被母亲看穿了似的,我心里有些七上八下、忐忑不安。

就这样,不好意思再看母亲,出去的时候只是在大门口对母亲说了一声"我走了"。母亲出来送我。"就要走?"她一边看着我穿的艳丽服装,一边叮嘱道,"偶然外出一下可以,不过要适可而止哦。"

我没有回答,逃亡似的关上门,乘电梯下了楼,快步走出公寓。傍晚的凉风吹着我的脸颊,仿佛可以吹走家里的各种烦恼,我乘上了一辆刚巧驶来的出租车。

既然决定这样了,就不能再考虑什么后果。只能径直去老师在等我的那家酒店。

坐在出租车的座位上,心情总算平静下来。转眼间就到了老师指定的那家宾馆。从绿树环绕的入口往宾馆正门方向去的路上,两边到处都是蓝色和白色的灯饰,我有一种在白雪中向城堡走去的错觉。

出租车到了酒店正门,身着藏青色外套的门童替我打开门。

进去后,在大堂深处的角落里等待我的老师一边向我打招呼,一边走过来。

我说:"让您久等了。"

"哦,我也是刚刚才到。"

老师好像来过这儿几次,熟稔地经过服务台上了电梯,来到最顶层的三十三层。在接待台把外套寄存到了衣帽寄存处,一位男服务生郑重地向我们行了一礼,就把我们引到呈半圆形的餐馆最里面的座位。

"噢,太美了……"

横穿东京湾的彩虹蓦然映入眼帘,宛如一条巨大的曲线浮现在夜空中。

在芝町那个地方,能眺望到彩虹桥的大概就是东京皇家王子大饭店花园塔吧? 在那里最顶层的餐厅请客吃饭,太奢华了。

这个教授,越来越当真了。这次会不会做出什么事来? 省吾越发放心不下。

老师好像为了我,特意预约了这个位置。

"景色相当好吧?"老师这样说着,首先点了两杯香槟酒。

我并不讨厌酒精,可是不太能喝。

老师说"干杯吧",我只在嘴里含了一口香槟酒就立刻觉得浑身都热起来。

眼前是窗灯通亮、鳞次栉比的大楼,更往前一点是彩虹桥,像梦中的云梯一样浮现在夜空中。

"谢谢您带我来这么好的地方。"我礼节性地向老师道了声谢。

"我想你一定会中意的。"老师满足地微笑着。

首先上来的是冷盘,海鲜清汤胶冻,再加上嫩煎鲽鱼肉。

我本来就喜欢做菜,但在家是以日式料理为主,因此觉得这里的每道菜都既好吃又新奇。

香槟酒之后是白葡萄酒,我已经觉得仿佛整个身体都在燃烧。老师有点羞赧的样子,对我说:"你还是美丽如昔。"

"哪里的话,都是阿姨辈的人了。"我不好意思地把脸转开。

"没有那回事。倒不如说比学生时代更富有魅力了。拥有这样美丽的妻子,你丈夫一定很担心吧?"

一刹那,丈夫的脸在脑海里浮现,接着,那个女人的脸也浮现出来。丈夫这个时候正和那个女人在一起吧? 不过,我立刻在心中对自己说"随他的便吧",停止了胡思乱想。

"没有,他根本就没有担心过。"我实话实说。

老师很诙谐地说:"那真是太可惜了。"

从一开始就充满可疑的气氛。吃饭的时候就这样了,下面会怎么样?

即使这样,一边与男人共进晚餐,一边还认为丈夫这时应该在与情人约会,这算怎么回事?

我星期六可是因为参加医师会的聚会,才回来晚的。

忍不住对着日记本大喊一声:"适可而止吧!"

在主菜前泽牛肉片上来的时候,我已经放松了很多,能和老师轻松愉快地对话了。

我先从紫式部那首被选入《百人一首》和歌集的"邂逅相逢不相识,夜半云影月藏中"问起,她是否也有过在深夜里慌忙逃离的男人呢?

老师点点头说,问题提得不错,她曾经和当时最有权力的藤原道长有过关系。有一种说法是,这个道长就是源氏的原型。即使好容易相见了,也要慌慌张张地离开吧。

"听老师这样说来,绝世才女紫式部也很可怜啊。"

"当时的贵族,是男人到女人家去的,叫往来悟。"

那样的话,像我们这样的夫妇,丈夫早就不到我这里,我只能焦急地等待吧?我的心情不由得黯淡下来。

"但现在不是很好吗?像现在这样,我们两个人可以单独见面。"老师微笑着说。

的确,以这种观点来看,现在的女性比那时的女性不知要自由幸福多少倍。

我又恢复了精神,不知不觉被老师劝着喝了很多葡萄酒,感到身体里面都在发烧。

我对自己说"要适可而止",不过还是第一次有这种惬意的感觉。这可能是因为在交谈中,老师一直在赞美我"你越来越漂亮了""你美丽极了"。

我知道这都是恭维话,可还是被那些言辞所陶醉。

吃完甜点以后,老师说:"就在这对面有一家酒吧,我们吃完饭一起去吧。"

在那家酒店的餐厅,一餐像样的法国菜起码需要两个小时,之后竟然还要去酒吧,忘记自己是主妇了吗? 这不是太轻浮了吗?
如果当时知道这件事,我会斥责她,可是无法责备过去的事了。

酒吧同样是在最顶层,在餐馆的反方向。
跟随着老师走过略呈圆形的通道,先从餐厅出来,再进入酒吧。
"请进。"男服务生把我们领到座位上。我禁不住惊叹起来:
"太棒了。我还是第一次这么近地看到东京塔呢。"
灯火通明的东京塔,钢筋骨架仿佛就在眼前一样,简直触手可及。
这个座位,老师好像也事先预约过,我们并排坐在面向窗户的半圆形座位上。
似乎等候已久的男服务生来问我们要喝些什么,但我现在的酒量已经到极限了。我刚开口问有没有毕雷矿泉水时,老师就跟我说有一种很顺口的鸡尾酒。
这样喝下去不要紧吗? 我没有自信。不过,是老师特意推荐的,我也不好拒绝。
就算如此,老师真是知道好地方。每一个都非常好。
"和谁一起来过这儿吧?"我问。
"没有,我只想和你一起来。"
老师真是擅长恭维话,听得人心情愉快。

不久鸡尾酒送来了,长笛状玻璃杯里装着淡绿色的液体,底部沉着一个红樱桃。光用手拿着,就觉得艳丽非常。

"干杯吧。"我们再次碰了一下酒杯,我小啜了一口,柔和的甜味带着薄荷香。

"据说这个酒叫幻觉。"

"是幻觉吗?"我感到只是听了名字就醉了。

"这不正如你给人的感觉吗?"

真不知道在哪些方面和我给人的印象相似。

我再次凝视着酒杯,坐在一旁的老师的膝盖碰到了我的膝盖,那个部位好像烙铁烙过一样炙热。

竟然和这种男人一起到酒吧去了。

那个稳重的妻子到底到哪儿去了?省吾已经不想再读下去了,眼睛却不由自主地追逐着页面。

周围有年轻的情侣,也有几个人一块来的,也能看到几对和我们年龄相仿的中年情侣。

在那个地方,我有点担心我们是不是太醒目了。但大家好像都在忙自己的事,对周围的事毫不关心。

看到这些,我才放下心来,再次喝了一口鸡尾酒。这时,老师低声对我说:

"下次我们去看《源氏物语》的画卷吧。"

我是非常想去看,不过这些画卷分散收藏在名古屋的德川美术馆等地方,无法全部看到。据说最近被汇集起来,在横滨的百货店里向众人展示。

"要是横滨的话,很近啊。"

"真想去看呀。"我嘟哝着。

"那好，下次计划一下。"老师边说边把左手偷偷放在我的膝盖上。

瞬间，那个部分热了起来，刚想把膝盖挪开，但又一想，那样岂不是太不成熟了。

有个声音在告诉我"都这个年纪了，不能再像孩子那样"，就听之任之。

老师说："再来一杯吧？"

我慌忙拒绝。刚开始，因为口感很好，所以喝得很快，可是喝到一半才发觉，这酒的后劲要比想象中大得多。

"已经、已经不能再喝了。"

"今后我还要锻炼你，让你喝酒。"老师戏谑地笑着，低声地说，"你越发妩媚了。"

我变成什么样子了呢？现在酒吧的灯光昏暗，到了明亮的地方，说不定就发现脸已经很红了。我正在担心，老师像突然想起什么似的对我说：

"实际上，我明天一早就要去名古屋，所以今天晚上要住在这个宾馆。"

有工作还要和我见面？我心里觉得很对不起老师，但老师靠近我的耳边，轻声柔语地说："之前的情人节，我给你准备了礼物，到我房间里来一下吧。"

"不好……"省吾不由得发出来声音。男人想说服女人，最好的计策就是这句话："有要给你的东西，到我的房间里来一下吧。"这是情场老手的惯用伎俩。实际上，省吾也要过这个手腕，所以太明白这个教授的心思了。"志麻子，快回来！"他情不自禁地再次喊出声来。

老师轻轻松松地站起来,我也跟着站了起来,拿起拎包向前踏出一步的时候,身体微微地摇晃了一下。

一瞬间,老师用左手扶住我的肩膀,神色紧张地问:"没事吧?"

我仓促间说了声"没事"。在老师去结账的时候,我去了一趟化妆间。

和想象的一样,从眼睑处到整个脸颊都是绯红一片,我涂上一层粉底,就急急忙忙地出去了,老师正在电梯间等着我。

我们乘上了直梯,里面没有别的客人,只有我们两个人。老师马上摁下了"二十一楼",我一边看着显示数字在减少,一边想着心事。

尽管是和老师,但只有两个人待在旅馆的房间里,这种决定是不是过于草率了。

现在回去还来得及。虽然这样想着,但自己也不是年轻女孩,如此慌张,倒觉得有点自作多情。

对于老师的一番盛情邀请,我过于在意其中的男女关系,看起来真是有点可笑。就在我胡思乱想的时候,电梯停下来,门打开了,我跟在老师后面一同下了电梯。

我们出电梯向右一拐,然后一直沿着深深的走廊走下去,最后停在了"2103"的房门前。

老师将房卡插到里面,门打开了。老师说了声"请",我好像是被谁拉着一样进了房间。刚进门,房门就在我们身后轻轻地关上了。偌大的房间里,只剩下我们两个人。

从入口处看到的室内,是以白色和黑色为基调的典雅装饰,看起来相当宽敞。正在欣赏的时候,豪华的双人床忽然映入了眼帘,我不由得屏住了呼吸。

"今天晚上,旅馆房间都定出去了。没办法,我只好预定了这间。"

老师边说边走到了窗口,站在窗户边,向我招着手说:"快过来看,多美的夜景啊!"

妻子好像一被邀请,就去了那个人的房间,也不管那人是好是坏,有没有其他的企图。总之太幼稚了。

房间里,只有入口处靠墙的一张长长的桌子上点着一盏灯。是一开始就是这样,还是老师事先将它调节成了微暗的状态呢?我不知道。

我来到窗边,和老师并排站在那儿。可以看到一条高速公路穿过大楼之间向远处延伸,左边是在西餐厅正面也能看到的彩虹大桥,如今看起来显得很小。

"东京塔就在对面啊!"

顺着先生指的方向,果然可以看到东京塔的尖端。

"好美啊!"

在东京华灯无数的美丽夜景下,和老师挨在一起,就像被卷进了一个梦幻的世界。

"真安静啊!"老师说着,把右手轻轻地搭到我肩上。察觉到这些,我轻轻扭动了一下身体。老师像想起了什么,说:"对了,我要给你情人节的礼物啊。"

老师离开窗口,走过去拿起桌子上的小盒子,递给我。"给你的。"

"是什么……"

是一个包装成手掌大小的红盒子,上面写着"Baccarat",是水晶玻璃中的名牌产品,打开一看,是一个八角枝形吊灯状的水晶玻璃,带有一条黑皮手机链。

"太漂亮了。"

水晶在我的掌心,像活了一般发出妖娆的光芒。

"我犹豫该给你买什么礼物,不过这是你我之间唯一的联络手段,所以你看……"

老师从口袋中取出自己的手机,让我看同样带有黑色皮带的手机链。

"这可是一对啊!"

瞬间,老师伸出双臂,一下子抱紧了我,脸也凑到了我面前。

"果然……"省吾呻吟般地说。

一直担心的最坏的事态果然逼近了妻子。如果省吾就在当场,一定会全力扑上去,可是事到如今竟毫无办法。

此前也发生过相似的事情。不过那是白天,在教授的办公室里。如今在夜晚的旅馆密闭的房间中,而且都喝得很醉了。

我正想说"不行"的瞬间,老师的嘴唇已经压在了我的嘴唇上。即使如此,我还是向后仰去,尽量扭过头。心里在想,再不快点离开的话……可是我已经全身发软,动弹不得。

被老师拥抱了一下,我才知道,老师的肩膀比看上去要宽阔有力。被拥入这样的胸膛,而且被强压着嘴唇,一时我想,就这样吧,任由他去吧。

老师好像察觉到我这种心理,轻轻地挪开嘴唇,附在我的耳边柔情地说:"我爱你!"

老师跟我说得如此清楚。喜悦的心情让我全身放松下来。老师再一次靠近了我,低语着"来吧……",就开始吻我。

但是我看到那张豪华的双人床,不禁又是一阵慌张。

今天晚上共进了一顿丰盛的晚餐后,又到酒吧小坐了一下,还得到了情人节礼物,我心里充满了喜悦。还是第一次体验如此幸福满足的时光。可是,要继续发展下去的话,即使对方是我尊敬的老师,我也不能接受。

不管说什么,我都应该回去了。今后会怎样,我已经想不了那么多了。只希望今天晚上到此结束。

"对不起。"我使出全身的力气,从他的臂膀中逃了出去,"请让我回去吧!"

可能是惊讶于我的坚持吧,老师不再使劲拥抱了,问道:"还是不行吗?"

"是的。"我点点头,用不成调的声音说道。

老师只好万般无奈地松开了手,嘟囔着:"是吗?"

然后,他像忽然惊醒了一般,将掉落到地上的手机链捡起,重新放回包装盒里,说了声"对不起",交给了我。

"那么,没有办法,今晚就算了吧!"他稍作停顿,靠近我的额头,再次低语,"我爱你!"

妻子想办法避开了最坏的事态,从中逃了出来。但省吾还是不能放心。不管怎样,都不知道她在哪里,和谁在一起。不,倒是了解了这个人的来历,可是,她竟然会被这个来历不明的男人夺去双唇……省吾不由得大叫道:"肮脏!"

到底还是老师。我说了"对不起""请让我回去",他就明白了。即使这样,他还不忘在我的耳边低语:"我爱你。"

说实话,那句话让我充满了甜蜜的感觉,我开始想接受老师了。

现在想一想,我也不知道哪个是真的想法。是任由老师拥抱着,还是想拒绝?到底哪一个是真实的我呢?

我还是第一次知道自己是这样心神不定,左右摇摆!当然,老师好像早就看出了我这一点,在我拿着情人节的礼物呆呆地站着的时候,老师温柔地抱着我的肩膀,再次轻柔地吻着我的嘴唇,我也轻轻地回应。

这并不是邀请我去床上的吻,而是分别的、约好再见面的吻。那么一想,就能很自然地回应了。

然后,就想说"那么,再见"一样,老师轻轻地推开我的肩膀。我拿起放在桌子上的手提包,向门口走去。来到门口,我转过头鞠了个躬,说:"谢谢您的款待。"老师立即说:"下次还会再见面的。"又叮嘱道,"去横滨的事,你好好考虑一下。"

"好的。"答应了一声,我推开门走了出去。

"没问题吧?"老师从门里探出身,追问道。看到我要走了,他轻轻地挥着右手。孩子似的动作,总觉得很淘气、很可爱。

"告辞了!"我又说了一次,走进电梯下到旅馆大厅,在门口搭上一辆出租车。

说完"去广尾",我便倚靠在座位上。第一次想起我现在要回去的家,孩子们和拜托看家的妈妈浮现在面前,我忽然感到不安。

第十一章　疑神疑鬼

虽然还在二月末,伊豆海边的河津早樱已经是鲜花怒放了。

东京也是连续几天好天气,气温从十度一下子上升到十五六度,杉树的花粉早早就开始飞舞,一派早春的盎然生机。春天已经来临了。

但是省吾的心情却与眼前的季节不一样,一片阴沉沉的。毫无疑问,情绪不佳的原因就在于早些时候看到的妻子的日记。

实在无法相信,妻子竟然会对丈夫以外的男人感兴趣。不,已经不是感兴趣的问题了,现在是暗恋上那个男人了。非但如此,连嘴都亲过了。

以前省吾曾经希望妻子能外向一点,眼睛不要老盯住他,不要老是纠缠他与诗织的事,她也应该有一点属于自己的快乐时光。

这促使妻子报名到文化中心学《源氏物语》。到这里还好,谁知他竟对那儿的讲师产生好感,坠入情网。这可是始料未及的。

不说自己与诗织的关系,净管人家,未免可笑。但重要的是,现在要想什么办法使妻子幡然醒悟。

本来嘛,妻子的首要职责就是维护家庭,生儿育女,照顾丈夫,保证家庭圆满幸福。所以说,妻子是家庭之纲,是主心骨。

如果妻子爱恋上丈夫以外的男人,而且亲热过度,家庭会立即崩溃。那样,不但是孩子,丈夫也将无栖身之处,就连妻子自己也会失去安身之地。懂得这个道理的话,她就不会深更半夜和别的男人在外面鬼混。

总而言之,当务之急就是要让妻子立即悬崖勒马。

痛快地说吧,女人和男人不一样。妻子,不,应该说是女人,一旦产生恋爱之情,就会有陷入无底深渊的危险。只要是喜欢上了,她就会盲目地沉溺其中,甚至连抛弃孩子和家庭都在所不惜,实在是太可怕了。

相比之下,男人就很少会陷得那么深,就算在外面花心,也是见好就收,一般不会搞得不能自拔。

事实上,自己就是如此。虽然给诗织租了公寓,但从没想过要这样和她一起过日子。现在是现在,将来是将来,这点意识还是有的,自己一直保持着清醒的头脑。

但是妻子就不同了,她原本是个认真的女人,有一旦喜欢上一个人就会不顾一切的危险。

"必须想个办法,让她马上刹车!"

尽管心急如焚,确实脑袋空空,想不出一个好办法。

省吾真想当着妻子的面狠狠地骂她一顿,但是做不到。这是现在他最痛苦的地方。

真想当着妻子的面,劈头盖脸地说:"别再为那巧舌如簧的男人神魂颠倒了,赶紧醒醒吧,不要再玩下去了。"还想再进一步威胁她,"你再和他来往,我就和你离婚。"

但是这么一说,妻子肯定会反问:"你怎么能说这种话?你有什么证据吗?"

那样,自己应该如何回答才好呢?

回答说"是看了你的日记",当然是最明白不过了,可那样一来,就把偷看日记的事情全暴露了。非但如此,可能还会遭到妻子的反击:"原来你还干那么卑鄙的勾当。"

更糟糕的是,妻子确实进了那个男人的房间,但是她想方设法在千钧一发之际脱了身。除此之外,我没有证据证明她曾做过更出格的事情,根本没有办法治她。

非但如此,如果她忽然改变态度,破罐子破摔地问我:"在现在的情况下,丈夫和妻子,谁好谁坏?"也绝对是对丈夫我不利。

"浑蛋!"

太窝火了。但是没办法,现在想摆开架式训斥妻子是根本不可能的。

左思右想,想来想去,最后得出一个最平凡的结论:"再看看日记本,等弄清楚妻子的本意后再说……"

但是刚刚想出一个好主意来,一瞬间,心里马上萦绕着一种新的担心。

自己慢腾腾地磨蹭的时候,妻子与那个男人的关系就会越滑越深。如果发展到那个地步,一切都迟了。女人和喜欢的人一旦发生了关系,就很不容易回头。她会被所谓心爱的男人拖着,一步一步滑向深不见底的情色地狱。

当然啦,和妻子鬼混的那个教授,也是有家室的,不会深入到什么程度,充其量只是偷鸡摸狗地幽会几次。但是话说回来,自己无论如何也咽不下这口气。已经知道妻子红杏出墙了,岂能视而不见?

必须要在这一事态发生之前,采取措施把妻子拖住。那具体应该怎么做?

左思右想,目前还是回到了刚才的结论上……

"总而言之,目前还是继续偷看日记,严密监视妻子的动向。"

太没出息了！但眼下自己还有别的能耐吗？

可是下决心后，一直找不到机会下手。

偶尔有可以早点下班的机会，心想先打个电话回家试探试探，结果接电话的总是妻子，而且没有一点要外出的口气。那周末怎么样，周末总该有机会吧。但是自己根本没有在家闲着的时候，不是要去打高尔夫，就是医师会聚会，再不就是到中野区敬老院出诊，早就排得满满的了。

左等右等的，转眼就到了三月。三月中旬的一个星期天，诗织又和朋友一起去了伊豆。自己一个人闲得无聊时，妻子也外出了，说是去参加儿子毕业升学指导的说明会。

好不容易才有了这么个机会，省吾像往常一样，蹑手蹑脚地进入妻子的房间，把手伸到床单下，很快就摸到了期待已久的日记本。

他把日记本抱在手上，心里说："哦，让你久等了。"不过，仔细一看，日记本封面上的紫阳花变成了清一色的蓝花了。

省吾觉得有点奇怪，再仔细一看，花的下方写着一行小字：冬季紫阳花。

一直以为紫阳花只在梅雨季节的五六月份才开花的，谁知还有冬天盛开的种类。也许是专门培育出来的，在这个季节开的新种类吧。

这个暂且不说，省吾觉得有点不安了，还是不是与以前一样的日记呢？他怀着忐忑不安的心情打开日记本，第一二页是空白的，从第三页开始有字，上面写着"2月19日"。这是妻子熟悉的笔迹。

日记本是换了，但毫无疑问还是妻子的日记。

2月19日(星期一)24：00

今天开始用新的笔记本，没有什么特殊的理由。要说的话，也是以前的日记本快用光了，没剩下几页，再就是用的有点腻歪了。

就在这时,偶然在文具店看到了冬季紫阳花封面的日记本,就买了下来。与以前用的完全不一样,感到很新鲜。

对了,就用这本日记作为我再生的日记吧。不再像以前那样,为一些琐碎的小事烦恼了,告别那样的自己,书写积极乐观的新自我。

我也感到非常奇妙,人到了我这个年纪还能变。现在我才知道,改变是好事。

妻子开始用新日记本写日记了,希望从此脱胎换骨,开始新生。问题是她要怎么变,在哪里变?越来越不能掉以轻心了。

2月20日(星期二)23:45

那天晚上到今天,已经是第三天了。想来想去,总觉得不是滋味。自己受老师之邀进入饭店的房间,但最后仓皇地临阵脱逃了。

在上课的地方暂且不说,这次老师是有备而来的,连房间都预订好了。而且先是在饭店用餐,然后到酒吧喝鸡尾酒,一步一步都安排好了。

也许他认为,准备得如此充分,我一定会言听计从。的确,他如此温柔体贴,一般的女人都会顺从吧。事实上,与老师并排站在窗户前欣赏夜景时,我已经有点动摇了,心想既然到了这一步,那就什么都无所谓了。

不过,到底是什么让我急速刹车、迅速逃离房间的呢?

是社会上的一般常识,还是对家庭感到负疚?总之有一点可以确定,我没有闯入陌生世界的勇气。

更准确地说,应该是我身上的女性的自卫本能,在那个时候忽然起了作用。

不过,我到现在还是喜欢那位老师。他把我邀请到那个地方,说明他是看中我的。作为女人能得到他的认可,我感到很高兴。

而且,仅仅被他拥抱了一下,我的身体就像烈火一样燃烧起来,这也是从来没有过的。已经一年多没有与丈夫做爱了,是这个原因呢,还是我对老师的思念引发了身体上过度的反应?

不管怎么说,这样下去的话,本周的课我都没法去上。所以下定决心,给老师发了个邮件表示歉意:"前几天太对不起了。"

很快,老师就回信了:"没事吧,这个星期的讲座,你一定要来参加。"我心头的闷气立刻一扫而光。

四点过后,祐太回家了,我将刚烤好的黄金饼端给他,他问我:"妈妈,你最近怎么了?"

"什么怎么了?"我反问了一句。祐太回答说:"你看,你刚才还在哼歌呢,肯定有什么好事。"

"没……有啊。行了,快趁热吃了。"说着说着,我真想跳上两步。

教授来了个邀请,就让她得意忘形地飘飘然起来。那副样子——浮现在眼前。

不管怎么说,那得意忘形的样子竟然让孩子都看出来了,未免太轻佻了。

2月21日(星期三)23：30

女儿的中学在每个学期结束时,都要举行家长会。同时还召开家长联谊会,大家在一起用午餐。

今天就是期末家长会的日子,在日式餐厅的和室包厢举行。参加的几乎都是家庭主妇,大家都很在意同龄女子的视线,个个刻意打扮,唯恐落后。

这点连夏美都知道,她上学前还特别叮嘱我:"妈妈,你可要打扮得漂亮一点哦。"

女儿最近对穿着打扮的关心增多了,有时会用审视的眼光打量母亲的服装。说打扮吧,也很难,太过分的话就显得轻佻,还是挑了最普通的花呢套装,外加一件黑色外衣。

到了和室包厢,每张小桌子坐六位家长,大家一边吃,一边聊。话题理所当然都是有关孩子的补习学校呀文艺舞蹈班之类的,大家互相交换信息。母亲们都很热衷这些话题,一谈起来就像点燃的干柴般争先恐后地抢着发言,没有一个落后的。大家都谈女儿,也谈自己,就是没有一个人谈丈夫。

今天聚在这里的母亲,年龄差不多都和我一样大,都是支撑家庭的顶梁柱,她们与丈夫的关系到底如何呢?

仅仅从我周围的人来看,一张张脸都显得十分幸福安详。说不定啊,那幸福的脸庞下和我一样,都隐藏着冷却的夫妻关系呢。

随着对丈夫的热情减弱消失,那份热情、那份干劲都跑到孩子身上了。这样的母亲还真不少呢。

但关键是那些孩子将会怎样呢? 到了夏美这个年龄,孩子多愁善感,开始萌生自我意识,所以母亲过多干涉肯定是不对的。对家长的干涉,他们尽管感到腻味,但是还得硬着头皮听,不敢当面反抗。

就是说,夫妻关系不正常,会直接影响家庭,给孩子的心灵留下不良的影响。

"应该小心呢。"刚想到这里,坐在对面的小野忽然对我说:"哟,川岛太太,你真漂亮,比上次见到的时候漂亮多了。"

打扮得花枝招展的太太们的对话,我根本就不想听,想想就烦死了。那个当面对我妻子说"你真漂亮"的太太,安的什么心?

坐在小野边上的西村,她也和小野一起盯着我的脸看。"我从刚才起就一直在看你。肌肤像凝脂般亮丽光滑,你是不是换了一种化妆品?"

"不,没有啊。"我很坦率地答道。

小野立即追问:"那你肯定在服用什么营养增补剂了?""是不是去美容院或是健身房?"接二连三地问过来,搞得我都不知如何回答是好了。

当然我都没有,只能摇摇头。看到我摇头,小野深深地叹了一口气,"太令人羡慕了。我索取了多少通信销售的营养增补剂的样品,每个都大同小异,每天晚上我都贴面膜,没有一天落下,还抹最贵的护肤霜。结果怎么样?一点都挡不住衰老……"

最后她的结论是,"年龄不饶人啊"。周围的人好像都在等她这个结论一样,她的话音刚落,就一起点起头来。

的确,我也感到最近皮肤渐渐光滑起来,所以,得到周围的女人,特别是同龄女人的表扬,我感到很高兴。

到了我这个年龄,皮肤还能重焕青春。

用完午餐后,大家三三两两地离开饭店,这时刚才坐在边上的一位母亲特意跑过来,在我耳边轻轻地说:"川岛你身材也很好,肌肉结实又富有弹性。能不能教教我,怎么才能保持这样的好身形?"

我只好用暧昧的微笑来回答她。说穿了,我也不知道自己的身体是怎么回事。

只不过身子挺直了,是因为最近我渐渐地恢复了女人的自信?在回家的路上我一直想,也许那是因为……

是因为与清原老师有了交往才变的?

老师一直对我非常温柔,每次见面都必定要夸我:"你真美!""你太漂亮了。"而且不止说一次,要重复好几遍。

他每说一次,我浑身上下就热血沸腾,血液循环就会加速。这些对肌肤的复苏都有效果吧。

"热恋之中的女人是会变的。"她竟如此无所顾忌地写在日记本上。如果让丈夫看到会怎么样?当然,她很自信,根本想不到丈夫会看。

"我看到啦!"我情不自禁地想叫出来。

2月23日(星期五)22:20

晚上丈夫回到家后,连招呼也不打,径直回到书房,把门狠狠地关上。关门声之响,表明他心情不好。

随后我把饭菜热好,分在各个碗碟中,端上桌子摆好,也不见他出来。

没有办法,我只好到书房去请他。我敲了敲书房门,告诉他"晚饭好了"。他根本不回答,我又敲了一下,门忽然一下子打开了。丈夫从里面狠狠地拉开门,从我身边走过,到了餐厅。

"今天是有点反常。"我觉得有点不对劲,一看,丈夫坐在餐桌边上低头闷声不响地吃着,眼睛盯着电视机画面,根本不想跟我搭话。我没办法,也只好默默地向厨房走去。

谁知我刚转过身,他就叫道:"喂——你今天白天到哪儿去了?"

"哪儿……"突如其来的,我一下子不知如何回答。

"我往家里打了好几次电话都没人接。"完全是兴师问罪的口气。

"我到医院看婆婆去了,怎么了?"

婆婆两天前说腰疼得厉害,住进四谷的医院了。丈夫也是知道的。

"嗯,但是,你的手机怎么也打不通啊?"

他好像很得意,如获至宝地亮出了杀手锏。

"医院里规定手机都得关闭电源,你应该最清楚。"我再进一步反问他,"你一惊一乍的,有什么急事?"

这么一问,丈夫老大不愿意地喃喃:"那倒也没有。"说着目光又集中到了电视机上。

我又回到厨房去洗碗筷,一边洗,一边考虑。

丈夫为什么没有急事却老往家里打电话,如果有急事,把事情讲了不就行了嘛。难道他仅仅是想知道我在哪儿吗?

难道他侦察我白天的行动,是在怀疑我红杏出墙了?但是,他对自己的事情只字不提却专门来挑我的毛病,这算什么道理?

对,就算我鬼迷心窍,红杏出墙……

"就算我鬼迷心窍,红杏出墙",这种说法太狂妄了吧。

这简直就等于宣布,我已经红杏出墙了。妻子到底是从什么时候开始这样强硬的呢?最近好像是单方面受到压制,真令人恼火。

2月24日(星期六)23:10

最近丈夫的态度难以捉摸,有很多事令人费解。

第一,每个星期五下午,他必定往家里打电话。而且说的都是些芝麻绿豆的小事,比如"是不是该把春季服装拿出来了",或是"今天会早回家,给我准备好晚饭",等等。

我感到他是在窥测我星期五的动向。其实,上个星期五听完课后,我和老师共用了午餐,回家时顺道去了一下百货大楼。这时,丈夫又往我手机上打电话,但是我没听到。

就为这件事,回到家以后,他怒不可遏,冲着我嚷道:"你为什么又不接电话?"竟然还凶神恶煞地问我,"你到底在哪儿逛荡?"

"我有我的事啊。你那么不放心的话,就用根铁链子把我拴上好了。"我当然不示弱了。这么一说,他就不吭声了。

第二,前天晚上,他忽然一把抓起我放在客厅桌子上的《源氏物语》,顺手翻了几页,一副瞧不起人的样子看着我说:"你在学这种东西,现在学了还有什么用?"

我一听就非常认真地回答:"是啊,也许如此吧。"

迄今为止,他对我参加的学习班,如插花、烹饪班等,以及其他学习活动一概不感兴趣,有关日程我也不向他汇报。只有《源氏物语》讲义班,他是横挑鼻子竖挑眼的,这说明他是在怀疑星期五的事了。

即使丈夫对我的行动有怀疑,他也不可能成天监视着我。他好像知道我的行动,也了解我的心理一样,从他那追问时讽刺的口气来看,他是察觉到点什么了。

不过,关于与老师的事,我连在日程安排记事手册上都没有写,丈夫是怎么知道的呢?

"莫非他……"

二十四日的日记,最后一句"莫非他……"是什么意思?他是不是怀疑自己的日记被偷看了?

如果她察觉到了的话,应该将日记本藏起来呀。但还是毫无顾忌地放在床单下面,这说明她并没有怀疑。

2月25日(星期日)22:50

前两天,文化中心的课结束后,又与老师共进午餐。用餐时老师再次邀请我:"我们一起去看《源氏物语》画卷展吧。"

横滨崇光百货大楼最近正在举行《源氏物语》画卷展,将德川美术馆、五岛美术馆等收藏的画卷的临摹复写本汇集一堂展出。每幅都以精湛的笔法临摹得惟妙惟肖,色彩鲜艳,足可以假乱真。

我也请求老师:"请一定带我去。"

"下个星期六怎么样?"老师问我。

我回到家查了查丈夫的日程安排,他星期六要去打高尔夫,就给老师发了个邮件:"下个星期六可以吗?"

老师马上有了回信:"没问题,时间可以充裕一点。中午出发行吧?"

那天祐太正好有足球赛,夏美的日程安排还不知道。但是中午出发完全没问题。我马上给老师回了个邮件,回答说可以,然后着手准备外出。和老师一起到东京以外的地方去,还是第一次。

连日来有点心猿意马,对外出一事心里也有一丝不安。但只不过是横滨嘛,这点距离,没什么大惊小怪的。

就算是单独和老师一起,目的也是参观《源氏物语》画卷展览会",等于文化中心补课,不必介意。

我在心里不断地告诫自己,努力安静下来。但是按下葫芦浮起瓢,一个担心打消了,另一件事情又来了。

"到横滨去的事,是不是要事先告诉丈夫呢?"

不过,最近丈夫对我外出非常在意,简直有点神经过敏。在这种情况下,如果告诉他我要到横滨去,还不知道要被他怎么说呢。

我决定还是不说为好。随后,用电脑查看有关展览会的内容。

和教授一起去横滨,还想隐瞒。一看日记本不就一目了然了嘛,不说也没用。

她还以为不说就可以瞒天过海了,实在是幼稚、愚蠢,太小儿科了。

2月28日(星期三)24:00

丈夫又很难得地早早回家了,吃完晚饭,到浴室去洗澡。

不一会儿,只听丈夫在浴室里叫唤:"哎,过来一下。"我走到浴室前打开门一看,丈夫背朝门,一丝不挂地站在那里。

看到这光景,我吓了一跳,往后退了一步,尽量装作若无其事的样子问他:"什么事?"

"你给我看一下,这里长了什么?"

丈夫扭着身体,用手指头指着脊梁中央问道。

我定睛仔细一看,丈夫指的部位有点红肿。

"好像长了个红疙瘩,有点肿。"

他马上将盥洗台上准备好的软膏递给我,说:"好,你帮我在那里上点药。"

我接过软膏,从管里挤了一下,将黄色的膏药点在手指上。这黄黄的软膏有点像小青虫,很可怕。没办法,我强忍住恶心,将软膏涂在丈夫刚洗完澡还在冒热气的身上。黏糊糊的、滑溜溜的,实在恶心。我将手指上残留的一点都抹在丈夫的背上,再用毛巾擦了好几遍手。

"涂完了。"

我告诉了他一声,随即将软膏盖上,就像逃避瘟神一样逃回厨房。跑到一半,我还用围裙又擦了一遍手,然后又坐在电脑前开始记家庭收支账。

洗完澡后,换上浴衣的丈夫冷不丁地站到了我身后。

"你累了吧,我给你揉揉肩膀。"

说着,就将双手搭到我的肩上。他双手触摸到我身体的那一瞬,我只觉得一股寒气从脊梁上掠过,不由自主地蜷缩起身体。

"别碰我。"我一边擦着键盘,一边扭动着双肩,试图摆脱丈夫的双手。

丈夫一看,舌头咂了一声,说:"你不喜欢吗?"随即噔噔地向书房走去。

客厅里荡漾着一股险恶的气氛,书房的门砰的一声关上。听到这一声,我僵硬的身体中一根绷紧的线才松弛下来,肩膀也放松了。

对了,那天我洗完澡后,是让妻子帮我涂过软膏。之后我想帮她揉揉肩,这是爱情的表现。但是她却说"别碰我",不让我碰,太不可爱了。

以前,当然是在很遥远的过去,我也给妻子揉过肩膀,那时她舒服得连眼睛都闭起来了,直呼:"舒服,舒服,太感谢了!"现在给她揉肩却是这样的反应,简直是天壤之别。这个变化是从何而来的呢?

是对我和诗织交往一事的反弹,还是出于对教《源氏物语》的教授的礼节呢?

不过,我可完全没有恶意。非但如此,我只想让妻子放松一下,完全是出于好意。然而却遭到她的拒绝,这是不识好人心。不仅是妻子不应该有的态度,同时也是对丈夫的反抗。

近来丈夫的态度渐渐在变化,这是确实无疑的。

他明显比以前想接近我。今夜还特意把我叫到浴室,让我看到他的裸体。明明是自己可以涂的软膏,却让我帮他涂。非但如此,还忽然要为我揉肩,倒让我感到不舒服,无法接受。

总而言之,我也感到很吃惊,碰到丈夫的身体,或是丈夫碰我的身体,我都厌恶,超过以前任何时期。

我并不是刻意或有意要那么做,而是我的身体单方面拒绝,也不必特别去命令,身体远比我的意志顽固、老实正直。

女人这样的心情,丈夫知道吗?不,他肯定无法理解。

忽然,我感觉丈夫好像要来了,急忙关闭电脑,整理了一下厨房就到寝室去了。

老实说,这里才是能逃避丈夫纠缠的太平场所。进入这个房间,他就不会再对我说三道四,也不会来碰我了。

我们虽说是夫妻,但是待在自己的房间里才最有安全感,这样的妻子也是绝无仅有吧。

总之,我们的夫妻关系正在慢慢走向崩溃,这也是无可争辩的事实了。

老实说,最近我总感到,偷看妻子的日记对精神健康不利。因为她写的都是令我郁闷、焦躁不安或不愉快的内容。

好了,到此我应该狠下心,再也不去看日记本。但是,看到下一页上也有文字,忍不住又继续读下去。

3月3日(星期六)21:30

早晨吃完早餐后,夏美看着装饰在客厅里的小偶人,问:"这些偶人要摆到我几岁的时候为止啊?"

我回答道:"到夏美出嫁为止。"

我家的女儿节①偶人是公寓迷你型的,只有日本天皇和皇后一对偶人,是夏美出生的那年买的,已经用了十三年,这样每年拿出来装饰,这两个人也该是中年夫妻了。想到这里,我禁不住苦笑起来。

夏美很认真,"嗯"了一声点点头,继续问道:"那,如果我不结婚呢?"

---

①正式名称是"雏祭",又称偶人节、桃花节。每年3月3日,有女儿的人家都会摆设精致的偶人,配以桃花作装饰,祈求女孩幸福平安、健康成长。

"那就得一直摆下去了。那可不得了。"

说完,两个人哈哈大笑。就在这时,丈夫走过来,在桌边坐下。

夏美不失时机地问了一句:"爸爸,今天是女孩子过的节日,你知道吗?"女儿显得很高兴。

丈夫随声附和:"哦,是吗……"随后又略微想了一下,邀请大家说:"好吧,那么今天晚上一起去下馆子吧。"

难得的星期六,不去和那个女人约会吗?可真奇怪了。

每年女儿节一定都在家里做散寿司饭,所以女儿冲我伸过头来问:"妈妈,今天晚上不吃散寿司饭了?"

丈夫一听就说:"妈妈够辛苦了,偶尔也让她休息休息。"

当然,他不是对着我说的,而是对着女儿说的,因为有些不好意思。

即使那样,能听到从丈夫嘴里讲出安慰的话,按理是高兴的事,但是先于高兴而来的是毛骨悚然的感觉。

不管怎么说,最近丈夫经常周末待在家里,那个女人怎么样了?

据护士长讲,那个女人过得很快活,那是因为与丈夫关系好,还是因为多少和丈夫有了点距离,能享受自由行动的时间了?

说不定是后者。

因为我周末邀请全家一起外出吃饭,就猜测我和诗织的关系,甚至怀疑我和诗织的关系,甚至怀疑我和诗织产生了裂痕,这样的想象证明她无论处事还是考虑问题,完全是只顾自己方便,相当愚蠢。

我和诗织的关系纹丝不动,和以前一模一样。

只不过我太忙了,无法照顾好她,她才学会了约朋友一起玩。当然,这方面我会收紧缰绳的。诗织还年轻,不大会为他人着想,也容易任性。

不过,在经济上,我是占有压倒性优势的,我照顾着她,她无法简单地离家出走。

在丈夫的带领下,我们来到了西麻布新开的安德烈意大利餐厅。这家餐厅的店长原来是丈夫经常去的六本木店的店长,丈夫向他介绍说"这是我太太",他马上很诚恳地说:"我以前一直承蒙您先生的照顾……"

这么说来,他以前和那个女人也一直去了。店长或许会比较我和那个女人吧,我有些不愉快。

丈夫根本不知道这些,一边吃饭一边问我:"那个,情人节的答谢礼物送什么好呢?"

不知刮的是什么风,以前丈夫曾托我为他购买礼物,那是为了答谢情人节给他送巧克力的病人。但是,却从来没回赠我什么礼物。当然,我也没有指望过他会送什么礼物。

"那么,给我买个特别高级的吧。"我回了他一句,丈夫听了微微一笑。

对于丈夫的突变,我感到非常吃惊。迄今为止,他根本没有对我说过一句温柔的话,也没有为我想过一件事,而今天却是这样。为什么会有如此大的变化?

是不是他忽然觉悟到了家庭的重要了,还是因为他和那个女人的关系出现裂痕了?

吃完晚饭回家后,一家人都睡着了,家里四下静悄悄的,我一个人起来,走到偶人架前仔细地凝望。

铺着红色绒毯的阶梯陈列架上坐着一对男女,笑容可掬,和睦相爱。这二位中间有什么坚实的纽带吗?

今天晚上就这么摆放着吧,明天得趁早收拾起来,否则"女儿会找不到婆家"。我想起了这个古老的传说。

"不过,嫁不出去的话,也不必勉强。"我眼前浮现出夏美熟睡的脸庞,喃喃地说着。

我特意把他们带到意大利餐厅去吃了一顿,妻子却说什么"这温柔有点毛骨悚然"。这是什么话!

到了这一步,妻子不仅不可爱,甚至有些傲慢,乃至厚颜无耻了。

3月6日(星期二)23:30

早上起来有点头疼脑热的,浑身乏力。

再有四天,本周六约好要和老师一起去横滨看《源氏物语》画卷展,无论如何要在之前恢复健康。

让孩子们吃过晚饭后,我到床上躺了一会儿,用体温表一量,三十七度五。撑着起来到厨房去吃了点感冒药。这时外面的大门响起了开关的声音。

好像是丈夫回来了。我下意识地看了看表,指针正指向十点过一点儿。这么早就回来了,可真罕见。

丈夫好像看到厨房还亮着灯,就先到厨房来了。我刚要对他说"你回来啦",就被一阵咳嗽打断了。他问我:"是不是感冒了?"

我把症状和服的药的名字告诉他,丈夫想了一想对我说:"你到哪儿躺下来。"

也许他要对我进行触诊,我一想到他的手要来摸我,就一阵紧张,忙装出笑脸说:"肚子并不疼,没关系。"

但是丈夫却不听,用手拍了拍沙发的皮面,催促我说:"行了,快躺下。"

"不用了,我站不稳,想早点休息了……对不起。"我向他道歉,更致谢说,"谢谢你啦。"

自己也不明白到底讲了些什么,说完就朝客厅门口走去,丈夫用冷冰冰的口气在我身后说:"你是不是死也不愿意让我摸你的肚子?"

"没有,哪有这种事。"

我尽量轻声地回答他。就在一瞬间,丈夫的声音忽然尖锐起来。

"你是不是在外面有相好的了?"

一时间,我不知道说什么好,顿时目瞪口呆,扶在墙上的手也顿住了。

"你说什么呀,真无聊!"

那天晚上,我确实第一次向妻子发难:"你是不是在外面有相好的了?"妻子的反应是一下子目瞪口呆,过了一会儿才说:"你说什么呀,真无聊!"好像要把我用力甩掉一样。

从最后一句话来判断,她是完全否定了。但是在说话前有几秒钟的停顿,一下子语塞了,这可逃不过我的眼睛。

如果她心中没有鬼,说句"你说什么呀"一下子否定就好了。但是她怔了一会儿,然后再拼命地否定。这样的反应太可疑了。

我是这么考虑的,所以对她穷追猛打。

你有来言,我有去语。丈夫颇带挑衅地说:

"那就让我看看吧。"

他好像是说,既然没有相好的男人,让我摸摸你的皮肤也没什么关系。没办法,我只好认命了。再拒绝的话,丈夫更不高兴,反而会让他起疑心。

我只好死了心,穿着睡袍在面前的沙发上躺下来。丈夫跪在地板上,将双手伸向我的腹部。

我拼命地告诉自己:"就这么点小事,没关系。"丈夫那带着体温的手触摸到腹部的一瞬间,我浑身像触了电,一阵颤抖,厌恶感传遍了全身。

我真想让他马上就停止,他的手在我腹部毫无顾忌地上下乱摸,然后还说:"把嘴巴张开。"对我的喉部观察了一番,又自言自语地说:"扁桃体有点肿大。"

他在做什么呀?这样的说法简直像在观察动物一样,我都看呆了。不一会儿检查做完了。

"谢谢。"我总得向人家道个谢吧,然后迅速站起来,径直向走廊走去。

"喂,"刚走到一半,被丈夫叫住了。他问道,"要不要抗生素?"

"刚才喝过药了……"我简单明了地答复他,又说了一句"我先睡了",就回到自己房间去了。

在房间里,我先定了定神,然后才上床。耳边仿佛又听见丈夫在说:"你是不是外面有相好的了?"

毫无疑问,丈夫是在怀疑我了。

我看了这么多日记,不怀疑才怪呢。
在教授的引诱下,连吻都接了,以为还能隐瞒过去。企图瞒天过海的妻子实在太可笑了。

3月9日(星期五)22:50

感冒好像是好了一点,今天去文化中心上课。

我与老师亲密相处,会不会让听课的学生觉察出来呀?我很担心。但至少目前还没有那个迹象。

上完课后,像往常一样与老师共进午餐,一边用餐,一边商定了明天约会的地点在涩谷车站忠犬八公像前。

最初觉得约会地点选在那么一般、甚至有点俗气的地方,不过又一想,那里都是年轻人碰头的地方,就又有点兴奋,感到很高兴。

"肯定是个好天气。"老师告诉我。我报以笑脸,只是一个劲儿地点头,忽然想起了上小学时去春游前几天的情况,那时也是坐立不安。不,或许现在要比那个时候更紧张、更兴奋。

"那么就明天中午十二点见。"我们再次确认了一下,然后分手。之后,我也不知怎的,神使鬼差地去了一趟银座的百货商店。

最近不知怎么搞的,看的全是新款服装和新款化妆品,肯定是有很强烈的化妆打扮的欲望。今天早上,就连女儿夏美也高兴地对我说:"妈妈你最近年轻多了。"

哪家商店里都琳琅满目地挂着各种款型的春季服装。我一件件地比试着,脑子里想象着自己穿着这些服装的形象。

最近在家里,也经常照镜子,还经常称体重。加上心情变得十分快乐,把家里客厅的窗帘都换了,还花了半天时间,把平时不太打扫的阳台彻底地打扫了一番。

这都是因为漂亮,是大家都说我漂亮的结果,我就渐渐对自己感起兴趣来,也开始有自信了。

傍晚,我开始挑选明天赴约的衣服。

白衬衣,外加米色套装,胸口略微敞开,裙子是眼下流行的裙脚略收成花苞状的,手上提一个对开的装饰小包。

这身打扮,老师肯定也会喜欢。

与教授去约会就拼命打扮自己,这是有些发疯了。

女人原本只为丈夫打扮,现在倒好,为别的男人打扮,她把自己的丈夫放到什么位置上了?

3月10日(星期六)23:30

今天是期盼已久的日子,要与老师两个人一起去横滨。

中午十二点,我们在涩谷碰头后,坐东(京)横(滨)线特快列车去横滨。老师是银灰色的西装加粉红色衬衣,显得格外轻松潇洒,与我的粉米色正好相应相配。

星期六下午电车比较拥挤,我和老师并排坐在一起,兴高采烈地出发去远足。

电车只用了三十多分钟就到了横滨,我们随着人流从车站东口出来,不一会儿就到了崇光百货大楼。老师好像事先调查好了,一点也不迷路,一口气来到六楼美术馆。

入口处写着"复活的《源氏物语》",德川美术馆、五岛美术馆多年精心收藏的画卷,跨越千余年的时空展现在我们面前。特别是使用现代高科技手段,通过X光摄影和颜料分析,看到了当时的图案和色彩,耗费了近十年的时间,对画卷进行了临摹和复原。

宽敞明亮的展示会场内,展出了十九卷画卷和书法挂轴,还有原画的照片,生动地再现了平安朝贵族的生活情况。

每卷画卷和照片都附有解说词,老师还增加了许多补充说明。比如《源氏物语》第十六帖《关屋》的场面是空蝉与丈夫常路介一起去任国赴任,任满返回京城时的情景。返回途中,在枫叶似火的逢坂关偶然与正要到石山参拜的源氏一行邂逅。画面上山景、牛车、侍从等描绘得栩栩如生。空蝉与源氏身份相差悬殊,无法正面相见,只好将隐藏在心中的思念通过诗歌表现出来。

"去日泪如雨,来时泪若川。行人见此泪,错认是清泉。"

老师满怀深情地将这首诗低声吟诵了一遍,然后解释道,当年源氏只有二十九岁,正当年富力强之时。

省吾眼前好像出现了妻子兴高采烈地与教授一起观看《源氏物语》画卷的场面。妻子从什么时候开始文章写得漂亮起来了。不,是与教授在一起,高兴的心情自然在笔下流露出来了。

总之,无聊之至。

也许这些临摹作品是从当时的原作直接复制下来的吧,色彩都比原画要鲜艳,原画基本上都褪色了,根本不可想象能临摹出那么漂亮的作品来。特别是《竹河》和《宿木》,画中的姬君和侍候她的宫女们身着的服装,白、赤、青、黄、绿等,几乎都接近原色,就像争奇斗艳、姹紫嫣红的百花园。

最令人感到不可思议的是当时的住宅,如《柏木》等画中,因与三公主私通而受到良心苛责的柏木重病卧榻不起,夕雾大将去探望他时,他婉转地委托夕雾大将为他向源氏道歉的场面。

但是如此重大的场面,谈的又是如此重要的话题,却是这边在谈话,那边只隔着一帘幔帐,有好几位女侍守候在边上。

"这样商量事情,还不让侍女都听见了,还有什么秘密可言?"我不放心地问了一下。老师苦笑着说:"没关系。"

当时的贵族和侍女身份有天壤之别,侍女听到的话,不可能传到其他贵族耳朵里。再加上侍女也基本只是专门服务于自己的主人,几乎终生不变。

不像现今,无论什么事情,几乎立即就会传播开来。《源氏物语》的时代是非常悠闲自得又优雅的时代,是我们现在根本无法想象的。

学到很多东西,画卷一一看下来,已经是下午两点了。

老师说:"好像有点腹中空空了。"我点点头,老师马上劝诱道,"这附近有家很高级的宾馆,到那里的餐馆去吃吧。"

今天我反正是一切都交给老师了,我点点头,我们从画展会场坐电梯下到二楼,在步行街上走了几分钟后,眼前忽然出现了一片大海。

"真漂亮啊!"

春天的阳光洒在蔚蓝的大海上,波光闪闪。我看得心旷神怡,老师指着前面的宾馆对我说:"到那家饭店的顶层去。"

我顺着老师手指的方向一看,前方海上有家半侧是半圆形的很独特的宾馆,得坐摆渡船才能过去。

两个人尽情地看完画展后,要坐船渡海去宾馆。这个教授到底想要做什么?

欢天喜地地听从教授诱骗的妻子也成问题。

这次是大白天,不可能发生上次那样的事情。但千万不能大意。

老师真是见多识广,几乎没有什么不知道的。这可能就是挑起女性好奇心的伟大之处吧。

说话间,就坐着海上巴士,在海风的吹拂下来到了宾馆前面。这家宾馆很雅致,我们坐电梯来到了最高层。

从顶层的窗户往外一看,我情不自禁地叫起来:"太美了!"

眼前是一片大海,春季阳光照耀下的东京湾向远处伸展,一直到海湾大桥。右边可以俯瞰大栈桥和山下公园。

"感谢您把我带到这么漂亮的地方来。"

我再次向老师表示感谢。老师微笑着说:"只要你喜欢,我就很高兴。"

喜欢也好,不喜欢也好,被邀请到这么浪漫的地方,我还是第一次呢。而且是男人的邀请。

我们马上开始用餐。老师到底和谁一起到过这家宾馆呢?想到这个问题,我就感到有些嫉妒。

"您和您太太来过这里吗?"我稍稍带点挖苦地问道。

老师一听,连忙摇头。"没有,没有。我想你大概会喜欢的。预先来看过一次。"

是真的吗?我想大概是假的。但是他这么说,我很开心,就全盘照收吧。

欣赏完优美的《源氏物语》画卷后,在春风的煽动下,我们渡过大海,来到豪华宾馆的餐厅用午餐。能享受到这么多,我的身心都感到非常满足。很想就这样永远沉浸在这个世界中。老师好像看穿了我的心事,喃喃地说:"累了吧,休息一会儿吧。"

在哪儿休息呢？我觉得很奇怪，有地方吗？这时老师静静地站起来，说："到房间里去，好好看看海吧。"

我不知道是什么意思，也跟着老师站了起来，跟随他走。

光天化日之下将别人的妻子诱骗到宾馆去，真是个岂有此理的老东西！

我还从没见过这样的采花大盗呢。而妻子轻而易举就中了人家的圈套，也真是的！

"浑蛋！"省吾在心里骂了起来。但是结局如何，还得看下去。

老实说，我根本没想到会有宾馆白天就往外预订房间。不过，话得说回来，宾馆是二十四小时运营的。尽管是白天，房间当然也可以使用了。

那么，老师是什么时候订好房间的呢？在我们二人看画展的时候，还是在吃饭的时候？我好像没看见他有开房的举动。或许是之前就预订好了吧。

不管那些了，我随老师进了一间高雅而明亮的房间，拉开窗帘，大海就在我们眼底。看到这样的大海，我的心灵就被无限地解放出来，变得温柔了。

"天气太好了，你看，可以看到对岸码头的未来广场。"

老师手指的前方有一幢很别致的大楼，但更令我心跳过速的是老师的胸口就在我眼前。

午后的阳光从晒台上射进房间，淡米色的墙壁照得很明亮。这里不像上次夜晚的饭店房间那样，有一股神秘的妖气。

但是，在我们身后有一张硕大的双人床，盖着床罩，在静静地等待。

尽管很明亮,但这里确实是私密的房间。

如果老师在这里再提出要求,我该怎么办?我正这么想着,老师的脸一下子凑了过来,顺势就一把抱住我的肩膀。

"啊——"我叫了一声,同时老师的嘴唇就触了上来。最初我还躲避,但是随后就避不了了,任凭老师摆布。

女人只要允许了一次,就会不加抵抗地完全许可吗?

我被老师紧紧地抱得连气都透不过来了。"放开我。"老师一下子把手放松,把身体让开,然后把窗帘拉上。

刚才还很明亮的房间,一下子跌进黑暗之中,打开台灯后,房间里才有了一丝光亮。

"SNSIN DKRT BONTORKM AIBOUKT WTSW SBTO YRSTSMU."

这到底是怎么回事?为什么忽然在这里冒出英语来了?不,这是真正的英语吗?

省吾又从头开始,对那些字母琢磨了一番。

"SNSIN DKRT……"

每一组字母都像一个单词,但是是什么意思呢?一点都看不懂。

会不会是别的国家的语言?我都看不懂的文字,妻子怎么会懂?她大学学的是日本文学,自己也承认英语很蹩脚。

妻子为什么在这里要用英文字母呢?

太奇怪了,省吾苦思冥想,忽然想到:"会不会……"

这不会是密码吧?无论怎么解读都读不懂,或许是妻子自己任意创造的密码。

但就算是密码,也读不懂,意思一点也不明白。而且,为什么要在这里使用密码?

到这里为止,有关教授的事情都一五一十地记录得很详细,没必要隐瞒嘛。那样说来,在这里忽然改用密码,说明她已经察觉到我在偷看她的日记了?

但是,就在这之前,她还是跟以前一样写得很详细。为什么最后的部分故意改了呢?

"尽管是日记,但这一部分想要隐瞒?"

省吾不由得呻吟起来。

也许,在这之后,对两个人来说都发生了重大事件。她不愿意想下去了。是不是与教授的关系加深了?所以,那样的事情是无法叙述的。

省吾觉得被讨厌的预感俘虏了,他再一次试图解读那些密码。

"不对!"

我妻子怎么会莫名其妙地开发密码呢?这都是自己思虑过度。也许这些字母没有别的意思,只是妻子信手写来的涂鸦。

确实如此,他一个人喃喃自语,但是并没有完全赞同。

到底出了什么事,省吾觉得好像钻进了一个没有出口的大迷宫。

奇怪的字母,让省吾感到困惑。

或者说,这些字母原本没有什么意义。不,事情没那么简单——日记跳过了一天,写上了新的日期。

3月15日(星期四)23:00

这几天老师没有发邮件过来,最后一封邮件是在三天前。

在这之前,我给老师发了一封表示感谢的邮件,感谢他陪我到横滨参观。老师马上回了封邮件:"难忘的一天。"

最后一封邮件收到后,只是才过去三天,并不是长时间没有联系,但就是放心不下。

上午打扫房间时,我不断把放在围裙口袋里的手机拿出来查看有没有来过电话,每次期待着大概会来吧,但是打开手机一看没有,画面上只出现没有新邮件的提示,令人垂头丧气。

一边擦厨房的地板,一边在考虑,莫非老师对我感到厌倦了,找到了更好的年轻姑娘?我感到非常不安,但接着就讲给自己听,老师肯定是因为工作繁忙才没有联系的。

这种不安和安心在我心中不断交替出现,令我无法平静。

像老师那样能得心应手地与女性交往的男人是很罕见的。他有深得女性欢心的技巧,这说明他恋爱经验丰富。

老师的周围一直有许多女人,像我一样心情激荡热血沸腾并不是什么怪事。这样一想,就觉得自己很可悲,为什么要那样以自我为中心,忘乎所以。

"志麻子,坚强些。"我一边对自己说,一边思考。就在这时,好像看透了我的心思一样,手机提示音响了。

"是老师发来的。"我迫不及待地打开一看,果然是老师发来的邮件。标题是"你好",里面写道:"明天是星期五,像往常一样,午餐后我想与你好好谈谈,到傍晚为止。你有时间吗?"

明天约了百货商店的外销员把做好的女儿的校服送过来,现在和他联系一下,让他改日再送。

老师在想什么,我不清楚。不管怎样先给他回复吧:"可以的,没问题。"

教授一叫,她就抛弃家庭,找时间去幽会。妻子爱上教授了,何止如此,他们肯定关系很深了。想到这里,我简直快要发疯了。

3月16日(星期五)23:30

按计划在文化中心上完课后,到一直去的餐厅与老师一起用餐。

吃到一半时,老师问我:"下面的时间没问题吧?""是的,没问题。"我回答。今天下午的安排全让我取消了,孩子们五点钟回家,在那以前都是自由时间。

吃完饭,老师说:"那么走吧。"他邀我坐上电车,到了品川的一家饭店。最初与老师一起去饭店时非常紧张,不知所措。最近习惯了,也就不那么紧张了。

再说,这家饭店里还有电影院和水族馆,白天两个人在这里走走没什么奇怪。也许正是考虑到了这点,老师才选择了这家饭店。

在往来的人群中,我们向主楼走去。一边走,老师一边轻声地说:"真想与你单独在一起。"

我只要听到老师的声音,浑身就会像点着了火一样迅速热起来。

我们径直进了饭店的房间,这才有点放心了。到了这里,就不会再受到干扰了。

"FTTB SNSIN DKRT WTSNZNSNG MEAGR."

这天的日记,又是以字母结束。字数要比上一次少。这到底是什么意思?

上次两个人到横滨的宾馆去,最后也是以字母组合结束的。这么看来,她写的是密码了。

省吾再次努力,心想一定要把它破解了。但还是没有成功。他忽然想到与上次有什么区别,就将上次的与本次对比,有不少是相似的。

"还是不懂。"

或许,这是妻子为了扰乱我的头脑而发明的游戏?

第十二章 反败为胜

无论是在医院,还是独自待在院长办公室,或是驾驶着车子上下班,不知怎么搞的,妻子的日记本都会忽然浮现在脑海中。

今天她又去哪儿了?莫非、莫非又去与那位教授幽会?那一行不可思议的英文字母表示什么意思?一想起凡此种种的问题,就无法收回思绪。

话虽如此,自己对这种妻子怎么会如此在意?

说实话,以前可从未思考过妻子的问题。

清晨,从前脚跨出家门的那一瞬间起,妻子的事就干干净净地忘在脑后了。夜晚回家之际,吃晚餐时,或寻找很晚回家的借口时,才终于想起妻子的存在。也就是说,尽管妻子是一直在家的,却和不在家一样,是空气般的存在。

然而,现在只要稍微空闲下来,就在意起妻子的事。

从前,妻子对自己的一举一动可是十分在意的。特别是与诗织在哪儿约会,两人在一起干了什么,她全身的每根神经、每个细胞都似乎敏感如地雷探测器。

而今忽然发觉,自己也变成那时的妻子了。

说句心里话,现在只要是与妻子有关的事,全都想知道。并不是知道了会怎么样,总之,先得把握住妻子的全部动向。

这是自己与妻子交换立场的时机,正如逆转现象。

无论如何,要在详尽了解妻子全部行动的基础上,再干净利落地诘问个水落石出。

因此,那英文字母的暗号是问题的症结。一遇到危险的场合,这个暗号必定冒出来。毫无疑问,这里面肯定隐藏着重大秘密。

省吾再次将日记本拿出来,将里面出现过的两次暗号排列组合,从不同的角度进行思考。正如智力测验,年轻时可是他的拿手好戏,百难迎刃而解。

经过无数次的思考,将字母变化排列,终于捕捉到一个重要启示。

莫非,这些字母只是去掉了母音的最初的拼音标记?

比如前面日记中记载的"FTTB"意味着"再次",以下的"SNSINDKRT"意味着"被老师拥抱"。①没错。

"浑蛋!"省吾不禁粗鲁地叫骂起来。

事到如今,妻子与那个人发生了关系,这是毋庸置疑的了。

这种事情,你以为能骗得过我吗?单单这些刺眼的字母就令人怒气冲天了,省吾忍不住将日记本狠狠地摔在地板上。

妻子水性杨花,见异思迁,并且与那个男人已经过从甚密,这已成为铁板钉钉的事实。

"是可忍孰不可忍……"

省吾恨不得立刻就将日记本摆在妻子眼前,让她坦白交代,叩头

---

① "FTTB"是"FUTATABI"即"ふたたび"读音的缩写,为"再次"之意。"SNSINDKRT"是"SENSEI NI DAKARETE"即日文"せんせいにだかれて"读音的缩写,为"被老师拥抱"之意。

谢罪。

而今妻子淫荡不贞,真是连她那张脸都不想看见。

不过,这样的话,妻子也会以牙还牙,把自己的事抖出来,朝自己大哭大叫,那么夫妇俩就会一同陷落于烂泥沼泽不能自拔。省吾好容易控制住情绪,为避免这种危机,必须保持足够的冷静。

再不想看第二次了。这与其说是一本日记,不如说是恶魔之书。

3月19日(星期一)23:30

最近差不多每周有一次,跟朋友一起观赏歌舞伎、歌剧,或去餐馆吃饭。不在家的时候,就请住在杉并区娘家的母亲来帮忙照顾孩子。

母亲对我外出并不愉快,但每次来都能见外孙们,所以还是很乐意。

不管怎么说,每天闷在家里,也不能改善与丈夫冷战的状况。出门之后心情要舒畅明朗得多,还能忘记与丈夫不和睦的烦恼。

今晚又与藤野绘里去上野观赏歌剧了。十点多刚回到公寓的地下停车场,就与回家的丈夫不期而遇。

"干什么去了?都这个时间了……"丈夫一看到我就怒吼起来。

"去看歌剧了。"我一边走一边将歌剧的剧照说明给他看,丈夫紧绷着脸,在电梯里一言不发。

今晚去观赏歌剧,因此我特意穿了一件露背的黑丝绸长裙。一半是为了恶作剧,我故意将大衣脱下一些,转过身将后背朝着他,说:"哎,看看,美吧?"丈夫厌恶地咂咂嘴:"成何体统……穿得正经点。"他的语气充满责备。

这种窘迫的氛围中,丈夫目不转睛地盯着电梯上显示楼层的数字,忽然用一种来回撬汽车锁似的阴沉沉的咔咔声诘问:"跟谁一起去的?"

"什么?"

"问你跟谁去的?"

"跟绘里呀。"我回答。

"孩子们呢?"

"我母亲在帮忙照看。"

丈夫愣了一下,厌恶地哑哑嘴,电梯门一开,就头也不回地快步迈入房间。

在停车场与妻子不期而遇,就是那个夜晚。

妻子穿着袒露整个后背的长裙。她何时变成了那种品行不端的荡妇了呢?一想起那后背是为了让相好的男人抚摸,就恨不得狠狠啐她一口唾沫。

3月21日(星期三)24:00

春分日。又是藤野绘里来电话邀请我共进午餐。

今天学生时代的好朋友真纪也一块儿来了,在绘里家附近的惠比寿的餐馆,三人都仿佛回到了学生时代,情绪高涨,谈话无拘无束,真有劲。

真纪的丈夫在外资的证券公司工作,这次他要去纽约赴任。"搬家真是辛苦呀,因为我先生是只身赴任。"说着说着,她的语调反而高兴起来。

仔细听下去,才知道真纪为了孩子的教育,自己带着孩子留在了日本。

"和你先生分开也不在乎吗?"

"偶尔的别离,也不失为一件好事。"真纪爽快地回答。

真纪的丈夫是再婚,两人结婚时,被嚼舌的人说成"超越十年的掠夺之爱",就这样,两人之间的阴翳如此迅速地被遮蔽过来。这样想来,夫妇之间的爱情"纽带"究竟是什么呢?事到如今,我不禁更加怀疑。

然而真纪中止了自己的话题,将话锋转向我。

"哎哎,志麻子,你最近好像越来越漂亮啦。"

"哪有的事。"我摇头否认,嘴边却不禁绽开绯红的微笑。

这时真纪的手机响起来,绘里见真纪起身,见缝插针,像早就预备好了话题似的将脸凑过来。"真纪说得对,你最近光彩奕奕哟。"说着说着就逼近我,"差不多了吧,把你的相好坦白出来吧。"

我想了一会儿,觉得跟她们说出来也可以,就坦然地回答"教国文的清原老师,还记得吗?"

"啊呀,想不到,是那位老师……"绘里一下子张口结舌,一句话也说不出来。

中途真纪回到座位,这个话题一度断了。晚上回家后,绘里又来电话,我利用这个机会,将对老师溢满胸中、似乎要迸裂出来的感情一五一十直率地吐露出来。"干得好!"绘里也赞成。

尽管只告诉了绘里,但由于说出了心里话,不知何故,仿佛增加了一个共犯似的,反倒充满了安心感。

将红杏出墙的丑事坦白给朋友,自己反倒轻松起来,究竟唱的哪一出?

这朋友可真是朋友,听到这种事反而加劲和鼓励。妻子她们干的事,完全是智力低下、为所欲为,真是令人惊讶得无言以对。

3月24日(星期六)23:30

到现在为止,与老师的每次约会,吃饭、情人旅馆和出租车的费用,全部都是老师支付。

总觉得不好意思,但是老师一说"师生关系理应如此",就次次承蒙了厚意。听说老师下个月月初生日,为回报平时的厚待,想赠送一件饱含爱情的特别的礼物给老师。

最好是手工织物,而且是老师平时总是不离身的东西。只要想到这件事,我的心绪就激动高扬。

最初,我打算为老师编织在早春季节能穿的薄毛衣,编织两件一样的,与老师成双成对。即使不能同时穿,但只要一想起老师与自己穿着同样的毛衣,就感到老师此刻就在身旁。

然而,老师有夫人,织毛衣或许反而会给老师带来麻烦。

左思右想,最后决定给老师手工制作一个靠垫。但凡是老师,都会有轻度腰疼的毛病嘛。有时看到老师的手不经意地放在腰边,做护腰的动作。也许并非什么大病,但写论文时腰后有个靠垫靠着,肯定会舒服很多。而且靠垫或许也可以放在大学的教授办公室。

于是,立即着手寻找靠垫的布料,开始刺绣。刺绣图案打算仿照《源氏物语》中心焦如焚地等待光源氏出现的姬君的背影。

少女时代,从母亲那学过日本刺绣,布纹里一针一线,仅仅数厘米之差,丝线流动之绚美都会乱套。如此需要手脑并用的织物,一针一线都倾诉和饱含着对老师的情深意切。

在客厅专心刺绣时,夏美靠近身旁问:"在做什么呀?"

"想做个靠垫。"

"真美啊。这是给爸爸的生日礼物吧?"

被她这么一说,我有点惊慌。

确实,丈夫的生日也快到了,这事给干干净净地忘在九霄云外了。

"不过,这是送给朋友的呢。"慌慌张张地解释一通。夏美意味深长地望着我手上的动作。

为了这位教授,特意亲自寻找布料、亲手刺绣制作靠垫。至今为止,连对自己的丈夫也没有过这样的举动。她心里都明白,却能不动声色地做。这事绝不能容忍。

3月26日(星期一)23:40

清晨,一声"走好"把丈夫送走,接着孩子们也出门上学,之后将大门锁上,如释重负地松了一口气。

终于可以开始不受任何人打搅的、只属于自己的时间。于是从口袋里拿出手机,解除静音模式,确认有没有来自老师的邮件。

还是没有邮件。失望的同时,一种从未品尝过的秘密的气息在周身飘散,我一个人偷偷地享受着这种战果感。

如果是以往,家里人走后,首先从收拾早餐的杯盘碗碟开始自己的一天,但最近却先坐到寝室的梳妆台前。作好准备,以备老师忽然来电话,随时都能拔腿出门。

想是这么想,但是,与老师每次幽会的时间都是预先约定好的。临时来电话,忽然被叫出去的事一次都没有过。

明知是毫无意义的,但老师的身影片刻也不曾离开脑海,安安静静地就这么待着,肯定要发疯,于是不知不觉地开始化妆。

镜子映照着自己,皮肤宛如回到"小栏花韵午初晴"般的娇嫩欲滴,一日胜一日的化妆功底,也达到了平淡却具有灵韵之美的境地。随着心情和皮肤都变得娇嫩如春,第一次真切地感到"飘飘若仙"。

如此,种种变化发生了。首先,近来我家以往以日式为主的晚餐菜谱,渐渐地变成以西式为主。因为我期冀有一天能够亲自为喜欢西餐的老师做一次饭。

再就是逛百货店,我的脚步与视线也不禁朝向男模特儿穿的绅士夹克和毛衣之类的,将男模特儿的脸与老师的脸重合在一起,一动不动、久久地凝视。

即使我全部的行为都被人说成愚蠢、发疯,如同中了老师的魔法,我的心也如春潮涌动,如丽水相逐。

而今老师的全部,令人无尽地疼爱,无边地思量。无法抑制。

凝视着从前老师发来的邮件,忍不住喃喃细唤"老师……",全身发热,那下半身的隐私处都会湿润起来。

对自己的丈夫极其冷淡简慢的妻子,对那位老师却只要喃喃细唤,就全身发热,那下半身的隐私处都湿润起来。究竟……

归根到底,女人只要发生一次关系,之后就如陷入无底之沼一般,徐徐地沉溺进去吗?

与此相比,男人的婚外恋却会在某个时刻或地点幡然醒悟。单单从这一点来说,男人的罪恶感要轻一些,或者说理性些,即使发生婚外恋,也难以断定是否与妻子同罪。

"是这样吧?"省吾独自嘟囔着,独自首肯。

精心化妆之后,目光停驻在老师送的枝形吊灯形状的手机链上,聚精会神地望着那通透的水晶,与老师在一起时甘美的记忆复活了,如月之曙,如光之初。

那个下午,如梦如幻。那时身虽犹在,魂却杳霭流玉。变成另一个自己,翱翔在梦幻的世界。

"SNSIGIM TSKN WTSNNKNIR。"

那一个个瞬间,渗入我的身体,溢满我身体的深处。我全身如火焰融化,如火山熊熊燃烧。

莫非我太不知男女情欲了,还是自以为知道,却不过只知晓微不足道的一部分呢?

我这个女人的心,不,身体的贪欲究竟到了何种境地呢?只要一想到这些,自己都不禁觉得可怕。

记得以前,也就是几个月之前,自己冲入那个叫诗织的女人家里,声色俱厉、义正词严地指责:"你的所作所为,为社会不容,为千夫所指……"无疑,那时的自己深信这种丑事绝不能容忍。

那么,此时此刻的自己,对老师如此深刻地热恋,又算什么呢?这不正是婚外情吗?

"不过……"如今"婚外恋"一词也并非那么沉重。老实说,拥有丈夫以外的爱情的妻子无处不在,几乎都没有罪恶感。绘里觉得理所当然,真纪也应该有经验。自己不过是她们中间的迟到者罢了。

想着想着,感到气促窒息,从梳妆台一头扑到床上趴着,将头深深埋进羽毛枕头呼唤"老师",像要被压死一样吐出几口热热的喘息。

仅仅在三天前才幽会过,此时此刻恨不得马上就相见。

至少能听听声音也好啊……不过到底没有勇气,无法抑制自己的急不可耐,死心地将手机猛地朝床上扔去。

事到如今,能够解读出两人之间的暗号,反而更加令人生气。这"SNSIG……"之后的意思不就是"老师,此时此刻,确确实实,您就在我的体内"吗?

那个男人,进入了妻子的体内,什么意思? 多不知廉耻! 多么淫秽不贞! 决不允许,坚决不允许!

而且将这些丑事堂堂记在日记中,什么意思? 自以为搞些暗号密码,就人鬼不知,没人解读吗? 真是浅薄之至!

不,她的愚昧透顶或许是她唯一的救赎。

3月28日(星期三)23:30

"我回来啦。"随着我进门一声招呼,穿着睡衣的祐太冲出来。"妈妈,今晚爸爸的情绪似乎不好哦。"他边说边把两手的食指比在脑后,装扮成鬼的样子。

"知道啦,快睡去吧。"

我径直进入自己的房间,换上在家穿的便服,卸好妆一进入客厅,就看到丈夫穿着睡衣,似乎一脸不高兴的神色,正盯着电视。

"我回来啦,你今晚回来得真早啊。"

墙壁上的挂钟显示正好十点过一点儿。

"吃饭了吗?"我问。

"吃过了。"

我刚打开冰箱,想找点喝啤酒时吃的小菜之类,就听到丈夫的怒吼声飞过来。

"喂,你不要敷衍搪塞了,你以为你骗人的伎俩可以用到什么时候?"

"你说什么呢?"我仓皇地问。

"你还装哪头蒜!对老子的报复……"丈夫怒吼起来。

我还是不明其意,对着从镜片后横目睨视的丈夫说:"究竟怎么啦,冷不防……"

"你今晚真的跟藤野在一起吗?"丈夫问道。

"好啦,别牵强附会地找碴。今晚绘里忽然来电话说,她多了一张法国现代民歌的票,邀请我一起去看,我就去了。你看,这个。"

我径直回到自己的房间,从手提包里翻出票根,摆在丈夫眼前。

丈夫瞅了一眼。"好,我现在就给藤野打个电话总可以吧!"语气咄咄逼人。

"好吧,请吧……"

我就当着丈夫的面,拿出手机按了几下绘里的电话号码,递到他耳根边。"好了,请吧。"

那天的事,清清楚楚地展现在眼前。

那天偶然可以早些回家,于是往家里打了个电话,但是妻子不在。事先她也没给我打一声招呼,就擅自外出。至今为止,我好容易克制的郁积在胸的怒气,一齐爆发喷泄。

丈夫被我的气魄震慑住了,慌慌张张地急忙将手机推回给我。"算了。"

"大概不久前,我就觉得你行为反常。"

"那又怎么样?别像牙缝里塞了几根鱼骨头似的,有话就直率点说清楚吧。"

"好,你既然有话在先,那我就不绕弯子了。最近,你跟那个男人约会了吧?"

话一开头,丈夫就噎住了,但还是站在那儿抱着胳膊虚张声势。

"上个星期的大白天,我在品川的宾馆非常偶然地看到了你。那天在宾馆有个新药发表会,我正好参加。一到宾馆大堂,就看到你和一个男人正要一起上电梯,我真不敢相信自己的眼睛,自己的妻子竟然大白天与别的男人幽会。"

丈夫用舌头舔舔嘴唇,仿佛捕捉到一只等待已久的猎物似的。

我暗自思忖,此时绝不能输给这个家伙,于是挺挺胸脯,笑了。

"有什么好笑的,今天你别妄想找借口开脱。"丈夫以为可以耍纸老虎威风。

"就是可笑嘛。"我一反讥,丈夫就用拳头猛烈地叩击桌子,怒吼起来:"你将我当成愚昧无知的大傻瓜吗?那天看到的百分之百就是你,怎么样,还有什么可狡辩的吗?"

我决定破釜沉舟,豁出去了。"好吧,就是我。他是我大学时的老师,现在在文化中心兼课。"

"和这个家伙从什么时候开始相好的?"

"没有什么相好,不过是和老师吃了个午餐而已。"

"哼,看你那张美滋滋的脸,肯定进宾馆开房了吧。"

"够了,别没完没了啦,就是与老师吃个午餐而已。别瞎猜乱想了……跟你的所作所为完全是两码事。"

"什么,你再说一遍。好,我去找你的老师当面对证,可以吧。"

"请,直到你自己信服为止,请吧。"

真的在宾馆被他看见了吗?有点毛骨悚然,甚至作呕。不过,在他面前表现出怯弱,就等于输给了他。

我如此盘根究底地审问妻子,并非有多少自信。只不过从她的日记中发现,她每个星期五必定去文化中心,之后两人去品川的宾馆密会。

我以为用这个证据吓唬她一下,她一定会惊慌失措。

不料,妻子并不是那么好惹的,比想象中还要强硬。与女友一起去听法国现代音乐会是真实的,于是她满怀自信。叫她坦白宾馆密会的事并不容易。

她不仅不坦白,而且嘴硬地说只是与教授去吃了个饭。

威胁她"我去找你那个老师",她居然还犟嘴:"请吧。"

"如果这样的话……"我差点就要去了,但还是没有采取行动。

如果我现在去找那位教授,就跟妻子闯入诗织家性质相同了,不正是倒换了个场景吗?

身为大男人,一到紧要关头,是反而变成了窝囊废呢,还是放不下面子去见妻子的情夫这种不体面的事呢,抑或是拘泥于自尊与骄傲呢?自己都说不清楚。

反复思虑,反复唆使自己采取行动,但到底没有去找那个男人对决的气魄和勇气。

由此看来,可以说妻子厉害得多,不,女人厉害得多。

不管怎么说,由于这次的对峙,妻子毕竟应该有些触动。这次让她找到借口狡猾地开脱了,但我清楚地说出了品川的宾馆名字,她内心深处该相当惊慌失措,并且有所反省。

我期待这样,我注视着妻子的态度与行动。但妻子的日记一次又一次出现英文字母。

3月30日(星期五)24:30

　　文化中心的课程结束后,在餐馆,我终于将缝制好的靠垫送给了老师。

　　"这是你亲手缝的吗?"老师无比兴奋,喜形于色,反复说,"我一定好好珍惜,一定好好珍惜。"老师如此高兴,我实实在在感到了一针一线苦心缝制的价值。

　　由于兴奋,老师声音竟有些哽咽,他的手从桌子下悄悄地伸过来,握住了我的手,在我耳边低语:"就去吧,好吗?"

　　当然,我早有此意。之后,我们又去了品川。

　　"AUTBN YRKBGMS FKMTTYK."

我终于明白了日记最后的暗号中开头的"AUTBN",意为"每次相逢……"①,但最后的还未解读出来。

毫无疑问,妻子在与教授幽会。既然如此,劳神费力地勉强去破解这些暗号也没有意思,不如不断寻找机会窥视日记.

十天后,我再次窥视到了妻子的日记。

4月2日(星期一)24:00

---

① "AUTBN"是"A UTABI NI"即日文"あうたびに"读音的缩写,意为"每次相逢"。

昨天,和田护士长来电话,说有话想谈,这真是稀罕事。于是我们约定下午三点在新宿西口的咖啡店见面。

我还以为是关于丈夫婚外恋的话题,就想明白地告诉她,没有必要向我报告了。

到了约定的时间,护士长已经坐在靠里的座位上等我了。我向她走近,她垂首礼节性地打招呼:"夫人,好久不见了。"我一边回应一边询问:"有什么话想说吗?"

"说实话,由于最近院长先生精神不大好……"

"在家里并没有什么特别呀。"我回答。

"那么……"护士长稍微停顿了一下,"最近,负责挂号的香田小姐好像有点不对劲。她平时的工作是负责将患者的病历卡拿到诊疗室……说起来,并不是医院要求她一定这么做。大概多半是她想待在院长身边,亲手交给他吧。但是大约一个月前,她不再拿病历卡去院长诊疗室了。我觉得有点奇怪,就问挂号部别的女孩子,她们说香田小姐拜托她们代替她拿病历卡。"

护士长喝了一口红茶,接着说道:"就是有门诊时间以外的急性患者,院长先生忙得喘不过气来,她也一副满不在乎、无动于衷的样子回家。但以前她必定留到最后,帮助院长先生结束诊疗之后才回家……"

"后来呢?"我催问。

"终于,几天前发生了一件事。那天院长先生告诉她,将每月月初的处方与国民健康保险证核对一下,计算向上级部门要求付款的诊疗费明细单,是每月的加班日。'在上班时间内已经全部完成了,我不加班。'她断然拒绝了。"

由此看来,她连加班都不愿意与丈夫一起了吗?

"院长先生说,病历卡这么多,你在上班时间内整理不完吧,但香田斩钉截铁地说,干不完,我拿回家去干。听她这么一说,院长就什么也不讲了。她会那么冷淡,我都看呆了……"

的确,最近丈夫没有以前那么有精神,每天晚上回家的时间也比以前早多了。原来,背后还有这样的事。

那个多嘴多舌的护士长,把这种事情都告诉志麻子了。

我可能有点多管闲事,最近诗织的态度明显比以前冷淡多了。我与她并不是什么将来要结婚的婚约关系。要分手的话,随时都可以。但是,我给她找了那么好的公寓,她一下子走得了吗?

护士长含糊其词地继续说着:

"具体不太清楚,但最近那个女人好像想离开院长。连边上的人都能看出几分来……"

我也不能点头,只好默默地听下去。

"院长跟她讲话时,她也表现得很冷淡,一副爱理不理的样子。连在边上的人看了都觉得怪可怜的……"

被那个黄毛丫头冷淡了就蔫了,这也太没骨气了。

我忽然想起来,问道:"哦,对了,上次讲的她辞职的事情,后来怎么样了?"

护士长一听连忙摇头。"嗨!还辞职呢,她倒好,越干越欢了……"

如果是那样,尽管丈夫对她有不满,但是还和她断不了,会那么不死不活地拖着的。

"好,知道了。谢谢。"我郑重其事地谢过护士长,从医院开车回家。路上,我一直在思考。

如果像护士长所说的,那个女人在躲避我丈夫的话,那说明她对我丈夫的爱已经在慢慢冷却。我丈夫当然不愿意了,他会恋恋不舍地缠着她。这样下去,肯定会搅坏医院的氛围,会被员工们看笑话的。

"我必须采取什么办法……"我是这么想,但又觉得,"即便如此……"

前些日子,我对丈夫出轨是那么焦虑不安,那么怒火中烧,现在反过来了。我倒希望丈夫能与那个女人和睦相处。人的变化真快啊。

晚上九点丈夫就回来了,最近他回来得都很早,我都没有准备,回来还要吃饭,真难为死我了。

吃完晚饭后,丈夫坐在那儿看电视,我在边上打量了他一番,觉得他最近有点垂头丧气的,还真有些放心不下。或许平时工作太累了,但可能主要是因为那个女人对他冷淡。

我估摸着孩子都已睡着了,只有我们俩的时候,开口对他说:"哎,你最近脸色不太好,怎么了?"

他一听,立即反驳道:"没有,没什么呀。"

以前,他肯定会回答得更有自信。

于是我开门见山地对他说:"你是不是被那个姓香田的女人给甩了?"

我还没说完呢,丈夫看了我一眼,急忙回答:"你说什么呀,没头没脑的……"

我当然不示弱,说"我没猜错吧",顺便给他倒了一杯茶。

可能是觉得害羞了,丈夫打开手中的报纸,将整个脸都遮了起来。我知道,他这个动作表明是被击中要害了。

我对丈夫说:"别再遮遮掩掩的了,我们都一起生活这么多年了,你还瞒得过我。"然后又规劝他说,"那姑娘年纪还轻,你不能死活不放地老缠住人家,怪可怜的。再说了,像你这样的人何必死死地追她那样的人呢?还可以再去找别的女人嘛。"我若无其事地一字一句把话说完。

丈夫慢慢地从报纸后探出头来,满脸惊诧,喃喃地说:"你变多了。"

"是的,没错。有人在外面花心,狠狠地锻炼了我……总而言之,你应该在此时当机立断,换个心情。你啊,我相信,肯定马上就会找到快乐的事。"说完,我耸耸肩膀笑了一下。

丈夫茫然若失地站在那儿,嘴巴嚅动着想说什么。我不管他了,拿起抹布跑进厨房。

过了几分钟,他在客厅里叫我:"喂,你过来一下。"我再次回到桌边坐下。

"刚才的事情,是不是护士长告诉你的?"

"是的。护士长看到你成天垂头丧气,非常担心,就来找我了。"

我袒护着护士长,把事情讲了一遍。他听后,用力将手中刚喝了一口的茶重重地放在桌子上。"真没想到,在工作场所还遭到你派出的特务监视,我怎么能安心工作?"

我马上反唇相讥:"我难道不是吗?最近你成天在盯着我,我才不得安宁呢。"

丈夫一脸怒火,一声不吭地坐在那儿。

我软了下来,心平气和地对他说:"你是经营者,你不好好干,员工们都会担心的。"

看来他喜欢的女人抛弃了他,是非常痛苦的事情。今天晚上,我简直像个母亲一样,为丈夫治疗心灵上的创伤。

非常遗憾,这里是让妻子赢得了一分。

但是这样下去的话,她还不是要骑到我的脖子上来了吗?我肯定要寻找机会反击,让她知道我的厉害。

4月8日(星期日)24:20

晚上,洗完澡后关掉客厅的灯,朝自己的房间走去。我一拧开房门的把手,只见寝室内灯火通明,打开的电视在播放音乐,我吓得在门口惊住了。

再仔细一看,身着睡衣的丈夫正躺在我的床上看电视呢。

我连忙问:"这是怎么回事?"

他讪讪地笑着说:"偶尔来一次也……"

我竭力稳住自己,不让他看出内心的惊慌,并且先下手为强,斩钉截铁地说:"今天晚上我很累。"

但是,丈夫好像没听见似的,仍然躺在那里盯着电视屏幕,根本没有打算出去的样子。我感到有些不耐烦了,一屁股坐到梳妆台前往脸上擦起美容霜来。

尽管如此,"今天晚上我很累"这句话,我已经讲了多少次,至少有十多次了,至今为止,没有一次是我主动去找丈夫的。既然结了婚,那么在某种程度上也无法拒绝,但是我不认为在这种情况下,我还有义务接受丈夫的求爱。

不是吗?长久以来,他连碰都不来碰你一下。当你习惯了,他又忽然过来求你,我怎么转得过弯来。

可是,丈夫却仍然一副若无其事的样子,喊着"喂,眼镜",把摘下来的眼镜递给我。我把眼镜放到床头柜上后,他一把抓住我的手腕,往自己身边拽。

"干什么!"我叫了一声,踉跄了一下,整个身子都摔倒在丈夫身上。他立即一个翻身,把我压在自己身下。

"放开……"我一边叫着,一边挣扎着要站起来。他更使劲地抱住我。我伸出双手在空中比画,他紧压着我的胸部松开了一点,我趁机一用力将他推开,从床上翻下来,瞪了他一眼,然后一边喘着气,一边说:"我不是对你说今夜我累了嘛。"

忽然,丈夫一个鲤鱼打挺,从床上站起来。我以为他要来打我,吓得蜷缩起身子。谁知他只是狠狠地说了一句:"好,行了。"说罢就一只手遮住眼睛,从我的房间出去了。

可能我在拼命挣扎时,手肘碰到了他的眼睛。我看着丈夫走出去的背影,觉得好凄凉啊,一点没有平日里那种生气。

话又说回来了,我刚有点不在乎丈夫的花心,他就反过来要与我做爱,这可太奇妙了。但有一点我很清楚,现在我的身体只属于老师一人。

第十三章 假面夫妻

不管妻子怎么解释,她在外面花心,这已是铁板钉钉、不容置疑的事实。知道了这件事后,还要佯装不知地与她一起过日子,真是太难熬了。

但是,又不能因为难熬就和谁去讲这件事,这种事只能闷在肚子里,一个人忍受煎熬。要是熬不过去的话,干脆与她分手就行了。一刀两断就了却了,也不必再烦恼,更不用生气。

但老实说,自己还没有这个勇气。不,应该说到这时再离婚的话,还是对共同经历的婚姻生活感到惋惜。

结婚已经十六年了,养了两个孩子,开办的医院也很顺利。这些当然都离不开妻子在背后的奉献和努力。这都是事实,考虑到这些,怎么能说离就离呢。再说了,现在就离婚的话,平时的日子自然不用说了,医院业务也肯定会受影响。虽然自己从没挂在嘴上说过,妻子其实要比想象中能干得多,家庭重担全由她一人承担着。

一想到她和那个教授有瓜葛就非常恶心,简直就要呕吐。但是,这是一时的花心,早晚会终止的。也许正像自己一样,那个男人也会觉醒。

现在只能静观其变,除此以外别无他法。省吾一直在告诫自己。到了四月中旬的一个星期天,他终于又找到了个机会,把日记本拿到手上。

4月11日(星期三)23:00

从这个星期开始,学校开学了,我也可以有点安静的时间。

樱花都已经谢了,天气十分晴朗。这是个催人外出旅游的好天气。

我一个人又在胡思乱想了:这样的天气,如果能和老师一起去海边看看,该有多好啊……手也不由自主地拿起手机,给他发了个邮件:"您有时间的话,我想和您见个面。"

不一会儿,老师给我回信了:"这两天忙得很,无法抽身。请告诉我你本周末哪天白天能出来。"

确实只能如此,但我有点失落,他的回信也太简单了。我知道老师很忙,但是,他如果能为我抽出时间的话,我就会立刻飞奔过去,投入他的怀抱。

老师是我行我素的,好像根本不被我那难以按捺的激动心情所打动。

没有办法,我只好按捺住燃烧的激情,给他回了个邮件:"我按老师的指示办。"

妻子是白天有空,但对有工作的男人来讲,白天是无法去幽会的。

男人在追求女人时是穷追猛打的,一旦到手后,就开始慢慢地偷工减料了。这点妻子应该尽早弄清楚。

4月14日(星期六)23:50

五点刚过,我就按照来时的指示,来到了他指定的新桥一家饭店的咖啡厅。

老师已经早到了,在那儿等候。我向他表示晚到了,很抱歉。老师倒反过来安慰我说:"傍晚时分约你出来,很为难吧。"

我脑中瞬间闪过了将儿子祐太一个人扔在家的事,但是已经顾不得那些内疚了,哪怕有一个小时能与老师见面,请他进到我里面来,我就感到心满意足了。家里的事我全扔在脑后。

但是,很奇怪,在漫无边际的交谈中,老师一刻不停地在看表,可能他下面还有约会吧,有点心神不定。

于是我半带讽刺地说:"老师老是那么日理万机啊?"谁知他却回答道:"其实,等一会儿我和太太约好了见面……"

听他这么一说,我顿时愕然了。

"因为今天是我们的结婚纪念日。"

听他这么一说,我立刻像个泄了气的气球,一下子蔫了,刚才那股高昂的劲头飞到了九霄云外。

尽管如此,我还是强作笑脸说:"啊呀,太令人羡慕了。"他刚才随口说出的那番毫无顾忌的话,令我茫然若失,只好呆呆地听他摆布。

"有什么办法呢?"我在心里对自己说,忽然,一个念头从脑中闪过。

老师莫不是为了填补与太太约会之前的空白,才把我叫出来的吧。那样的话,可就太恶劣了。当然,作为一个有夫之妇,我是没有资格去谴责老师的。

想到这里,我感到自己很傻,忽然醒悟到以前那样全身心地投入,都是我自己在唱独角戏,是我自说自话地在做梦。

我忽然觉得,想方设法从家里冲出来的自己真是太可怜了。接着眼前又浮现出祐太的影子,我一下子惊慌起来,向老师告辞。

"那么,我就告辞了。"

老师好像很吃惊,向我确认道:"那么下次还能再见面吗?"

"当然。"我极力装出笑脸回答,但已经再也说不出话来了。

说完,我转身离开座位朝出口走去,头也不回地径直离开了咖啡厅。

"活该!"省吾有点幸灾乐祸。

你看,到底是好色的教授,他是不会因为外遇而牺牲自己家庭的。对那样的男人再好也没用。

妻子能够察觉到这一点,算是她的进步。花心是你不可饶恕的,但是,妻子因此变得聪明起来的话,某种意义上来讲还是值得的。

和老师的分手太唐突了吧,说了一句"告辞了",连头也不回就走了。老师或许也被惊得目瞪口呆了。

老师发来了邮件:"忽然把你叫出来,很对不起。"

不过,老师有什么可道歉的呢。老师有太太,有家室,这些我早就知道了。

我历来很尊重老师,再次见到他后,让我回到了学生时代,感到一下子年轻了许多。而且这位老师是我迄今为止见到的最有魅力的男人,今后恐怕再也见不到比他更强的人了。

遇见了这样的人,自己很快就坠入爱河了。

我是这样认为的,但对老师来讲,我只不过是个旧日的学生,一个敬仰自己的女人。那样的女人跑到自己身边了,就顺便尝了一口而已。

不过,因此就和老师分手吗?不,我可没那么想过。这段令自己神魂颠倒的恋情,怎么能这么简单就抛弃呢?

正如绘里所说,女人只有恋爱才会变得闪耀夺目。我是亲身体会了这句话的意思。这样想来,老师还可以说是我的恩人呢,他唤醒了作为女人的我。

自己对老师的感情,确实不像年轻时那样草率,但也不是逢场作戏。尽管表面上看来很稳重文静,其实更清纯如水,更专心一意,因为大家都知道这样的恋情的分量和危险。

毋庸多言,将来也不会和老师结合。老师有太太,有孩子,而且他还深深地爱着太太。虽然我也为丈夫的外遇苦恼,但毕竟还是有夫之妇嘛。

所以,老师和我都应该明确自己的立场和处境,在这个基础上互相交往。但也不是轻佻地玩火。尽管没有未来,但我们还是认真的,比以往任何爱情都更加火热、更加慎重。

但是,正因为将来没有可能结合在一起,我们渴望能在这短暂的时间里,彻底摆脱尘世生活的束缚,在瞬息的梦幻世界里翱翔和沉醉。

实在是太艰难了。那种郁闷、那种烦躁令我浑身颤抖,欲火中烧。

对于男人,无论你如何沉湎都是没有未来的。妻子能够想通这一点的话,也算是个巨大的收获。

如果就此打住,以前的错误不是不可原谅的。省吾也愿意这么想,但是,具体会怎样呢?

四月是新年度的开始,大家都忙得不可开交,后来妻子的心境发生了些什么变化,都是省吾放心不下的。到了月底好不容易有个机会,省吾又拿到了妻子的日记本。

4月18日(星期三)23:40

老是闷在家里也不好,脑子里成天都想着老师的事,越想心情越不好。为了从这种状态中逃出来,我去了一趟南青山精品店,已经很久没去了。

这是一家有玻璃橱窗的高级商店,刚一进门商店女老板就认出我来了。"啊呀,志麻子,好久没来了,欢迎欢迎。"老板叫山本玲子,穿着一身黑色的长裤套装。

认识山本玲子老板是在夏美要进幼儿园的时候,那次是为了挑选参加入学典礼时穿的礼服。已经认识十年了。她既像姐姐,又像妈妈,早年从事服装设计,好像已过了花甲之年,但一直打扮得漂漂亮亮,充满了青春活力。

被山本领到了店内的客人专座,在米色的真皮沙发上坐定后,把整个商店都看了一圈。店内摆满了中间色的连衣裙和春季风衣。

"换上了春季服装,店里的氛围也变得五彩缤纷了。"山本一边沏着咖啡,一边说:"跟你一样,是青春似火,恋情燃烧吧。"被她一下子说中了,我无言以对。

她又盯着我的脸看了看,穷追不舍地说:"你可和去年不大相同了,看来是有相好的了吧。"

不承认也不可能,已经被她看穿了,我只好轻轻地点了点头。

她耸了耸肩接着说:"不过,志麻子是个耿直的人,我可有点担心。"

"哎,怎么这样说?"我问了一句。她皱起眉头说:"你会很认真地陷进去的。"

听说她年轻时还做过模特,恋爱经验肯定也很丰富。如果在这里和她聊聊老师的事情,可以得到很好的帮助。想到这里,我真想把事情一五一十地告诉她,但还是很害怕,无法启齿。

于是我反过来问:"山本,你以前陷进去过吗?"

"当然有啦,年轻时有过灭顶之灾。"她停了一下,又叮嘱说,"不过,千万要小心哟!"

看了日记后才知道,妻子真还有不少朋友呢。

和她相比,自己没有什么可以商量的朋友。要商量恋爱问题,只有大学同班的长田和村濑了。不,跟他们聊的话,多半要被当作笑料调侃,他们不会认真听的。

"要小心",这是怎么回事呢?我觉得很不解。她又接着说,"不管你如何专心一意,也不会有什么好结果的。到头来迷失了自我,弄得个身败名裂。这张漂亮的脸蛋也会慢慢地悲怆起来,渐渐爬满皱纹。如果对方有家室,就更得小心了。没有比这个更伤脑筋的了。"

被她这么一说,我心里简直像刀剐一样,难受极了。

"真心爱他也不行吗?"我问道。

她一听,眼睛瞪得大大的。"真的吗?莫非你想和他私奔?"接着又说,"如果不是的话,现在马上冷静下来,见好就收吧。趁你现在青春还在、红颜未老。"

"见好就收?"我反问了一句。

"对,恋爱是为了让女人更加辉煌的,所以要为辉煌而恋爱。"

她冷静得令人吃惊,但那样一来,不就是在单纯地利用爱情嘛。

看到我一脸不满的神态,山本很凄凉地说了一句:"这些嘛,我也是到了这把年纪才知道的。"然后又说,"如果我现在像你这么年轻,又有现在这样的智慧,就会更巧妙地享受爱情。"

"更巧妙地享受爱情",这是年过六十的山本才能说的话,我还远远没到那个境地呢。

我们中止了有关恋爱的话题,我找了一件浅色系的春季风衣去试穿。

在这春意盎然、姹紫嫣红的季节,如果和老师一起到能眺望海洋的山丘公园去玩,那该有多好啊。我又沉浸在梦中了,便把那件风衣买了下来。

分手时,对山本给我的开导,我再三表示感谢。她笑着说:"路上要小心哟!如果想加速的话,请再来找我。可要在加大油门之前哟,别忘了……"我答道:"没关系。我一般都是安全驾驶。"

"就是应该这样。"说着,她笑容可掬地和我握了握手。

走到门外,一股清风扑面吹来,我感到几乎要被清新的空气吹起来了,在十分爽快的心情中踏上归程。一路上慢慢地回味着山本的话。

对,应该像那个姓山本的女人所说的那样,红杏出墙、婚外恋都应该适可而止,见好就收。"就应该像我这样……"省吾对着日记本自说自话。

4月23日(星期一)23:50

隔了一个月,又和绘里、真纪一起去吃午餐。

真纪的丈夫前两天去纽约赴任,现在夫妻俩分居两地。"怎么样?"问到她时,真纪很快活地回答:"啊呀,偶尔分居也是很不错的,我现在又回到了一个人的独身时代。"

"我一直以为真纪你和你先生简直是如胶似漆,关系好得不得了呢……"

话还没说完,真纪抢上来说:"我有段时间想过跟他离婚。"

我和绘里听了大吃一惊,面面相觑。

"但是,请不要误会,我们现在关系很好,根本也没有什么矛盾。不过,相互吵架拌嘴,吵了以后再和好,什么都经历过了。最后认识到,夫妻各自都应该享受自己喜欢的时间……"

"完全正确。"绘里在一边给她帮腔。真纪又接着说:"我可不像绘里,我在经济上无法独立。而且如果离了婚,孩子还小,没有一点益处。"她说的与我想的一模一样。

绘里点点头说:"也就是说,互相不干涉……对吧?那才是最理想的。"

我战战兢兢地问道:"那么比如说有了外遇或是出轨了,

也不离婚吗?"

"是啊,最初我也是醋海翻天,忌妒得几乎要发狂,但是到今天,这已经成为我们相互默认的事项。你想想,夫妻原本也是陌路人嘛……大家都返回这个出发点上,两人就能相互谅解了。"

真纪现在好像并没有红杏出墙,听她这么一番话,她这种大彻大悟的精神,就是能长期在充满狂风恶浪的夫妻生活中继续活下去必不可少的智慧。

不一会儿,绘里站起来说:"好了,我得回去上班了。"说完就离开了。真纪一边目送着绘里,一边说:"到底是绘里,真让人羡慕。我要是有她那种生活能力,就会保持自己的个性。"

忽然有个词从我脑海中浮起——"假面夫妻"。自己也好,丈夫也好,还有真纪夫妇也好,我们肯定都戴着一种叫作夫妻的假面在生活,并且今后还要长久地戴下去。

在这中间,能让我真正地回到原来的地方,大概只有在我那间谁都不会进来的卧室和老师面前。

这虽然是朋友之间的对话,但很有启示。的确,到了这种年龄,戴着夫妻假面的夫妇或许有很多。但是,要说自己也属于这一类,那可就太凄凉了。

不必把话讲得那么死嘛。妻子说话就是太刻薄了,一直如此。

4月25日(星期三)

丈夫回到家时,已经是深夜十二点多了,我听到大门关上后,厨房里又有声响,就从床上起来去了厨房。只见丈夫穿着衬衫,正打开冰箱门。

"你回来啦。"我说了一句,他感到有些难为情,也顾不得关上冰箱门,回过头来对我说:"怎么,你还没睡?"

"还有点炖菜,我帮你热一下吧。"

听我这么一说,他松了一口气,点了点头,留下一句"我去换件衣服",就回到书房去了。

深夜的厨房里,我点燃了煤气,将炖菜锅架在煤气灶上,煤气灶周围传来丝丝热气。

最近他不去那个女人的公寓过夜了,最晚在十二点左右就回来。但是,并没有与那个女人分手,也不是因为眷恋自己的家庭。也许是因为我不去追究他那些风流事了,他反倒把自己与那个女人的关系处理好了。

不一会儿,丈夫换上睡衣回到客厅,吹着滚烫的炖菜,开始吃起来。

就在这时,我把一个小纸盒放到桌子上。"这是给你的。"

"什么呀?"丈夫感到有些困惑,盯着那个纸盒看。

"明天是你的生日。已经过了十二点,是今天了,祝你生日快乐!"

"是你送给我的?"他问道。

"对,是我和孩子们一起讨论决定的,你打开看看。"

他虽然嘴上说着"搞什么名堂,怪吓人的",但还是伸手去拿。

以前的生日,几乎都是买个生日蛋糕,大家庆祝一下,所以他会感到纳闷。

但是,他打开包装纸后,眼睛忽然亮了起来。"哦,太漂亮了!"

这是一个雷克萨斯车模型,与丈夫平时开的那辆车一模一样。

上次闯到那个女人公寓时,看到玻璃柜里放着丈夫的收藏品。想到这一幕,我才决定选择它的。

"今后在家里也要多放点哟。"我半带讥讽地说了一句,丈夫脸上露出了笑容,将小车放在手心上左右端详。

这点小事就如此兴高采烈,要演假面夫妻还不是小菜一碟。

那天晚上,妻子很少见地表现得十分温柔。是为了将生日礼物交给我呢,还是表示已经觉悟到,再争吵下去没有好处呢?

总之,只要妻子将姿态放低,我也完全可以息事宁人。

4月29日(星期日)24:00

以前丈夫在大学医疗部工作时受到关照的松村名誉教授的葬礼,在横滨山手的一所教堂举行。我们一起去参加了。

丈夫将参加葬礼的人一一向我介绍。我与他们逐一打了招呼。葬礼在晌午过后结束,我们一起走出教堂。

虽说已是四月下旬,天上还不断下着冰凉的小雨,我感到阵阵寒气钻心,在黑色的连衣裙丧服上又披上了一条厚厚的披肩。丈夫说,我们走吧,便打开了一把大雨伞。

我们俩并肩一步一步从教堂前的台阶慢慢地往下走。下到大路上,再朝石川町车站方向走去。

我想起了刚才结束的葬礼。"教授太太把眼睛都哭肿了,哭得很伤心。"丈夫却一点都没有感动,只是淡淡地回答:"是啊……"

在教堂的烛光下,满头白发的教授太太不停地用手绢擦眼泪,同时还很坚强地向参加葬礼的人道谢。

在半个世纪的夫妻生活中,教授太太将如何回首她与丈夫两人共同生活过的那段浓厚岁月呢?去世的教授又给他太太留下了什么样的爱的见证?

那么未来,我和撑着同一把伞的丈夫,将留下怎样的夫妻见证呢?想着想着,丈夫忽然喃喃地讲了一句:"不过,那个教授是很幸福的……"

他好像说是因为太太哭得很伤心,所以那个教授才幸福。我听了,半开玩笑地说:"那么,我也为你哭得多一点好了。"

刚说到一半,丈夫就以很惊讶的口气说:"你变多了……"

大概我们今后也会像今天这样,在一把仅能为我们遮风挡雨的雨伞下,不断地协调步伐,淡淡地在人生阶梯上往下走。

并且,我们只是在表面上让人们觉得,这是一对平静的、很般配的夫妻。

走了不一会儿,右手边的建筑消失了,眼前是一片开阔的大海。在密密的雨帘中,云雾迷蒙的前方忽然浮现出帆状建筑物,就是那天与老师一起去的饭店。

从山手看到的是这个方向啊。

不觉看得入了迷,走在前面的丈夫一脸狐疑地转过来等我。没办法,只好向那家饭店的外观告别,再次与丈夫并肩往前走。

我想说的是,就是一起并肩行走着,脑子里考虑的事情也不一样。那也没什么,我只在乎是在同一把伞下。

也许是受妻子的影响吧,最近我思考问题的方法变了很多,范围广了,思维方式也变得灵活柔软多了。

在漫长的下坡路快要结束时,正好来了一辆出租车,丈夫举手让车停下,告诉驾驶员说:"去东京,广尾。"

从这里到家大概要一个小时,蒙蒙细雨把车窗都打湿了,丈夫往外望了望,说:"路上很拥挤啊。"说着就将双手抱在胸前,靠在靠背上。

只有两个人坐在出租车里,我可以根据丈夫的表情,猜测他将要说出些什么话来。

我不知道这到底是幸福,还是无聊呢?也许这就是被称作人生的一个过程吧。

丈夫也许很累了,不一会儿就抱着双手睡着了。车上了高速公路后,车速越来越快。随着车速的加快,丈夫的上身向我这儿倾斜过来,碰到了我的肩膀。

这时,我的身体忽然出现了惊人的反应,不由自主地往后缩,唯恐被他碰到。我极力遏制住自己那种反应,看了一眼丈夫那熟睡的脸。丈夫原本是一张娃娃脸,睡着了更显得天真无邪。我真想对着这张脸说一句"你辛苦了",慰劳慰劳他。可能他现在已进入梦乡,梦见了最近关系骤然冷却的那个女人吧。

当然,事到如今,我已经不想再责备他了。其实,我自己又何尝不是如此,现在进入梦乡的话,难保不会在梦中与老师相会。

从这个意义上来讲,我们俩是同罪的。也许正因如此,我们俩才会像什么事情都没有发生过一样,一起相伴。

但是,话虽这么说,刚才他的肩膀碰到我一下,我就感到很不舒服,这说明我们已经相当一段时间没有亲热过了。如果我们时常能相互感受对方的体温,就肯定不会产生像现在这样的距离。

但是,我们之间还存在一种不知是否能称为纽带的东西,或许我们俩只能沿着一条路一直走下去,别无其他选择。

不一会儿,车子下了高速,经过地铁广尾站后来到我家门口。

"嗨,到了。"我摇着他的肩膀,他好不容易才睁开沉重的眼帘。

我再次和丈夫一起回到自己家中。在家里,祐太和夏美这两个孩子正等着我们归来。想到这些,我忽然再次对自己说,只有这里才是你唯一的安居之地。

看来妻子终于恢复了平静。不,虽说是恢复,但绝不表示是向我全面投降或屈服。

不过,一时疯狂得死去活来的恋情好像是冷却下来了。但并不意味着可以放松警惕,只是从此以后,我们又可以开拓新的道路了。

在离开教堂时,丈夫曾对我喃喃地说了一句"你变多了"。这样的话,他以前也曾经说过。

确实是的,对自己的感情,我如今变得十分坦率。这在以前根本不可想象。

在我丈夫没有精神的时候,我曾允许他在外面找女人,以鼓励他振作起来。当我暗示同意他在外面有新的外遇时,丈夫满脸惊诧,根本不敢相信。

然而,就在半年多以前,我发觉丈夫在外面与其他女人有染时，愤怒、忌妒、郁闷的情绪顿时统统涌上来，每天从早到晚都沉浸在悲哀中。现在回想起来，那与其说是对丈夫的爱情，更应该说是我感到害怕了，害怕会就此动摇我们好不容易建立起来的家庭。

但是自从遇到了老师，我发现了新世界。如果说在那之前还有另外一个自我存在的话，我就是找到了足以唤醒自己青春的方法。这不是为丈夫，也不是为孩子，应该说是为了更好地享受"自我"。因为知道了这样的事，在我这样的年龄也是可能发生的。

事到如今，我们不可能再将自己继续封闭在原来的圈子中了。认识到这一点的瞬间，对丈夫的花心，我忽然感到不在意了。说不清这到底是好还是坏。但是有一点可以肯定，就是我和丈夫都有自己的世界这个事实。丈夫有丈夫的世界，我有我的世界。

双方如何以宽容的态度来理解对方，并且相互谅解，将决定夫妻和家庭能否幸福。

哪怕是假面夫妻，只要那样做有利于在社会框架中继续保证家庭生活的圆满，就不必忌讳那样的智慧。我们的人生之路还长着呢，何必那么死板。

"对啊，太对了。"

我一边自言自语，一边放下了手中书写日记的笔。

今后我再也不写了，将所有的事情全部装在自己心中活下去。我也不知道到底能装多少，但是有一点可以肯定，这样的话，时不时来偷看我日记的丈夫，也终于可以安心地回到自己的日常生活中去了。